‹ PARALLÈLE ›

Nº 02

# MATHILDE NE DIT RIEN

Diffusion au Canada : Dimedia
Diffusion en Europe : Harmonia Mundi Livre

—



ISBN 978-2-89698-549-4

TRISTAN SAULE

# Mathilde ne dit rien

*roman*

CHRONIQUES
DE LA PLACE CARRÉE

— I —

COLLECTION PARALLÈLE

Le Quartanier

COLLECTION PARALLÈLE
créée et dirigée par
Éric de Larochellière et Alexie Morin

—

LE QUARTANIER
C.P. 47550, CSP Plateau Mont-Royal
Montréal (Québec) H2H 2S8

# MATHILDE
# NE DIT RIEN

VOILÀ PRESQUE dix minutes qu'elle tourne autour de la maison. C'est pas normal.

Elle est grande, large, robuste. De dos, on la confondrait avec un homme. Elle en a la musculature, les cheveux courts et mal peignés. Quel âge a-t-elle ? Quarante ? Cinquante ans ?

Elle porte le même genre de combinaison que celle des ouvriers, des techniciens qui s'engouffrent dans les bouches d'égout pour poser des câbles, réparer des tuyaux, ouvrir ou couper l'eau.

La première fois qu'elle est passée devant la maison, Gaëlle ne l'a pas remarquée. Une passante de plus dans la rue. Une ombre au coin de son œil. Puis, deux minutes plus tard, cette grande bonne femme baraquée est revenue. Elle est réapparue devant le portail ouvert. Elle s'est arrêtée, a fait mine de chercher quelque chose par terre.

Depuis la fenêtre de la cuisine, Gaëlle a vu la boîte à outils, les chaussures de sécurité, les muscles du cou de cette intruse devant chez elle.

Elle n'a rien à faire ici ; Gaëlle en est certaine. Dans le quartier, il est difficile de passer inaperçu. On ne peut pas dire que les voisins soient des amis. Personne ne se parle. Personne n'invite l'autre à dîner ou à boire un verre. On ne se prête pas son matériel de jardinage. Pourtant, chacun sait qui habite les maisons alentour. On ne se connaît pas mais on se reconnaît. On a tous payé le même prix pour avoir le droit d'habiter là, dans cette zone pavillonnaire fraîchement sortie du sol, en périphérie du village, dans cet environnement plus vraiment urbain, au milieu des champs de céréales, mais pas encore rural, avec toutes les commodités de la grande ville – boulangerie, pharmacie, station-service – et le calme de grands jardins qui tiennent les routes et les indésirables à distance. Ici, on n'habite pas. On cohabite, de loin.

Gaëlle et son mari ne dérogent pas à cette règle. Eux non plus n'ont jamais adressé la parole à aucun des habitants du lotissement, tout au plus répondu « d'accord » au quinquagénaire d'à côté quand il leur a demandé de jeter un œil à sa maison pendant les deux semaines où il serait en vacances à l'étranger.

— D'accord, avait dit Jean-Philippe.

Gaëlle avait perçu dans la voix de son mari cette intonation discordante qui la colorait quand il était insincère.

— Les cambriolages ont lieu entre quatre et cinq heures du matin, avait dit Jean-Philippe à sa femme, une fois le voisin parti pour Stockholm, Cancún ou Dieu sait où. Qu'est-ce qu'il croit, celui-là ? Que je vais passer la nuit à la fenêtre à surveiller sa baraque ? Il a qu'à s'acheter une alarme.

Gaëlle se demande si le voisin quinquagénaire est là ce

matin. Elle suppose qu'il est commercial, quelque chose comme ça. Il ne semble pas avoir d'horaires fixes. Il part parfois pour la journée, souvent pour quarante-huit heures. Elle imagine qu'il est sur les routes, qu'il sillonne la France pour vendre des aspirateurs ou des tringles à rideaux. Non, ça ne se fait plus, ce genre de choses. Elle ignore ce qu'il pourrait bien vendre. Ils vivent côte à côte depuis plus de dix ans et elle ne le lui a jamais demandé. Ça aurait été indiscret. Ici, on se mêle de ce qui nous regarde. On n'est pas de la police. Pourtant, elle aurait aimé savoir s'il était là ce matin, quand la grande bonne femme en combinaison est passée devant la maison pour la troisième fois.

Ils ne sont pas censés travailler en équipe, ces gens-là ? Gaëlle ne se souvient pas avoir jamais vu des types d'EDF ou du gaz effectuer des opérations seuls.

Elle se déplace d'une extrémité à l'autre de la fenêtre pour balayer la rue du regard.

Aucun collègue. Aucune voiture non plus. Aucun véhicule utilitaire marqué du sigle d'une société qui aurait pu donner un indice sur la raison de la présence de cette femme.

C'est un lotissement calme, dans un village calme. Les seules personnes qu'on voit dans cette rue sont les riverains, quelques joggeurs le dimanche, et parfois des artisans venus faire des travaux pour l'un des voisins. Ce sont des plombiers, des couvreurs, des électriciens, et le plus souvent, des paysagistes et des jardiniers qui entretiennent les immenses jardins et les interminables haies de thuyas.

Gaëlle sort de la cuisine, traverse le salon et monte à l'étage. Elle se dit que depuis la fenêtre de la chambre d'Alice, elle aura une meilleure vue.

Elle se sent un peu idiote en montant l'escalier. Elle n'a pas que ça à faire ce matin. Il y a une tonne de lessive en retard, du repassage qui s'accumule. Il faudrait aussi qu'elle réussisse à joindre Da Silva, le réparateur de vélo, pour savoir s'il a enfin réussi à lui régler son dérailleur GX Eagle. Sinon, c'est fichu pour le raid avec les filles dimanche. Comme tous ces jeudis où elle est seule à la maison, son emploi du temps ressemble à celui d'Elizabeth II. Elle n'est même pas certaine d'avoir le temps de tout faire et la voilà cachée derrière les rideaux de la chambre de sa fille, en train d'espionner une pauvre femme qui doit juste faire son travail, compter le nombre de bouches d'égout, réparer les réverbères ; qui sait la somme de tâches insoupçonnables qu'une armée de techniciens accomplit pour qu'une ville soit vivable ? Ce n'est pas habituel que quelqu'un rôde autour de la maison, mais cela ne signifie pas que ce n'est pas normal. C'est peut-être même indispensable, sans quoi le quartier menacerait de s'écrouler sous le poids de sa décrépitude.

Elle se dit qu'elle est un peu nerveuse, un peu inquiète.

Elle est trouillarde aussi, elle le sait bien ; toujours à imaginer les pires scénarios, à remarquer des détails insignifiants auxquels elle accorde une importance disproportionnée, sur lesquels elle s'appuie pour échafauder des histoires folles et morbides. Cette boîte à outils dans la main de la femme sur le trottoir, elle paraît bien légère. Contient-elle vraiment des outils ? Ou bien, oui, elle contient des outils mais c'est la femme qui est vraiment très forte pour la porter avec autant d'aisance. Pourquoi est-elle aussi forte ?

C'est toujours pareil. Elle affabule, elle se fait peur, et en définitive, il n'y a jamais rien. Depuis les attentats de 2015, chaque fois qu'elle voit entrer un jeune homme un peu basané dans la salle d'attente du cabinet médical où elle travaille, elle se tient sur ses gardes, au cas où. C'est bête, elle le sait bien que c'est bête, mais c'est incontrôlable. Comme dans un rêve éveillé, les gyrophares du RAID tournoient avec un logo BFMTV dans un coin de son écran intérieur.

Aïe. Sans s'en rendre compte, Gaëlle vient de s'arracher un bout d'ongle à force de le mordiller.

Elle saigne, suce son doigt, sent dans sa bouche le goût et la chaleur du sang. Elle ne quitte pas des yeux la femme sur le trottoir. Celle-ci cherche quelque chose. Soudain, elle se redresse, se tourne vers le bout de la rue, fait un signe, comme si elle appelait quelqu'un.

Alors ils sont peut-être bien deux, songe Gaëlle.

Elle est rassurée. Dans la chambre d'Alice, il y a toujours cette odeur d'enfant qui l'apaise.

Elle suce son doigt machinalement. Elle pense à sa fille. Est-ce l'heure de la récréation ?

Gaëlle scrute les toits des maisons, au loin. L'un d'eux doit être celui de l'école.

Elle se détourne de la fenêtre et sort de la petite chambre. Elle descend les escaliers.

Depuis la buanderie, le bip-bip de la machine à laver indique que le programme est terminé.

Gaëlle visualise les prochaines minutes : sortir le linge humide de la machine, le mettre dans le panier d'osier, vider le sac de linge sale sur le sol, trier ce qui passe en machine de ce qu'elle lavera à la main, lancer le programme, emporter le panier d'osier sur la terrasse, étendre le linge pour qu'il sèche. Mais elle se fige sur une marche de l'escalier, à mi-hauteur. Elle réalise que son futur sera différent : la sonnette vient de retentir.

Elle descend lentement les dernières marches, pour ne pas faire de bruit. Elle sait que c'est stupide, car la personne qui vient de sonner – cette femme sans aucun doute – est sur le trottoir, près du portail, là où se trouve la sonnette, à une trentaine de mètres à l'extérieur. Comment entendrait-elle quoi que ce soit ? Gaëlle pourrait faire tout le bruit qu'elle veut. En revanche, si elle veut faire croire que la maison est vide, elle doit éviter la fenêtre de la cuisine. La personne qui a sonné guette une réaction, une porte qui s'ouvre, un mouvement.

Il suffirait qu'elle reste là, immobile au bas de l'escalier.

Mais si c'était le facteur ? Si Jean-Philippe attendait un courrier important ? Comment justifierait-elle le fait de ne pas avoir ouvert et signé l'accusé de réception ? Ça le rendrait furibard.

Elle pourrait dire qu'elle s'est absentée juste à ce moment-là, pour acheter du pain par exemple. Ou bien que le facteur a sonné quand elle était dehors en train d'étendre le linge. C'est pas de chance, non ?

Mais ce pourrait être aussi cette femme, cette femme inoffensive et qui fait seulement son travail, qui sonne à la porte pour l'avertir d'un danger imminent. Votre trottoir menace de s'affaisser. Le ru du village est en crue. Un sanglier a été vu dans le quartier. Pire, une surcharge électrique rend tous les appareils potentiellement mortels, et toi, Gaëlle, tu te caches et tu ne réponds pas ? Un petit coup d'œil par la fenêtre de la cuisine, histoire d'en savoir un peu plus, être certaine au moins que ce n'est pas le facteur qui apporte un colis important.

Gaëlle avance à pas de loup vers la cuisine.

Sur le guéridon, à côté du téléphone, il y a une photo encadrée. Alice, Jean-Philippe, et elle. Ils prennent la pose devant un paysage maritime. C'était à Cassis, à Bandol, ou peut-être à Six-Fours. Ils sont allés plusieurs fois dans toutes ces villes. Au début, ils plantaient leur tente dans des campings, quand Alice était bébé, puis la tente est devenue une caravane, puis la caravane est devenue un bungalow, puis ils ont cessé d'aller dans des campings, pour, depuis deux ou trois ans, louer un appartement dans des résidences balnéaires.

— On peut bien se le permettre, avait dit Jean-Philippe. On trime assez toute l'année. Je me coltine des gens que je déteste à longueur de journée, alors j'aimerais autant avoir un peu de tranquillité quand je suis en vacances. Et puis les rires des vieux qui jouent au tarot à trois heures du matin et l'odeur du shit des ados, ça va bien cinq minutes.

Sur la photo, Alice porte sa robe blanche avec le col en dentelle. Ce devait être à Bandol. En tout cas, pas à Six-Fours. Gaëlle s'immobilise. Ses pieds sont à la limite entre le parquet blanc du salon et le carrelage gris de leur cuisine ouverte. Si elle fait un pas de plus, la personne qui se tient à côté de la sonnette pourrait la voir par la fenêtre.

La sonnette retentit à nouveau.

Juste un coup d'œil, pour en avoir le cœur net. De

toute manière, ce visiteur ne semble pas vouloir partir. Il voit bien le portail ouvert, la voiture garée dans la cour.

Juste un coup d'œil. Avec un peu de chance, ce sera précisément le moment où cette personne ne regardera pas, distraite par un vol d'oiseau, l'aboiement d'un chien.

Gaëlle hésite, puis se lance. Elle fait un pas en avant. La femme est là.

Gaëlle pousse un cri. Son cœur s'arrête, ses épaules se raidissent, un tremblement court le long de sa colonne vertébrale. La femme est là, derrière la fenêtre de la cuisine. Pas sur le trottoir, près de la sonnette. Là, debout, qui la fixe.

— Pardon, dit la femme, confuse. Je voulais pas vous faire peur.

Gaëlle reprend ses esprits. Elle sent son cœur battre à toute allure.

Dans la buanderie, le lave-linge lance son appel, imperturbable. Il devra attendre encore un peu. Les hypothèses ont fané. La réalité de la situation s'impose, comme une ombre derrière les vitres de la cuisine. Il n'est plus temps de se cacher, d'espérer que l'événement mourra de lui-même. Il faut répondre, même si ce doit être avec le langage du corps.

Gaëlle fait quelques pas en direction de la fenêtre.

— Comment ? Qu'est-ce que vous dites ? ment-elle.

Bien que la voix de la femme soit légèrement atténuée par le triple vitrage, elle a parfaitement entendu. Prétendre le contraire, c'est effacer cette entrée en matière. La peur. Le fait qu'elle ait peur. Mais non, je n'ai pas peur. Mais si, je vous ai vue sursauter. Voilà. Non. Mieux vaut faire mine de n'avoir pas saisi le mot « peur » et repartir à zéro. Deux femmes qui se parlent, simples, inoffensives, sans qu'aucune craigne l'autre.

— Je suis désolée de vous déranger mais j'ai vu la voiture dans la cour. Je suis technicienne. Je pose la fibre dans le quartier.

— On a déjà la fibre, dit Gaëlle, en poussant le volume de sa voix pour que ses paroles parviennent correctement à son interlocutrice et aussi pour y ajouter un soupçon de fermeté.

Vous comprenez que vous me dérangez ? Vous vous engagez à dire ce que vous avez à dire le plus vite possible et à déguerpir, merci ? Ce sont ces sous-entendus qui voyagent avec les mots quand ils sont dits sur un tel ton.

— Oui, je sais, répond la femme. Je suis vraiment désolée mais en câblant un pavillon, un peu plus loin dans la rue, je vous ai déconnectée.

— Comment ça, déconnectée ?

— J'ai coupé votre fibre. Vous n'avez plus internet.

Gaëlle se raidit. Son visage s'assombrit. Elle devient subitement une autre personne. Elle était la ménagère fragile terrifiée dans sa petite maison de paille. Elle se change en cliente, en abonnée, en celle qui paie pour un service et à qui on vient dire que le contrat ne peut être honoré. Internet, le téléphone, la télé. Voilà ce à quoi on pense quand on entend prononcer le mot « fibre ». Aussi grande qu'elle soit, aussi costaude, aussi épaisse dans sa combinaison marron trop large, la bonne femme n'impressionne plus du tout Gaëlle.

— Non, mais ça va pas !

C'est comme si le triple vitrage n'existait plus.

— Vous allez nous remettre ça tout de suite !

— Oui, oui, bien sûr, dit la femme. Mais il faut que j'accède à votre installation. Pour reconfigurer.

— À mon installation ?

— À votre routeur internet. Votre box, quoi.

Le lave-linge gémit. Il faut sortir les vêtements humides, remplir le tambour avec des vêtements sales, lancer une nouvelle lessive, étendre le linge propre. Gaëlle n'a pas de temps à perdre avec ces histoires de fibre. Or elle sait aussi que ce soir, quand Jean-Philippe rentrera, si la télé ne fonctionne pas, ce sera l'enfer. Il fera la tête, il sera grognon, il en aura après la terre entière...

— C'est vraiment nécessaire ? demande-t-elle. Vous pouvez pas simplement rebrancher ce que vous avez débranché ?

— J'ai tout remis en place, bien sûr, mais pour que vous soyez à nouveau connectée, je dois réinitialiser votre box.

Gaëlle ne comprend pas pourquoi cette manœuvre est nécessaire, mais après tout, elle n'était pas là quand la fibre a été installée. Ce pourrait être la procédure normale. La femme a l'air sincère en tout cas. Sa carrure est impressionnante mais ses traits sont fins, presque enfantins. Des yeux bleu-gris éclairent un visage que personne ne qualifierait de beau, auquel on pourrait néanmoins trouver un certain charme. Dans d'autres circonstances peut-être.

— Attendez, je reviens, dit Gaëlle, avant de se diriger prestement vers la buanderie.

Le bip-bip de la machine à laver la rend dingue. Qu'il se taise et après on réfléchira.

Elle traverse le salon, s'arrête près du canapé en cuir

blanc. Bip! Bip! Elle ramasse la télécommande de la télé sur la table basse et appuie sur le bouton « marche ». L'écran scintille mais reste noir, à l'exception d' un message prévenant de l'absence de signal.

Gaëlle passe en revue les chaînes ; aucune image, aucun son.

Elle éteint le téléviseur, jette la télécommande sur le canapé et va dans la buanderie où elle tourne la molette de la machine à laver pour faire taire ce maudit bip-bip.

Puis elle retraverse le salon et se poste devant la porte d'entrée. Elle prend une profonde inspiration, pose sa main sur la poignée, et ouvre enfin la porte.

Elle contient un nouveau sursaut. La femme est derrière. C'est une manie ou quoi ?

— Vous en avez pour longtemps ? demande Gaëlle.

— Ça dépend. Entre cinq et dix minutes, si on ne rencontre aucun problème.

— Alors arrangez-vous pour qu'il n'y ait aucun problème.

Gaëlle pivote, s'écarte.

La femme fait un pas en avant. Elle pose un pied sur le parquet blanc de l'entrée, puis un autre. Elle referme la porte derrière elle. Elle est dans la maison. Droite comme un I, imposante. Gaëlle est gênée par ce corps, ce volume qui dévore l'espace de son foyer. En chaussons, elle se sent encore plus petite. Elle se sent nue. Au cabinet médical, en ville, dans la rue, personne ne la voit jamais autrement qu'en talons. Hormis Jean-Philippe et Alice, personne ne connaît sa véritable taille.

Il y a un logo brodé sur la combinaison marron de la femme. Gaëlle croit identifier celui d'un opérateur téléphonique mais elle n'en est pas certaine. Ce pourrait tout aussi bien être celui d'une compagnie d'assurance, d'un constructeur automobile. Elle se souvient de cette soirée chez Claire et Yoann. Ils avaient joué à ce jeu, justement, où l'on doit reconnaître une marque à partir de son logo. Une fois qu'on a la solution, ça paraît évident, mais avant, beaucoup moins.

La femme ne bouge pas. Elle ne sourit pas. Elle ne manifeste aucune émotion. Elle demeure immobile.

Gaëlle prend peur. La situation devient gênante, inquiétante. Les secondes coulent.

— La box, dit la femme.

— Quoi ?

— Elle est où, votre box ?

Gaëlle est soulagée.

— Ah oui, excusez-moi, c'est par là, dans le bureau de mon mari. Il ne va pas tarder, d'ailleurs.

C'est faux. Gaëlle s'est sentie obligée d'ajouter ce détail, comme une sorte de minuterie qu'elle positionnerait au-dessus du déroulé des événements, comme la figure éthérée d'un ange gardien masculin dont la simple mention pourrait ôter à cette intruse ses velléités criminelles, si toutefois elle en avait, s'il lui en venait maintenant qu'elle est dans la maison, seule avec une femme seule, derrière un triple vitrage et des dizaines de mètres de vide qui la séparent de toute aide.

Gaëlle avance dans le salon, poursuit jusqu'à la porte du bureau qu'elle ouvre en grand. Elle s'écarte, n'entre pas.

— C'est là, dit-elle. À côté de l'ordinateur.

La femme ne dit rien. Elle va vers le bureau, pose sa boîte à outils au sol, se penche sur la box dont les voyants clignotent. Elle soulève l'objet, le manipule pour en examiner toutes les faces.

— Alors ? demande Gaëlle.

— Je vous ai dit, répond la femme sans quitter des yeux l'appareil qu'elle tient entre les mains. Cinq, dix minutes. Il faut que je me branche. Je peux m'asseoir ?

Gaëlle ne répond pas. Elle se sent rougir de cette impolitesse. La réponse correcte aurait été « oui, bien sûr » du tac au tac. Mais elle ne parvient pas à le dire. C'est le bureau de son mari. Elle-même y entre rarement. Non pas que ça lui soit interdit, mais c'est un espace privé, en quelque sorte, et où elle n'a rien à faire. Tout au plus s'y rend-elle pour rechercher une facture dans les dossiers que le couple archive ici, quand un appareil électroménager tombe en panne et qu'il est encore sous garantie.

C'est Jean-Philippe qui passe du temps dans cette pièce. Deux heures, parfois trois certains soirs ou le weekend, le nez sur son ordinateur ou au téléphone avec des clients, des confrères. La porte est ouverte, le plus souvent, mais quand ce n'est pas le cas, Alice et elle savent qu'il ne faut déranger le père sous aucun prétexte. Là non plus, aucune règle n'a été prononcée à haute voix. C'est la chimie familiale qui opère, fait réagir naturellement ses trois composants pour obtenir un équilibre.

— Je vous laisse un instant. Faites vite, s'il vous plaît.

Gaëlle ne sait pas si cette attitude est convenable mais la femme ne semble pas vexée. Elle ne semble rien du tout à vrai dire. Elle reste debout comme on lui a demandé, fait ce qu'elle doit faire. Elle saisit sa boîte à outils et la pose sur le fauteuil en cuir de Jean-Philippe, l'ouvre, en sort un petit appareil électronique. Gaëlle trouve que ça ressemble à une console de jeu, une grosse Gameboy avec un clavier.

Elle devrait partir comme elle vient de l'annoncer, aller étendre le linge, lancer une autre lessive. Pourtant, sa curiosité la retient sur le pas de la porte.

La femme branche sa machine à la box de la maison. Un bip retentit, moins agressif que celui du lave-linge, plus rond.

— Bien, je vous laisse, répète Gaëlle.

Elle traverse le salon, regarde par la porte-fenêtre arrière, voit son jardin, sa terrasse neuve qu'elle trouve si belle, la piscine, encore bâchée en ce début de printemps, les arbres fruitiers et le portique d'Alice tout au fond. Elle trouve ce qu'elle cherchait du regard : l'étendoir, plié, appuyé sur le muret qui encadre la terrasse.

Elle entre dans la buanderie, s'accroupit devant la machine à laver. Elle ouvre le hublot, sort le linge humide qu'elle met dans le panier d'osier.

Elle interrompt son mouvement. Elle a cru entendre un bruit. C'est un bruit qu'elle connaît bien. Le grincement du tiroir du bureau de Jean-Philippe. Toutefois, avec le frottement des habits qu'elle manipulait, elle n'en est pas certaine. Elle attend, ne fait plus un geste, tend l'oreille.

Il faudrait qu'elle aille voir. Et si cette bonne femme était en train de fouiller partout ? Mais le bruit n'était pas si distinct. Elle a pu se tromper. L'inquiétude lui aura fait entendre ce qu'elle craint d'entendre. Elle préfère ne plus y penser, conjurer le sort en agissant comme si de rien n'était.

Elle finit de mettre les habits dans le panier et se tourne pour atteindre le sac de linge sale. D'instinct, elle jette un coup d'œil dans l'entrebâillement de la porte. Et elle la voit.

Elle n'est plus dans le bureau. Elle est debout, penchée sur le guéridon du téléphone. Gaëlle ne voit que son dos, distingue mal ce qu'elle fait exactement. Est-ce que c'est le petit cadre doré avec la photo des vacances à la mer qu'elle tient entre ses mains ?

— Hé ! lance-t-elle.

C'est plus fort qu'elle. Elle est incapable de contenir ce cri.

La femme se retourne. Elle a les mains vides.

Gaëlle sort en trombe de la buanderie.

— Qu'est-ce que vous faites ?

— Rien. Enfin, si, je vérifiais la tonalité du téléphone. Enfin, s'il y avait une tonalité.

— Ah, dit Gaëlle.

Le salon est grand. Elle était accroupie. Il y a peu de lumière en cette matinée couverte. Elle a dû mal voir. C'est ce qu'elle se dit, même si ça commence à faire beaucoup. Mal entendre, mal voir, avoir peur. Il est temps que ça se termine, que cette femme sorte de sa maison.

— Ce sera encore long ?

— Je viens de commencer, répond sèchement la femme, avant de retourner dans le bureau.

Gaëlle soupire et rentre dans la buanderie.

Elle vide le sac de linge par terre, se met à genoux sur le sol et commence à trier les vêtements. Elle extrait du tas les habits blancs qu'elle fourre dans le tambour. Quand elle a terminé, elle ferme le hublot, verse de la lessive dans le tiroir de la machine, lance un programme de lavage et remet le linge sale restant dans le sac.

Elle repense à Da Silva. Elle repense à son vélo. Elle l'a déposé mardi et elle commence à se dire qu'elle ne l'aura pas pour dimanche. Da Silva s'occupe de tous les cyclistes pros et semi-pros du département. Chaque fois qu'elle lui a confié son VTT, il y en a eu pour au moins une semaine, et ce n'était pas la belle saison. Décidément, il va falloir qu'elle se mette à la mécanique. Toutes les autres filles font leurs réglages elles-mêmes. Pourquoi pas elle ? Mélanie a bien construit son vélo de A à Z avec des pièces achetées sur internet. Elle devrait être capable d'ajuster un simple dérailleur. Il suffit d'avoir les outils adéquats, un bon tutoriel sur YouTube et du temps.

Du temps, pense-t-elle.

Elle se relève, prend le panier en osier et sort de la buanderie. À l'exception du bruit de l'eau qui remplit le tambour de la machine, tout est calme. Aucun son ne provient du bureau. Gaëlle fait coulisser la porte-fenêtre arrière. Elle s'apprête à sortir, puis se ravise.

Elle pose délicatement le panier d'osier et se rapproche à pas de loup du bureau. Elle prend garde à ne pas faire grincer les lattes du parquet. Avec le temps, elle a appris où poser les pieds pour avancer sans bruit, pour ne pas réveiller Alice qui s'endormait sur le canapé quand elle était plus petite, pour ne pas déranger Jean-Philippe quand ils s'assoupissent devant la télé et qu'elle monte se coucher.

Elle est toute proche du chambranle de la porte du bureau maintenant. Le lave-linge a terminé le remplissage. La tuyauterie claque quand l'eau se coupe. Le tambour entre en rotation, un autre son envahit l'espace. Un doux ronronnement. Un clapotis étouffé. Il suffirait qu'elle se penche pour voir l'intérieur de la pièce.

Un autre bruit. Le craquement du cuir sur le fauteuil de Jean-Philippe. Gaëlle écarquille les yeux, de surprise, de peur. Elle incline à peine la tête, assez pour avoir la confirmation de ce qu'elle craignait. La femme est assise dans le fauteuil de son mari. Mais elle n'est pas face au bureau, à la box, à son appareil bizarre. Elle a fait pivoter le fauteuil. Elle est tournée vers la porte. Elle regarde Gaëlle, fixe sa petite tête ridiculement passée dans l'entrebâillement de la porte. Sans expression. Ni crainte, ni haine.

Gaëlle sent sa bouche qui s'assèche. Elle devrait parler, dire à cette femme de ne pas s'asseoir là. Après tout, elle ne lui a pas dit de ne pas le faire. Elle ne lui a pas autorisé mais pas interdit non plus. La technicienne s'est confortablement installée dans cette ambiguïté.

Allons, Gaëlle, tu sais très bien que tout ça, c'est des conneries. Cette fille sait très bien ce qu'elle fait et ce qu'elle fait n'est pas normal. Rien n'est normal depuis le début. Cette histoire de fibre, cette combinaison trop grande, cette manière qu'elle a de te regarder, comme un prédateur, comme un animal prêt à te sauter à la gorge.

Gaëlle connaît ce regard froid ainsi que tout ce qu'il contient de menace. Petite, elle avait un chien, un malinois noir et feu que ses parents avaient acheté avant sa naissance dans un refuge. On les avait prévenus que l'animal avait dû vivre des traumatismes avant d'être recueilli, que certaines de ses réactions, par conséquent, étaient imprévisibles.

— Qui sait ce qui se passe dans leurs têtes ? avait dit la directrice du refuge. Ils sont doux, affectueux, et soudain, ils vous mordent le visage. Pour eux, c'est normal. C'est leur langage de chien éduqué au fer rouge et aux coups de pied. Pendant que vous saignez, ils se couchent et font leur toilette. Ils ne vivent pas dans le même monde que nous. Ils n'obéissent pas aux mêmes règles.

La mère de Gaëlle avait été terrifiée par cette mise en garde. Elle avait voulu renoncer à cette adoption. C'est l'insistance de son mari qui l'avait convaincue et ils étaient rentrés chez eux avec cette bête de presque deux ans dont personne ne connaissait le passé.

Gaëlle était née à peine un an plus tard. D'aussi loin qu'elle se souvienne, sa mère lui a toujours raconté l'histoire du refuge et répété les mots de la directrice. Gaëlle a grandi, avec dans un coin de sa tête, en permanence, l'idée que son chien, un membre de la famille à part entière, pouvait lui sauter à la gorge et la dévorer. Quand elle regardait les dessins animés du mercredi matin, avec l'animal couché près d'elle sur le canapé, elle observait à la dérobée le cabot inexpressif, ses deux globes noirs, sans âme qui les fasse briller.

Le malinois est mort à l'âge de douze ans. Durant les dix années où il a vécu avec Gaëlle et ses parents, il n'a jamais mordu personne.

Gaëlle pense à son chien, à ses chaussons qui la rendent vulnérable, à Jean-Philippe qui est beaucoup trop loin pour lui porter secours, même si elle l'appelait immédiatement. Elle a le temps de penser à tout ça, et à sa peur aussi, et au courage dont elle aimerait faire preuve en chassant cette bonne femme, peu importe que la box soit réparée ou non. Elle a le temps de penser à tout ça bien qu'une poignée de secondes se soient écoulées depuis que les regards des deux femmes se sont croisés.

— Ça prend du temps, dit enfin la technicienne. Je réussis pas à récupérer votre signal.

Et sans attendre de commentaire, elle fait pivoter le fauteuil pour se replacer devant son appareil.

Même de dos, même derrière l'épais dossier capitonné, Gaëlle a l'impression de voir les deux globes noirs qui la braquent, limpides.

Elle sent un courant d'air frais. La baie vitrée est entrouverte. Le panier d'osier plein de linge humide posé à côté. Dehors, son moi insouciant est en train d'étendre la lessive en fredonnant. Elle s'imagine sereine, vaquant à ses occupations sans s'inquiéter de la présence d'une technicienne d'opérateur télécom en train de faire Dieu sait quoi dans le bureau de son mari. Ce serait bien qu'elle soit cette femme-là. Ce serait doux. Ses cheveux, peut-être, blanchiraient plus tard, ses rides se creuseraient moins vite. Existent-ils seulement ces gens-là ? Ceux qui accueillent les inconnus avec de grands sourires et des « bien entendu, faites comme chez vous » ? Avec tout ce qu'on voit à la télévision, quand on sait de quoi sont capables les malfrats pour vous voler, vous agresser sexuellement, vous faire souffrir pour rien, pour le plaisir, par vice, par folie, comment garder son calme dans ces situations ?

La panique s'installe. Elle fait son nid dans son thorax, entre deux côtes, entre le cœur et un poumon, près du cœur pour le faire s'emballer, près du poumon pour la faire suffoquer. Elle est là depuis plusieurs minutes maintenant et elle grandit.

Gaëlle ne sait pas quoi dire. Aucune idée ne lui vient pour mettre un terme à ce cauchemar éveillé. Elle se sent condamnée à agir comme si tout était normal alors que bon Dieu, non, tout n'est pas normal.

Elle traverse le salon, attrape le panier en osier et sort sur la terrasse.

Elle déplie l'étendoir, se met à y disposer le linge tout en jetant des coups d'œil à l'intérieur de la maison.

Le ciel est couvert, la température est fraîche. Elle entend au loin le bruit caractéristique d'une voiture qui roule en marche arrière. Le chant des oiseaux est comme un piaulement permanent, qui vient de partout à la fois, du ciel aussi. L'éruption du printemps les rend tous dingues. La nature entière est hystérique.

Gaëlle remarque un mouvement dans le salon. La femme est sortie du bureau. Elle s'approche de la porte-fenêtre et l'ouvre. Elle reste à l'intérieur.

— J'aurais besoin de vérifier votre télévision. Pour voir si vous avez récupéré tous les canaux.

— Oui, d'accord, allez-y, dit Gaëlle.

La femme ne bouge pas. Elle scrute la terrasse, comme si elle examinait chaque pierre.

— Elle est belle, votre terrasse. C'est du marbre ?

— Oui. Enfin, non. C'est du comblanchien, une pierre de Bourgogne.

— Très beau, insiste-t-elle. Ça a dû coûter bonbon.

Gaëlle est déstabilisée et, en même temps, cette conversation la calme. Elle a l'habitude de ces discussions moyennement techniques. Elle s'y sent bien. Parler du prix des meubles, des options des voitures, des teintes de peintures murales, c'est un territoire familier qu'elle aime arpenter. Il ne dissimule aucune ombre, aucun cul-de-sac menaçant. C'est exactement ce qu'il lui faut maintenant.

— C'est moins cher que du marbre, dit Gaëlle.

— C'est compliqué à poser ? demande la femme. On peut faire ça tout seul ?

— J'en sais rien. J'imagine que oui, si on est doué de ses mains. Nous, on l'a fait poser par un artisan.

Un chien est pris d'une crise d'aboiements frénétiques à quelques maisons de là. L'odeur de la lessive se mêle à celle de l'herbe fraîche. Le gazon est constellé de bouquets de primevères colorées.

— Je vois que vous avez aussi fait le tour de la piscine avec cette pierre. Comment vous l'appelez déjà ?

— Le comblanchien, dit timidement Gaëlle.

Et si l'une de ces conversations techniques s'avérait menaçante, truffée de pièges mortels, infestée de bestioles venimeuses ?

— Le comblanchien, d'accord, répète la femme. J'essaierai de m'en souvenir.

Elle fixe Gaëlle de très longues secondes, droit dans les yeux, toujours avec ce regard neutre, impénétrable, puis elle referme la baie vitrée et se dirige vers la télé.

Gaëlle a les mains trempées. Elle s'aperçoit que ses pieds le sont aussi. Le pull orange d'Alice a dégoutté sur elle pendant qu'elle parlait de pierre de Bourgogne avec une inconnue. Cette machine à laver essore décidément très mal. Jean-Philippe dirait que ce n'est pas le moment d'en changer, qu'il faut qu'ils fassent très attention avec l'argent, au moins pendant quelques mois, le temps que ce maudit redressement fiscal soit terminé.

Elle étend le petit pull, prend le panier d'osier, marque un temps d'arrêt. Une fraction de seconde, elle a une drôle d'impression. Avec cette femme à l'intérieur et elle dehors, elle a hésité à retourner dans la maison, comme si ça lui était défendu, comme si ce n'était pas chez elle, qu'elle étendait le linge pour quelqu'un d'autre, une grande dame baraquée au service de laquelle elle travaillerait.

Elle pense à Nathalie, la femme de ménage qu'elle a embauchée l'année dernière. Ça n'avait pas duré longtemps. Son employée était trop sûre d'elle, faisait preuve de trop de familiarité ; elle se permettait même de lui donner des leçons.

— Franchement, vous devriez poser une alarme, avait-elle dit, par exemple. On sait jamais ce qui peut arriver. Avec toutes les belles choses que vous avez ici.

Gaëlle avait trouvé ça inquiétant. De quoi elle se mêlait, celle-là ? Elle était là pour passer la serpillière et l'aspirateur, pas pour reluquer les belles choses dans la maison. Elle n'en avait rien dit. Plus tard, quand Nathalie lui avait reproché de ne pas bien entretenir la cuvette des toilettes, Gaëlle avait rougi, s'était entendue répondre qu'elle était désolée, telle une enfant qu'on vient de réprimander mais, le soir même, avait appelé l'agence pour dire qu'elle voulait se séparer de son employée. Pourtant, était-ce vraiment Nathalie qui s'était mal comportée ? Au fond, n'était-ce pas Gaëlle qui autorisait ses interlocuteurs, par son attitude, le ton de sa voix, quelque chose dans son regard, à prendre leurs aises, à proférer des paroles, exécuter des gestes, qu'ils ne se seraient pas permis avec une autre ? Les situations étaient nombreuses où on ne lui témoignait pas le respect qu'elle méritait. D'aussi loin qu'elle se souvienne, elle vivait avec ce sentiment qu'elle devait s'excuser d'être là, de déranger, même avec sa propre femme de ménage. Et si cette technicienne l'avait senti ? Si elle avait décidé d'en profiter, de verrouiller la porte-fenêtre, de laisser Gaëlle dehors, de s'installer à l'intérieur, d'attendre le retour de Jean-Philippe en regardant la télé en parfait état de marche, de sourire quand il se pencherait pour l'embrasser et lui demander comment s'était passée sa journée. Mais Alice ? Dans ce cas, qu'adviendrait-il de sa fille ? Qui serait allé la chercher à l'école ?

Cette fois, ça suffit. Cette comédie a assez duré. Gaëlle a pris sa décision. Elle va entrer et demander à la femme de partir. Puisque cette technicienne ne réussit pas à rétablir sa connexion, Gaëlle appellera son opérateur et on lui enverra quelqu'un de compétent. De toute évidence, pas vous, madame. Ça fait plus d'un quart d'heure que vous faites les cent pas chez moi et rien n'est résolu. Le problème que vous-même avez créé n'est pas résolu. Alors maintenant, vous sortez d'ici.

Gaëlle est déterminée. C'est ça qu'elle va dire. Et quand la femme sera partie, elle va fermer la porte à double tour, appeler Jean-Philippe pour tout lui raconter, en essayant de ne pas pleurer, parce que toute cette pression, tu comprends, je la relâche, c'était tellement stressant, mon cœur, elle marchait dans la maison, chez nous, je ne savais pas ce qu'elle trafiquait, tu crois qu'on devrait changer les serrures ? Ça ne t'inquiète pas, toi ?

Elle fait coulisser la baie vitrée et pénètre dans le

salon avec son cœur qui bat à deux cents à l'heure. Il faut pas se dégonfler maintenant, Gaëlle, il faut y aller.

— Maintenant..., commence-t-elle en entrant dans le bureau.

Elle s'interrompt. Il n'y a personne. Seulement cet appareil clignotant branché sur la box.

Gaëlle sort du bureau, scrute le séjour. De là où elle est, elle voit tout le salon, une partie de la buanderie dont la porte est encore ouverte, et aussi la cuisine. Il n'y a personne ici.

Au-dessus d'elle, du bois grince. Des sons réguliers qu'elle distingue à peine. Quelqu'un marche à l'étage.

Elle est tétanisée. Cette garce est montée ? Elle a osé faire ça ?

Gaëlle suit les sons du regard. L'intruse est probablement dans le couloir. Dans les chambres, il y a de la moquette ; le sol ne grince pas.

Les pas continuent en direction de l'escalier. Ils stoppent.

Gaëlle pense que la femme est devant la chambre d'Alice. Devant la chambre de sa fille. Sa poitrine l'oppresse. Elle a l'impression qu'elle va sangloter. C'est un cauchemar, un cauchemar.

La marche reprend. Les pas font craquer les premières marches de l'escalier. Elle redescend. Elle arrive. Gaëlle distingue déjà ses affreuses baskets sales qui dépassent de sa laide combinaison. Quand la technicienne arrivera en bas, elles seront nez à nez.

Un instant, Gaëlle pense à s'enfuir, prendre les clés de sa Mini Cooper, foncer dehors, rouler le plus vite et le plus loin possible. Et laisser sa maison à une inconnue ? Lui offrir le loisir de fouiller dans ses affaires, dans celles de sa fille ? Non. Elle en est incapable. D'autant qu'une infime partie d'elle continue à se dire que malgré l'accumulation de faits inquiétants, malgré les explications évasives de la femme, il reste une chance pour que tout ça soit vrai. Mais alors qu'est-ce qu'elle foutait à l'étage, merde ?

— Je cherchais les toilettes, dit la femme, en atteignant le bas de l'escalier, voyant Gaëlle plantée là, agitée de légers frissons.

— Vous auriez pu demander. Il y en avait en bas.

— Oui, je sais, dit la femme avec ses yeux toujours aussi morts, son intonation toujours aussi plate, son visage égal. Mais je voulais voir la chambre d'Alice.

Les jambes de Gaëlle perdent de leur force, se dérobent sous le poids du corps qu'elles ne parviennent plus à porter. Elle sent aussi le flot de larmes qu'elle cherche depuis si longtemps à réprimer remonter dans sa gorge, jusque dans ses sinus, là, derrière son nez et sa langue, où patientent la détresse et l'épuisement des nerfs.

Bien sûr qu'elle n'a jamais prononcé le prénom de sa fille. Quelle putain d'explication rationnelle cette infime partie d'elle qui reste confiante pourrait bien trouver ? Quelle explication, à part celle, évidente, qui éclate et gifle et paralyse : cette salope connaît le nom de ma fille, et probablement le mien, et si elle est ici, ce n'est pas par hasard, c'est pour une raison précise et il n'y a aucune putain de chance pour que cela soit une bonne nouvelle.

— Qu'est-ce que vous voulez ?

La femme a entendu les claquements de langue et de glotte qui trahissent l'émotion, la peur, quand la plus grande des concentrations est impuissante à les dissimuler.

Le ronron de la machine à laver nimbe la scène d'un calme mystérieux.

La femme détourne le regard de Gaëlle. Elle reste songeuse, face à la baie vitrée, à considérer la terrasse.

— C'est du comblanchien, cette pierre, c'est bien ça? demande-t-elle.

Puis, sans attendre de réponse :

— J'ai un copain qui pose ce genre de terrasse. Pas seulement des terrasses, d'ailleurs. Il fait le carrelage, la faïence. C'était son boulot avant qu'il soit à la retraite. Maintenant, il travaille pour les amis seulement. Ou les amis d'amis. Ou les gens qui ont besoin de ses talents et qui peuvent payer. Les amis d'amis d'amis, on peut pas dire que ce sont encore des amis, si?

Gaëlle ne sait pas s'il faut répondre ou non. Et puisqu'elle a peur de ne pas être capable d'articuler le moindre mot, et puisqu'elle ne sait pas s'il y a une bonne ou une mauvaise réponse, et puisqu'elle commence à se douter de ce pourquoi une inconnue s'est introduite chez elle, elle préfère ne rien dire et attendre la suite.

— Non, répond la femme pour elle-même. Non. Vraiment pas des amis.

Un chuintement liquide indique que le lave-linge vient de lancer une autre phase du programme. La femme se retourne, avance vers Gaëlle qui a un mouvement de recul.

Gaëlle a un mouvement de recul.

Elle se cogne contre le montant de la porte du bureau. Avec ses genoux en laine qui plient et tremblent, elle se sent encore plus petite. Elle doit lever la tête pour croiser le regard de la femme qui s'est arrêtée devant elle.

— Tu vas dire à ton mari qu'il paie Mohammed. Pas le mois prochain. Pas la semaine prochaine. Il le paie tout de suite. Tu comprends ce que je dis ?

Des larmes se mettent à couler sur les joues de Gaëlle. Elle ne peut rien faire contre. Elle renifle, hoche la tête pour montrer que oui, elle a compris, je ferai tout ce que vous voudrez, madame, mais ne me faites pas de mal, ne faites pas de mal à ma famille, Jean-Philippe va arranger ça, c'est promis mais je vous en supplie, sortez de chez moi, maintenant.

— Bien, dit la femme.

Les secondes défilent, interminables. Gaëlle renifle encore. Elle sent sur son visage la fraîcheur du printemps, comme si elle était une prairie couverte de rosée matinale. Elle sanglote. Ça y est. Ses jambes ne peuvent plus la soutenir. Elle tombe à genoux. Elle est secouée par un hoquet et un nouveau sanglot. Elle porte ses mains à sa bouche. Elle voudrait s'empêcher de pleurer, de pousser ces cris de faiblesse. Personne ne lui interdit et pourtant, elle juge cela inconvenant dans cette situation. Sa réaction l'écœure. Elle aurait tant voulu rester stoïque, tenir tête. Ce n'est pas une maniaque qu'elle a en face d'elle, maintenant elle le sait. C'est une messagère, une exécutante dans une affaire commerciale. Ça devrait la soulager. Alors pourquoi elle s'écroule ? Pourquoi tout son corps semble demander pitié ?

La femme est impassible, ni émue, ni galvanisée par la vulnérabilité de son interlocutrice, comme si elle s'en foutait. Ce doit être le cas. Elle plonge ses mains dans les poches de sa combinaison sans quitter Gaëlle des yeux, demeure ainsi quelques instants, dans le bourdonnement du lave-linge et les pleurs gênés de Gaëlle.

— Bien, répète-t-elle.

Alors elle fait volte-face, marche tranquillement vers la porte d'entrée, ouvre le battant, sort et referme délicatement la porte derrière elle.

Gaëlle entend le bruit des pas dans les gravillons de la cour. Ses forces l'abandonnent. Elle se laisse tomber sur les fesses, tremblante, ses pleurs entrecoupés de cris rauques. Elle ne voit plus rien. Elle n'entend plus rien que le bruit dégoûtant que fait son nez quand elle renifle. Telle une enfant en crise, ses sanglots se changent en spasmes. Elle tousse. Ses larmes et ses plaintes coulent sur le parquet du salon.

Soudain, une image apparaît à l'écran de la télévision. C'est un ours polaire qui déambule sur une banquise grisâtre. La voix off explique que la réduction de son habitat le contraint à se procurer sa nourriture de plus en plus près des zones urbaines.

Gaëlle reprend doucement ses esprits. Elle essuie ses yeux dans sa manche. Le col de son chemisier est trempé. Son regard se pose sur le petit cadre doré près du téléphone. Elle voit la photo. Elle se concentre sur cette vision, sur tout ce qui compte pour elle, sur l'image de son foyer, sur son mari, sur sa fille, sous un soleil estival, souriants, heureux, vivants. Elle pleure encore, mais c'est différent. Désormais, ce faisant, elle cherche à expulser d'elle le frisson et la panique qui se sont incrustés dans ses chairs, comme ces racines de chardons dont on n'arrive jamais à se débarrasser. Elle pleure. Elle pleurera autant qu'il le faudra, assez longtemps pour évacuer tout ce que sa mémoire immédiate contient de noirceur et de peur. Elle espère y parvenir dans quelques heures, dans quelques semaines, plus tard, sans se douter qu'à compter de ce moment, jour et nuit, elle devra vivre aux côtés d'une seule et indélébile terreur qui la réveillera, qui l'empêchera de dormir, cette probabilité, cette menace, cette promesse : la grande femme impassible reviendra.

# JEUDI

MATHILDE a toujours été grande, robuste. « Un beau morceau », disait sa mère.

En primaire, elle mesurait une tête de plus que ses camarades. Au lieu de la rendre incontournable, envahissante, sa taille la faisait disparaître. Elle n'était jamais au centre des discussions, toujours en retrait des cercles d'enfants qui fomentaient des mauvais coups ou discutaient du film qui était passé à la télé la veille. On ne lui demandait jamais son avis, on ne pensait jamais à elle pour participer aux jeux de la récréation. Elle n'en a pas souffert. Elle s'est simplement construite comme ça, à l'écart, mutique, insensible, disaient certains mais ça, c'est faux. Des sentiments, elle en a eu au cours de sa vie. Beaucoup.

Mathilde monte dans la voiture. Mokhtar est au volant. Il met le contact.

Mokhtar est un Maghrébin auquel on a du mal à donner un âge. Plus de quarante ans, en tout cas. Des poils blancs parsèment sa barbe de trois jours. Son problème de poids est encore plus flagrant quand on le voit assis à la place du conducteur. Son ventre s'écrase sur le bas du volant.

— Elle est où, ma console ? demande-t-il.

— Merde, dit Mathilde. Je l'ai oubliée là-bas.

— Putain, non, *b'sah* ? braille Mokhtar. La vie de ma mère, tu retournes la chercher.

— On a pas le temps, dit Mathilde. Démarre. On peut pas rester là. La bonne femme était vraiment secouée. On sait pas ce qu'elle est capable de faire.

— Justement, crie Mokhtar. Elle pourrait appeler les flics. Si les flics trouvent la boîte à outils et la console, je fais quoi, moi ?

— Tu diras qu'on te l'a volée. Allez, démarre.

— *Khra,* dit Mokhtar.

Il tape le volant, serre les lèvres comme s'il se retenait d'ajouter quelque chose, jauge Mathilde qui ne dit plus rien, qui regarde devant elle, au-delà du pare-brise, la rue sans charme d'un lotissement de province, semblable à n'importe quel autre, n'importe où en France.

Mokhtar reste un court instant bloqué sur le profil impassible de Mathilde. Il soupire, secoue la tête, passe une vitesse et appuie sur l'accélérateur. Sa Peugeot 208 gronde et s'élance dans la rue déserte, avec la main de Fatma qui se balance au rétroviseur.

Ils sortent du quartier, sortent du village, laissent derrière eux Gaëlle, son pavillon, sa piscine, sa terrasse en comblanchien.

La matinée est grise. La route départementale traverse des hectares de champs céréaliers qui étaient verts il y a encore quelques semaines mais que les herbicides ont nettoyés avant les semis d'avril. Ce paysage disparaît progressivement, fait place aux premières maisons de l'agglomération de Monzelle.

Mathilde ne quitte pas la route des yeux, les mains posées sur les cuisses.

— Tu lui as fait quoi, à la femme ? demande Mokhtar.

Sans bouger la tête, Mathilde hausse les épaules, exprime une légère moue. C'est sa réponse.

La voiture passe devant l'imposant bâtiment qui abrite plusieurs services du conseil départemental. C'est une sculpture géométrique de béton et de métal érigée dans un champ de betteraves, l'œuvre d'un architecte qui se serait mal comporté et qu'on aurait puni, contraint à réaliser son projet au milieu de nulle part, pour que les seules personnes qui puissent le voir soient les fonctionnaires qui y travaillent et les pauvres types venus là pour réclamer une aide sociale. Et les corbeaux. Combien il y en a ? Des centaines peut-être, posés sur les talus, dans les chemins. Des centaines d'yeux qui apprécieront certainement le génie de l'artiste mais qui, à son grand désespoir, ne pourront en parler à personne.

C'est à ça que pense Mathilde. Elle a imaginé cette histoire, jour après jour, le matin, en se rendant au boulot, en faisant à pied le chemin qu'elle est en train d'emprunter dans l'autre sens en voiture, du quartier jusqu'à son bureau au conseil départemental.

— Tu l'as tapée ? insiste Mokhtar.

Mathilde comprend qu'il est inquiet. À cause de la console. Il a peur que Gaëlle appelle les flics, qu'ils trouvent l'appareil, qu'ils remontent jusqu'à lui.

— Non, répond Mathilde. T'inquiète.

— Si, je m'inquiète, si, je m'inquiète, dit Mokhtar. Tu m'avais promis, Mathilde. Tu m'avais dit que je serais pas mouillé. Je t'ai prêté ma combinaison, je t'ai prêté ma console, je t'ai fait confiance, et maintenant, c'est moi qu'est dans la merde.

Mathilde hausse à nouveau les épaules. Mokhtar s'énerve.

— Quoi ? Ça veut dire quoi, ça ? Pourquoi tu fais ça tout le temps ?

— Ça veut dire « elle appellera pas les flics ».

— Comment tu le sais ?

Pour la première fois depuis le début de leur conversation, Mathilde tourne la tête et regarde Mokhtar.

— Elle appellera pas les flics.

Le regard de Mokhtar passe de la route au visage de Mathilde. Une fois, deux fois, trois fois.

— Et le mari ? demande-t-il finalement. Les mecs, ils deviennent tarés si tu touches à leur meuf. Moi, je deviendrais *majnun* si on entrait chez moi pour faire flipper ma meuf.

Mathilde lève les sourcils et se retourne vers le pare-brise.

— Ouais, OK, j'ai pas de meuf, dit Mokhtar. Mais je veux dire, si j'étais un connard de petit Gaulois comme lui, avec sa petite meuf et sa grosse bagnole, sa BM à quatre-vingt mille avec son gilet jaune posé sur le tableau de bord, ça me mettrait les nerfs, tu vois.

— Ouais, confirme Mathilde. Mais t'appellerais pas les flics.

Mokhtar réfléchit. Il n'ajoute rien. Mathilde suppose qu'il est rassuré.

Le paysage défile, les pavillons des zones résidentielles qui ceinturent la ville, les grands portails en fer noir, les cours en gravillons blancs, les pelouses impeccables.

— T'es sûre qu'il va payer? demande Mokhtar. Il a peut-être pas assez de maille, le mec.

— Il a du fric, dit Mathilde. Quand on a un coffre, c'est pour y mettre du fric.

— T'as vu un coffre?

— Non, j'ai vu une clé. Et ce genre de clé, je sais ce que ça ouvre.

Mokhtar n'insiste pas. Il a la sensation que Mathilde en sait beaucoup plus qu'elle n'en dit. Jusqu'à présent, il pensait que son mutisme n'était que la manifestation d'une forme de prudence, de peur peut-être. À cet instant, il se demande qui est cette femme assise à côté de lui. Si elle sait reconnaître une clé de déverrouillage de coffre-fort, celle qui sert à débloquer la serrure en cas de coupure de courant, alors que sait-elle d'autre?

Ils passent le panneau qui indique l'entrée administrative de Monzelle, bien qu'ils soient à plusieurs kilomètres du centre. Mokhtar quitte l'axe principal, tourne à plusieurs reprises et les mène dans une rue large, aux trottoirs troués d'herbe, bordée de grands bâtiments désaffectés. C'étaient des usines, des ateliers d'artisans. Désormais, ce sont des amas de rouille qui, au mieux, servent de hangars pour des véhicules hors gabarit ou d'entrepôts pour du matériel qui ne craint rien.

La 208 pénètre dans l'une des cours goudronnées. Au sol, on voit les vestiges d'une voie ferrée. Autrefois, il était fréquent que des entreprises fassent venir leurs marchandises par le rail. Les aiguillages qui permettaient de dérouter un ou plusieurs wagons étaient nombreux. Ils existent toujours, sous la végétation et l'indifférence.

Mokhtar se gare derrière une haute construction en brique rouge coiffée d'une verrière aux carreaux cassés. Il coupe le contact.

Mathilde descend de la voiture, ouvre le coffre, puis son sac de sport, duquel elle sort un survêtement gris.

Le hayon relevé empêche Mokhtar de voir ce qui se passe à l'aide du rétroviseur intérieur. Il jette un œil vers le rétroviseur côté passager mais ne distingue que quelques mouvements fugitifs. Un bras nu, un bout de t-shirt. Après trois ou quatre minutes, Mathilde referme le coffre. Elle est changée.

Elle remonte dans la voiture avec son sac de sport qu'elle pose sur ses genoux.

— J'ai laissé la combinaison dans le coffre, dit-elle.

— Avec la console ? dit Mokhtar.

Mathilde fait une grimace.

— Allez, on traîne pas là, dit Mokhtar en remettant le contact.

Cinq minutes plus tard, la voiture entre dans le quartier, passe devant le château d'eau, la petite mosquée, le parking du haut sur lequel aucune voiture n'est garée parce qu'on est jeudi et qu'il n'a d'utilité que le dimanche matin, quand tout le monde vient pour le marché. Sinon, on se gare sur le parking du bas.

Mokhtar tourne vers la place Billet, que personne n'appelle comme ça parce qu'elle est carrée et qu'on ne sait pas qui est ce Billet. C'est la place carrée, un point c'est tout. Il cherche un endroit où stationner, renonce et s'arrête en double file devant l'immeuble de Mathilde.

De toute manière, il n'y a presque personne. Deux mères de famille en djellaba qui reviennent des courses au Leader Price, des sacs plastiques pleins de victuailles dans chaque main. Un groupe de gamins d'une quinzaine d'années assis sur le dossier d'un banc, ricanant bruyamment. C'est tout. Il ne fait pas chaud aujourd'hui. Les gens sont chez eux, les enfants à l'école, les autres au travail, pour ceux qui en ont un.

Mathilde descend de la voiture, pose une main sur le toit, se penche vers l'habitacle.

Elle plonge son regard dans celui de Mokhtar. Elle hoche la tête très lentement. Chez n'importe qui d'autre, ce mouvement ressemblerait à de la compassion, de la pitié. Chez elle, maintenant, ça veut dire « t'inquiète pas ». Son visage est inexpressif. Ses yeux sont deux bulles claires de vérité. Elle est un métal rare qui ne peut pas mentir. Alors Mokhtar la croit. Il a lui aussi un discret hochement de tête.

— Merci, dit Mathilde.

Elle claque la portière. Mokhtar lui fait un signe de la main et démarre. Il ira se garer plus loin, près de là où il habite, dans l'une des deux tours de Sainte-Té, juste derrière. Ici, autour de la place carrée, c'est un peu la Riviera de la ZUP. La résidence en forme de U date d'avant la construction des tours. Les immeubles ne dépassent pas trois étages et ne sont pas administrativement des logements sociaux même si tout le monde pense que ce sont des HLM comme les autres. Sur la route qui longe la résidence, sur la place elle-même, les enrobés sont refaits régulièrement et les passages piétons repeints avant qu'ils perdent leur blancheur. Au centre de la place, la mairie a construit un bâtiment dans lequel on trouve une annexe de la bibliothèque, la mission locale et la maison de quartier qui bénéficient plus aux habitants des tours qu'à ceux de la place. L'endroit est névralgique. Il jouit d'une attention toute particulière de la part des pouvoirs publics, en particulier en raison du marché qu'il accueille le dimanche matin, et qui attire des gens de toute la ville et de bien plus loin, des gens qui cherchent ici un peu de Maghreb et d'Afrique, des épices rares, des mélanges de condiments, des pâtisseries orientales. Même si tous les légumes viennent d'Espagne et du département, ils ont un parfum d'exotisme parce qu'ils sont vendus par des maraîchers qui vous tutoient dans un français approximatif. Le dimanche, été comme hiver, la place carrée grouille de monde. Le fait qu'elle soit toujours coquette est un enjeu. C'est la vitrine de ce quartier populaire, la vitrine de tous les quartiers populaires de cette ville. En période électorale, les candidats et militants l'arpentent pour tracter et essayer de convaincre un par un les riverains indécis et majoritairement abstentionnistes. Dans les Hauts, qui regroupent les quartiers de Saint-Émile, de la Coulée, des Coches et de Sainte-Thérèse, vivent dix pour cent des habitants de Monzelle. C'est une réserve de voix qui peut faire basculer un scrutin. La mosquée Khadija et son minaret richement orné, construits il y a une dizaine d'années, sont les seuls bâtiments d'architecture islamique de tout le département. Ça n'est pas un hasard.

Mathilde entre dans son immeuble, côté est de la place carrée. Elle monte l'escalier, un étage. Elle passe devant la porte de Mohammed et Nadia, s'arrête.

Elle lève le bras droit pour sonner, puis renonce. Elle poursuit sa route, deux ou trois mètres dans le couloir, sort ses clés, déverrouille la porte de son appartement et rentre chez elle.

*

Mathilde est assise à la table de la cuisine. Le réfrigérateur grésille. Derrière le mur, un chuintement indique qu'un voisin a ouvert un robinet ou prend une douche.

Elle s'est servi un café. La chaleur de la tasse se propage dans sa paume, dans ses doigts, l'arabica la caresse de ses effluves familiers. Si elle avait un petit ami, ou une mère, peut-être que le café deviendrait inutile.

Elle pense à Gaëlle, à son bonheur promotionnel ; sa maison, sa voiture, ses habits, son visage. Une publicité vivante pour un mode de vie qui épouse la perfection consumériste. Gaëlle est une soldate, une prosélyte. Elle croit à cet idéal de pierre de Bourgogne comme une bolchevik à la dictature du prolétariat. C'est ce vers quoi tend son existence, son accomplissement. Elle est incapable de s'imaginer que tout pourrait s'écrouler en un instant.

Durant quelques minutes, ce matin, Mathilde a incarné l'ange exterminateur venu ouvrir le ciel pour montrer au prophète l'horreur à venir. Frappée par la révélation, Gaëlle ne pensera plus à autre chose qu'à sa petite fin du monde. De cette malédiction, elle ne sera libérée qu'au moment où son mari paiera.

Mathilde soupire. Elle se remémore l'enchaînement mécanique des faits. Ni les conséquences ni les risques.

Comment en est-elle arrivée là ?

Le tout début, ce devait être le jour de son emménagement, il y a combien ? Dix, douze ans ? Tout le reste a découlé de ce jour.

Nadia zigzague entre les cartons éparpillés dans le couloir pour lui apporter des makrouts aux dattes en guise de cadeau de bienvenue. Elles discutent, ou plutôt, Nadia parle, lui raconte son histoire, comment son mari Mohammed a décidé de quitter l'Algérie pour chercher du travail en France à la fin des années soixante. C'est une histoire d'une banalité confondante, la même qu'ont vécue des milliers de couples marocains, tunisiens, algériens. Un mari trop jeune pour savoir faire quoi que ce soit, embauché dans les travaux pénibles d'une France qui construit à tour de bras des automobiles et des barres de béton autour de ses charmantes cités médiévales. Une femme encore enfant qui suit son mari en s'imaginant que ce pays lui apportera le confort, la modernité, la tranquillité pour elle et les gosses qu'elle n'a pas encore. Elle en aura quatre : Kamel, Jalila, Hayet et Lounès.

Pendant toutes ces années, Mohammed part tôt le matin et revient épuisé en fin d'après-midi. Le week-end, il travaille au noir pour des connaissances ou des clients qu'il a croisés sur ses chantiers de la semaine et qui voient l'occasion d'obtenir la même prestation à un tarif bien plus avantageux. Tant que les travaux sont modestes, les employeurs successifs de Mohammed ferment les yeux. Ils savent bien que leurs gars, surtout les Arabes, sont payés des clopinettes, alors ils préfèrent lâcher un peu de lest plutôt que de risquer de les perdre, ou pire, de devoir les augmenter.

— Heureusement, dans deux ans, inch Allah, mon Mohammed, il est à la retraite.

Nadia est un moulin à paroles qui passe son temps à dire qu'elle est timide et réservée. Lors de cette première rencontre dans le couloir, elle a le temps de raconter sa vie, celle de ses enfants, tout en faisant à Mathilde la description précise du quartier, des personnes de confiance, comme Badre, l'imam qui vient lui aussi d'Oran, de celles à éviter, comme Salim, qu'elle qualifie de voyou et serait une sorte de parrain des Hauts à la tête d'un bataillon de petits dealers et receleurs. Lui, dit-elle, on ne le voit pas souvent, mais ses larbins se croient tout permis et mieux vaut s'en tenir éloignée.

À l'époque, Lounès, le plus jeune fils de Nadia, a seulement dix-huit ans. Champion régional de boxe anglaise, il est un espoir pour le club des Hauts. Sa mère ignore qu'il travaille déjà à plein temps pour Salim. Quand elle l'apprendra, elle pleurera trois jours sans s'arrêter. C'est du moins ce qu'elle prétendra.

Mathilde ne dit pas grand-chose durant cette conversation, parce que Nadia ne lui laisse pas en placer une, parce qu'elle n'est pas de nature causante, parce que même si on lui pose des questions, on comprend vite qu'elle n'aime pas parler d'elle. Elle se contente de fournir les informations essentielles, juste assez pour ne pas paraître impolie.

Dans l'odeur de détergent du premier palier de l'immeuble, sur les petits carreaux marron mouchetés, elle raconte qu'elle vient de Tours, où elle travaillait au service des sports du département d'Indre-et-Loire. Ici, elle intégrera les services sociaux. Elle aura un bureau dans le grand bâtiment du conseil général. Elle pourra y aller à pied. Ça ne lui fait pas peur. Elle aime bien marcher. Le sport lui manquera.

Nadia n'en saura pas plus. Elle se dit que Mathilde finira par se détendre, se livrer. Ce ne sera jamais le cas, si bien qu'il est difficile de dire si les deux femmes sont devenues amies. Ou alors à sens unique. Mais dès lors, est-ce une amitié ? Nadia voit plutôt Mathilde comme une voisine améliorée, quelqu'un qui habite la porte d'à côté et à qui on peut demander plus qu'un morceau de beurre, auprès de qui on peut se confier sans crainte, mais qu'on n'invitera pas pour l'Aïd el-Fitr.

Les mois s'écoulant, les habitants du quartier enregistrent que cette grande bonne femme en survêtement n'est pas de passage. Quand elle traverse la place carrée, dans un sens le matin, dans l'autre le soir, on finit par ne plus faire attention à elle. Mathilde comprend qu'elle est acceptée quand les hommes de Salim ne prennent plus la peine d'interrompre leurs transactions à son approche. Le shit et les billets de banque dans les mains, ils la saluent d'un signe de tête.

Ensuite, quand le bruit court qu'elle est fonctionnaire au conseil général, au service de l'aide sociale, on commence à la solliciter. Ça concerne les procédures d'attribution des aides. À qui faut-il s'adresser ? Qui peut y prétendre ? Dans quelles conditions ? Bien qu'une mission locale soit établie ici même, pleine de gens payés pour prendre en charge ces problèmes, Mathilde répond toujours cordialement, avec précision et clarté, si bien qu'on n'hésite plus à la solliciter pour d'autres problèmes administratifs, sans plus aucun lien avec son travail. Quand la femme de Kamel, en perdition à Marseille avec son amant, demande le divorce, c'est Mathilde qui trouve un avocat spécialisé dans le droit de la famille. C'est grâce à ses conseils que Kamel obtient la garde d'Idriss, son fils de cinq ans à cette époque. Pour madame Bonnet, une petite nonagénaire qui vit au troisième étage depuis la construction de la résidence dans les années cinquante, Mathilde se charge de ses déclarations de revenus en ligne. Pour Roberto, qui ne vit pas autour de la place carrée mais dans un modeste pavillon près du château d'eau, elle constitue le dossier de demande de permis de construire afin qu'il puisse élever un muret d'un mètre surmonté d'un grillage autour de sa cour. Depuis qu'il est à la retraite, Roberto s'ennuie entre deux journées de championnat de France de foot. En clôturant la cour, il peut adopter Carlos, un yorkshire survolté, bruyant, mais affectueux. C'est Mohammed qui monte le muret.

Mathilde s'occupe de ces dossiers le soir, le week-end. Elle est toujours disponible. Qu'aurait-elle de mieux à faire ? Aller à la salle de sport, une ou deux fois par semaine, soulever de la fonte, regarder la télé, avoir peur, seule chez elle, la nuit, que le soleil ne se lève plus jamais.

Les saisons passent. Le petit Idriss grandit. Kamel a eu une promotion, il est de plus en plus absent. Les deux soeurs, Jalila et Hayet, étant mariées depuis longtemps, seul Lounès reste chez ses parents. Trop vieux pour obtenir des résultats à la boxe, trop attaché au service de Salim, à son petit pouvoir d'homme de main.

Régulièrement, Nadia se plaint auprès de Mathilde du fait que son fils n'est toujours pas marié, qu'il a refusé de sortir avec toutes les filles qu'on lui a présentées. Bien sûr, elle ne le mettra jamais à la porte, mais s'il pouvait trouver le bonheur dans les bras d'une jolie femme qui lui ferait de beaux enfants, tout le monde s'en porterait mieux. Un grand garçon qui vit encore chez sa mère, à son âge, que vont dire les gens du quartier ? Elle se lamente quand Lounès fête ses vingt ans. Elle se lamente quand il fête ses vingt-cinq ans. Elle se lamente encore quand il fête ses trente ans.

Puis, il y a trois semaines, Nadia sonne à la porte de Mathilde. Elle pleure, elle crie, elle parle plus arabe que français. Elle est tellement bouleversée que Mathilde croit d'abord qu'un malheur est arrivé à Mohammed ou à l'un des garçons. Les phrases se mélangent, les mots sortent dans le désordre. Il faut qu'elle vienne voir. Mohammed a fait des bêtises. Il y a des papiers, des lettres, un juge.

Mathilde passe la soirée à recomposer les pièces du puzzle, sur la table de la cuisine de ses voisins que l'émotion rend incohérents. Mohammed a caché toute l'histoire à sa femme. Depuis des années, il porte seul ce fardeau. Ce soir-là, la bombe a explosé.

Grâce aux lettres recommandées, aux avis d'huissiers, aux explications parcellaires de Mohammed, Mathilde comprend que le couple ne paie plus son loyer depuis plusieurs mois. La procédure d'expulsion a débuté en décembre avec le premier commandement de payer envoyé par la société qui gère la résidence. Pour elle, ces immeubles sont un investissement et il est nécessaire que les loyers tombent, bon gré, mal gré. Un propriétaire a des sentiments, mais une société de gestion est une machine froide qui se met en branle quand l'argent cesse de la nourrir. Expulser un locataire prend du temps, du temps pendant lequel la rentabilité du bien baisse. Pour réduire au maximum la perte, les procédures sont déclenchées immédiatement. Les lettres se matérialisent dans les boîtes aux lettres des mauvais payeurs à l'instant même où la loi les y autorise. Mohammed n'y a jamais répondu.

— Je sais pas, moi, ce que c'est, les lettres, là, dit-il pour se justifier.

Deux mois après le commandement de payer, une assignation à comparaître arrive par voie d'huissier. Mohammed prétexte une course à faire au centre-ville pour se rendre devant le juge, seul et sans rien dire à personne.

Mathilde connaît bien tous ces épisodes. Des dizaines de personnes en difficulté financière viennent chaque année dans son service à un moment ou à un autre de la procédure, pour appeler à l'aide et réclamer de l'argent. Depuis qu'elle travaille à l'aide sociale, elle mesure à quel point la vie d'une grande partie de la population est fragile, suspendue. Pour les Gaëlle de ce pays, la pire des peurs, c'est de ne pas pouvoir partir en Corse l'été. Pour les gens qu'elle croise dans les salles d'attente du conseil départemental, il n'est même plus question de peur. Chaque jour est un espace dans lequel il faut survivre, un espace clos, sans horizon. Ça ne fait pas d'eux des anges. Certains sont des pauvres types abonnés à l'aide sociale et sans la moindre envie que ça change. Mais d'autres, comme Mohammed, à l'équilibre financier précaire, peuvent basculer du jour au lendemain dans la misère.

D'après les documents et le compte rendu d'audience, Mathilde imagine que le juge a eu pitié du vieil homme puisqu'il n'a pas ordonné l'expulsion immédiate mais lui a donné douze mois pour rembourser les sept mois de loyers impayés. Comme le veut la loi, si au cours de ces douze mois, le bailleur constate un retard ou une absence de paiement, l'expulsion est automatiquement validée.

C'était le 25 février. Sur le dernier courrier en date, posé sur la table de la cuisine, Mathilde découvre l'épilogue de ce triste feuilleton. Mohammed n'a pas payé le loyer du mois de mars. L'expulsion aura lieu dès la fin de la trêve hivernale, le 1er avril.

— C'est pour ça qu'on a besoin de toi, pleure Nadia. Qu'est-ce qu'on peut faire ? Qu'est-ce que c'est dans ton travail qui peut nous aider ? On peut pas vivre dans la rue. Avec le petit Idriss, avec Lounès. C'est pas possible. C'est pas possible.

Mathilde a l'habitude de ces situations. Plusieurs fois par semaine, elle est confrontée aux mêmes pleurs, à la même détresse, aux scénarios prévisibles où quelqu'un s'imagine que le meilleur moyen d'éponger une dette, c'est d'en contracter une plus grosse.

— Mohammed, dit-elle. Qu'est-ce qui s'est passé ? Pourquoi tu as arrêté de payer le loyer ?

— À cause des prêts, répond Mohammed. Les deux prêts qu'il faut les rembourser.

— Les prêts ? Quels prêts ? intervient Nadia dont les larmes sèchent instantanément. C'est quoi, cette histoire de prêts ? C'est quoi encore, que tu m'as caché ?

— C'est pour les prêts, répète Mohammed. Les prêts pour le comblanchien.

Nadia se fige, ébahie. Mathilde conserve son air impassible mais quelque chose passe derrière ses yeux.

Mohammed comprend que personne dans la pièce n'a jamais entendu ce mot, alors il développe.

Le comblanchien, c'est une pierre de Bourgogne. Il en a acheté une grande quantité pour les besoins d'un chantier qu'il a réalisé au noir chez un agent immobilier qu'il connaît vaguement. En général, sur ce genre de chantier, ce sont les clients qui achètent les matériaux. En cas de contrôle, ça leur permet de dire qu'ils font eux-mêmes les travaux avec leur copain Momo qui est venu les aider, c'est sympa, non ?

Seulement, ce Jean-Philippe est si radin qu'il a insisté pour que Mohammed achète la pierre. Même à la retraite depuis une dizaine d'années, il a toujours ses contacts chez les fournisseurs. Ils ne lui font pas profiter du tarif professionnel mais d'une belle ristourne tout de même.

Mohammed n'a jamais su refuser quoi que ce soit. Il dit toujours « moi je fais comme le prophète, *sallallahou alayhi wa sallam,* je suis un serviteur, pas un roi ». Alors il achète la pierre. Deux mille cinq cents euros de pierre de Bourgogne, plus la livraison. C'est là qu'il contracte le premier prêt auprès de son banquier : trois mille euros sur deux ans, à quatre pour cent d'intérêts, qu'il compte bien rembourser par anticipation, dès que son client lui aura payé les travaux.

Mohammed passe une semaine du mois d'août 2017 à poser la terrasse de Jean-Philippe, pendant que ce dernier est en vacances en Corse avec Gaëlle et Alice.

Quelle belle surprise ça leur fait à leur retour.

Alice sautille et court sur les pierres lisses.

— Je peux me mettre pieds nus, maman ?

— Ça te plaît ? demande Jean-Philippe à sa femme.

— Oui, oui, confirme Gaëlle, avec cette tonalité dans la voix qui laisse entendre que ce n'est pas si simple. C'est juste dommage que ce soit pas la même couleur que le tour de la piscine. Ce serait joli si tout était fait avec la même pierre.

Ça s'est sûrement passé comme ça. Jean-Philippe n'aura pas osé contrarier sa femme. Il pensait qu'elle serait folle de joie de découvrir en rentrant de vacances la terrasse dont elle rêvait à la place du gazon piétiné d'avant. Ça avait été le cas, mais son bonheur n'était pas complet. Alors quand Mohammed téléphone pour réclamer le paiement, Jean-Philippe lui demande de s'occuper aussi de la piscine. Desceller les carreaux existants, les évacuer – « tu peux même les revendre s'ils sont pas abîmés » – et poser le comblanchien.

— Évidemment, ce serait mieux que ce soit toi qui l'achètes, pour avoir tes prix. Ça fait une sacrée surface.

— Pourquoi tu as pas réclamé l'argent de la terrasse, là ? demande Nadia, hors d'elle. Tu crois qu'on est riches ? Personne il fait ça, travailler gratuit !

— C'était pas gratuit. Il m'a dit qu'il allait tout payer en même temps. Il m'a dit que c'est plus facile de tout payer en liquide à la fin.

— Il te dit ça et toi, tu le crois, *hamar* ! Pourquoi tu me parles pas de ça ? Moi je te dis que c'est pas normal et voilà ! Pourquoi tu fais ça tout seul dans mon dos ?

— Parce que je sais tu vas crier.

— Et là, je crie pas, là ? C'était mieux que je crie avant que maintenant ! Maintenant, je crie pareil et en plus, on a perdu l'argent et l'appartement !

Nadia a déjà tout compris. Mohammed a acheté les pierres. Son banquier a refusé de financer l'achat mais une saloperie de service de crédit à la consommation lui a prêté le fric à un taux exorbitant. Quatre mille euros, cette fois.

À coup de masse et de burin, puisqu'il n'a pas de marteau-piqueur, Mohammed a défoncé l'ancien revêtement qui faisait le tour de la piscine. Avec sa petite brouette, il a transporté des tonnes de gravats vers sa remorque, puis à la déchèterie. Des dizaines d'allers-retours, en brouette, en voiture, à soixante-douze ans, après une vie à se briser le corps en faisant la même chose.

Enfin, il a posé cette saleté de comblanchien, près de soixante-dix mètres carrés, tout seul, sous le soleil d'un des mois d'août les plus chauds de l'histoire des thermomètres.

La petite Alice était déçue parce que Mohammed a terminé les travaux à peine quelques jours avant la rentrée des classes. Depuis qu'ils étaient revenus de Corse, elle n'avait même pas pu profiter de la piscine.

— Pourquoi il a pas payé ? demande Mathilde.

— D'abord, il dit rien, juste il a pas le temps. Après, il dit que le travail, il est mal fait. Il dit que les pierres, elles bougent et que la petite, elle est presque tombée. Mais c'est des conneries, ça. Je sais comment on fait pour poser la pierre. J'ai bien fait. J'ai fait comme je fais tout le temps. Mais lui, il dit que c'est pas bon, qu'il faut refaire tout, la terrasse et la piscine, à cause de moi. Alors il veut pas payer parce qu'il va payer encore des autres ouvriers pour tout casser et tout refaire. Il dit c'est ma faute tout ça, il fallait que je fais mieux mon travail. Il dit je peux aller voir les flics. Il dit ils vont bien rigoler les flics avec l'Arabe qui travaille au noir.

Les pleurs de Nadia ont repris. La tête dans les mains, elle se lamente et prononce des bribes de phrases en arabe. Parfois, Mathilde entend son prénom. On lui demande de l'aide. Comme un ange, ou un génie, on l'invoque pour résoudre les problèmes.

Ce jour-là, elle ne trouve aucune solution légale à cette situation. Les aides sociales qu'elle octroie au conseil départemental n'atteignent pas le montant que Mohammed doit à son bailleur et à la banque. Même si ça avait été le cas, elle aurait eu beaucoup de mal à défendre son dossier pour qu'il soit accepté en commission.

Elle pose la main sur l'épaule de Nadia et voit, dans l'entrebâillement de la porte qui mène au salon, la mince silhouette d'Idriss, caché dans l'ombre et qui épie la scène. Le fils de Kamel vit chez ses grands-parents la plupart du temps, son père étant obligé de voyager aux quatre coins de la France pour son boulot d'ingénieur informatique. Bien qu'il s'aperçoive qu'il est repéré, le petit garçon ne bouge pas. Il continue à fixer Mathilde, droit dans les yeux. Elle est trop loin pour poser son autre main sur son épaule à lui, alors elle a un discret mouvement de lèvre, ce qui chez elle se rapproche le plus d'un sourire. Ça veut dire « t'inquiète pas ». Ça veut dire « ça va s'arranger, petit ».

Puis tous entendent la porte d'entrée s'ouvrir. Nadia sursaute, s'essuie les yeux avec son châle.

— C'est Lounès, dit-elle à voix basse. Il faut rien lui dire, hein ?

Mohammed se lève à son tour et sort de la pièce sans un mot pendant que Nadia ramasse les lettres et les factures qui s'étalent sur la table.

Mathilde est debout, les papiers rangés, quand Lounès entre dans la cuisine. De son habituel regard noir, il scrute Mathilde des pieds à la tête, puis se dirige vers le frigo.

— Je vais y aller, Nadia, dit Mathilde. Il est tard.

— Tu es gentille, tu es gentille, va te coucher, dit Nadia en la raccompagnant à la porte.

Sur le seuil de l'appartement, Mathilde se penche à l'oreille de sa voisine.

— Je vais trouver une solution, dit-elle. Je reviendrai demain.

Les deux femmes se prennent les mains chaleureusement. Nadia se retient de pleurer mais elle sourit aussi, du sourire des survivants qui partagent la même douleur et le même réconfort de ne pas affronter le malheur seuls.

Toute la nuit, quelque chose de noir et de brûlant empêche Mathilde de dormir. C'est un abîme de rage profond comme les siècles. C'est un grondement qui la change en rivière de lave. C'est la peur sourde que tout s'arrête, d'un coup, sans que ni elle ni personne n'y puisse rien faire. Ce qui nous donne vie peut la reprendre. Le monde est plein de tant d'horreurs. Les calamités, ici-bas, ne sont pas des exceptions. Période de veille. Période de cauchemars. Alternance floue entre l'impossible et le pire que ça. Bruits de grosses cylindrées qui se répercutent contre les façades des immeubles de la place carrée. Sa chambre est une caisse de résonance. Elle dort dans un instrument de musique qui joue une symphonie mélancolique. Elle pourrait ne plus se réveiller. La nuit pourrait durer toujours. Elle cogite.

Il n'y a pas cinquante solutions. Mohammed ne peut pas porter plainte. Jean-Philippe a raison : les flics rigoleraient bien. Aller les voir, c'est courir le risque d'écoper d'une amende ou de poursuites pour les chantiers non déclarés.

Dans l'obscurité de la chambre vide, la voix nasillarde de Thibault répète sa sempiternelle rengaine : « Il y a des problèmes qui se règlent loin des uniformes, chérie. » Mathilde l'a entendu répéter ça des milliers de fois. Et elle sait bien qu'il y a du vrai là-dedans. Même quand le deal s'est conclu à côté de la loi, il y a des règles. Et pour ceux qui les enfreignent, il y a une police. Sans gyrophare, sans badge, mais sacrément efficace. Cette police s'appelle la peur. Tu fais ce qui était convenu, ou alors tu vas avoir des ennuis. Tu paies ce que tu dois, ou alors, on sait où tu habites. Tu joues pas au con, ou bien méfie-toi de chaque coin d'ombre, parce que quelque chose pourrait t'y attendre.

Thibault faisait le malin à l'époque. Il prenait un air sérieux qui ne lui allait pas du tout et cherchait à théoriser le code du malfrat. Mathilde faisait semblant d'être impressionnée. En réalité, elle était plutôt attendrie.

Cette nuit-là, les cours magistraux ridicules de Thibault lui reviennent.

Bien sûr qu'il n'y a que ça à faire. Lui envoyer la police de la peur, à ce connard, qu'il comprenne que Mohammed n'est pas seul, qu'il a une armée avec lui, une bande de types prêts à tout et qui, contrairement à lui, n'ont rien à perdre. Lui a tant à perdre. C'est sur ce baromètre qu'on lit la vulnérabilité d'un homme ou d'une femme. On a tous une vie, on y tient. Mais quand on s'embourgeoise, on s'attache à bien d'autres choses. Plus on possède et plus on craint de ne plus posséder. Plus on s'attache et plus on est en danger.

— Les malfrats ne tiennent à rien, disait Thibault. Parce que si c'était le cas, ça les mettrait en danger. Moi, j'ai une super faiblesse, ajoutait-il pour la faire rougir. Je tiens beaucoup trop à toi.

Cette nuit-là, dans un demi-sommeil agité de tracas et de plans bancals, elle sent presque les lèvres de Thibault se poser sur les siennes.

— C'est toi, ma faiblesse. C'est toi, mon point faible.

À l'aube, elle n'a pas trouvé de stratégie convaincante et elle est pétrie de fatigue alors que c'est un jour de travail.

Elle le passe à somnoler devant l'écran de son ordinateur, effectue mécaniquement des tâches qui n'exigent aucune concentration. Par chance, l'accueil des demandeurs n'est pas ouvert aujourd'hui.

En rentrant chez elle à pied, en fin d'après-midi, elle entend une voix claire qui l'interpelle, près du château d'eau. Le survêtement bleu marine d'Idriss se détache à peine dans l'ombre du dôme herbu. Mathilde quitte le trottoir, se faufile dans le trou du grillage dont le petit garçon lui a un jour désigné l'emplacement, et elle le rejoint derrière le bosquet, là où les voitures et les passants ne peuvent pas les voir.

Idriss est assis à même le sol. Il tripote une canette de Coca écrasée. C'est un gamin maigrelet mais dont les gestes révèlent une vivacité et un tonus hors du commun. Quand elle le voit bondir entre les véhicules stationnés autour de la place carrée, Mathilde pense à ces gosses acrobates en costumes dorés qui passent à la télé au Nouvel An. Il a la même énergie, mais pas le même costume. Idriss est toujours débraillé, toujours seul et toujours souriant. Mathilde s'assied à côté de lui. De là où ils sont, ils ont une vue imprenable sur les tours de Sainte-Té et l'ennui du quartier.

— T'as une sale gueule, dit le gamin.

Mathilde ne relève pas.

— Lounès était vénère hier soir. Il a dit à *henna* que tu devais pas revenir chez nous.

— Il sait que tes grands-parents ont des problèmes ? demande Mathilde.

— Non, il sait rien. Il comprend rien. Y a que son business avec Salim qui l'intéresse.

Mathilde pense que le petit a bien raison. À dix ans, il capte plus de choses que son oncle n'en saisira jamais.

— En plus, ils veulent pas lui dire. Salim pourrait peut-être les aider. Il ferait cracher ce bâtard.

— Hé, parle pas comme ça, dit Mathilde.

— Quoi ? C'est français, bâtard. C'est dans les pièces de Molière, *wallah*.

— T'es pas Molière.

Idriss balance sa canette dans un buisson et saute sur ses jambes, le sourire aux lèvres.

Exécutant une révérence exagérée, il dit :

— Madame la demoiselle, est-ce que tu aurais l'obligeance de faire bouffer sa merde à ce bâtard ?

— Idriss, dit Mathilde en faisant les gros yeux.

— Bah quoi ? C'est du théâtre !

Et le petit éclate d'un grand rire cristallin qui réchauffe

le cœur et fait tout pardonner. Puis son rire s'éteint, son regard s'égare dans le néant bombé du château d'eau.

— Tu vas faire quoi ? dit-il.

Mathilde ne répond pas.

— On va être obligés de déménager dans les poubelles, comme le père de Zoé ?

— C'est qui, le père de Zoé ? demande Mathilde.

— Une copine, à l'école. Ses parents sont divorcés. Elle habite avec sa reum, mais elle nous a raconté que son père, il pouvait pas payer l'appartement, alors les flics, ils sont venus pour le virer.

— Les huissiers, corrige Mathilde.

— Maintenant il traîne dans la rue comme un *meskine*. Un jour, on l'a vu, quand la maîtresse nous a emmenés au musée. Il dormait dans un carton à côté du parking des bus. Zoé, elle avait trop la *hchouma*. Elle a fait genre je le vois pas.

Un bruit de moteur s'élève au loin. Il grossit, devient assourdissant, jusqu'à ce que la masse blanche et volante de laquelle il provient passe au-dessus d'Idriss et Mathilde. C'est l'hélicoptère de l'hôpital qui vient chercher un malade ou un blessé que les équipements d'ici ne peuvent pas prendre en charge. Les cas les plus urgents, on les envoie vers une grande ville, Orléans, Dijon, Nancy ou Paris. Les autres doivent crever là.

— Viens, dit Mathilde. On rentre. Je voudrais voir Mohammed avant que vous passiez à table.

La lumière décline. Les oiseaux de jour croisent les oiseaux de nuit, indifférents les uns aux autres, deux faces d'une même pièce dans un quartier où personne n'a de leçon à donner à personne. Tu gagnes ta vie comme tu peux. Tu vends du shit ou tu es caissière chez Leader Price, c'est du pareil au même. La morale n'a pas de gosses à nourrir.

Avant de tenter quoi que ce soit de dangereux, Mathilde tient à jouer une dernière carte, tenter une dernière fois de régler ça à l'amiable. Elle demande à Mohammed d'appeler Jean-Philippe.

Ils s'installent dans le salon, avec Nadia qui reste debout, les mains crispées sur le dossier d'une chaise, et Idriss allongé dans le canapé. Mathilde ne peut pas s'empêcher de constater qu'une gigantesque télé trône sur un meuble bas. La dernière fois qu'elle est entrée dans cette pièce, il y a un mois, l'écran LCD n'était pas là. Elle préfère ne pas y penser.

Elle dit à Mohammed d'activer la fonction « mains libres » de son téléphone de manière à entendre la conversation. Il s'exécute, compose le numéro et pose le combiné sur la table.

Les sonneries retentissent.

Sur l'écran de télévision, dont le son a été coupé, Canal Algérie diffuse une émission de jeux. Les candidats brandissent des ardoises sur lesquelles sont inscrits des noms de chanteurs ou de chanteuses. Mathilde n'en connaît aucun.

— Allô, dit une voix masculine.

— Bonjour, monsieur Jean-Philippe, dit Mohammed.

Et avant qu'il aille plus loin, l'autre l'interrompt.

— Oh non, Mohammed, ça suffit maintenant. Je t'ai dit de plus jamais m'appeler. Ça fait presque deux ans, maintenant. Passe à autre chose. Efface mon numéro.

— J'ai des problèmes, monsieur Jean-Philippe. J'ai l'expulsion. Il faut me donner l'argent.

— Non, mais arrête de m'emmerder, maintenant. Je t'ai dit que tu avais fait du sale boulot et que je te paierai pas pour ça.

— La terrasse, elle est bien, la terrasse.

— Mais non, les pierres foutent le camp. Tout se déchausse, tes joints sont tout salopés. Écoute, je vais pas te payer pour ça, et même si j'en avais envie, j'ai pas de fric. Je peux même pas me payer un vrai artisan pour réparer tes conneries.

— C'est pas des conneries, mon travail. Cinquante-quatre ans que je fais ça. Personne il a jamais dit que je fais des conneries.

— Eh bien, il faut un début à tout. Allez, Mohammed, tu m'emmerdes. Je raccroche maintenant et je veux plus entendre parler de toi, c'est compris ?

— Il me faut l'argent. J'ai besoin de l'argent, sinon ils me foutent à la porte.

— Je te dis que j'ai pas d'argent, t'es bouché ou quoi ? Putain, je vais pas me laisser emmerder par un bougnoule. Allez, tu me les brises, bonne nuit !

Le clic synthétique indique que l'interlocuteur a raccroché. Mohammed a encore la bouche ouverte, comme pour parler, interrompu dans son élan, peut-être par la fin de la communication, peut-être par la violence des propos qu'il vient d'encaisser.

Idriss a le visage fermé, son visage de grande colère, les sourcils froncés, les lèvres pincées qui retiennent les tombereaux d'injures qu'il sait si bien déverser. Nadia ne dit rien. Elle lâche la chaise et part dans la cuisine d'un pas nerveux. Il y a l'humiliation et il y a l'humiliation devant sa voisine et son petit-fils. La première, elle peut l'endurer, comme elle l'a fait tant de fois depuis qu'elle est arrivée en France. La seconde, elle ne la supporte pas. Elle fait couler de l'eau dans l'évier, alors qu'il n'y a rien à laver.

Dans la poitrine de Mathilde, le torrent de lave a refroidi. Il s'est solidifié. Instantanément, au moment où Jean-Philippe a prononcé le mot « bougnoule », elle a trouvé la paix. Tout est subitement clair. Elle sait ce qu'elle doit faire et elle sait qu'il lui sera impossible de ne pas le faire. Mohammed et Nadia ont besoin d'argent. Ce n'est pas à eux de le trouver. Auprès de la banque, ils ont une dette. Dans le monde des malfrats, ils ne doivent rien à personne.

Pour retrouver cet équilibre, il faut quitter le monde des banques et s'aventurer dans l'autre, celui que Mathilde a bien connu autrefois.

— Je vais m'en occuper, dit-elle à Mohammed, assez fort pour qu'Idriss entende.

Le vieil homme s'est redressé, les épaules bien droites, les mains à plat sur la table, la mine austère, digne. Il hoche la tête en signe d'approbation. Lui aussi doit mourir de honte et de rage.

Mathilde se lève et rejoint Nadia dans la cuisine. Elle pose sa main sur son épaule.

— Je vais m'en occuper, répète-t-elle.

Puis elle quitte l'appartement.

*

Le plan est minutieusement élaboré.

C'est Idriss qui a l'idée de la rupture de fibre optique comme prétexte pour s'introduire dans la maison sans effraction.

— Quand t'as plus la télé, plus internet, ricane-t-il, le mec qui vient réparer, tu lui ouvres la porte, tu lui paies le thé, tu lui donnes ta sœur !

Mathilde connaît Mokhtar depuis plusieurs années. Il avait cherché à la draguer plus ou moins sans qu'elle sache vraiment s'il s'intéressait à elle ou s'il était désespéré. Elle avait fait semblant de ne pas saisir ses allusions lourdingues et ses demi-invitations à sortir et il avait fini par se lasser.

Mokhtar a travaillé à EDF, chez Orange et il est maintenant employé de l'une de ces sociétés qui installent la fibre optique pour le compte des opérateurs téléphoniques. C'est un chantier colossal et, par conséquent, l'assurance d'un emploi pendant des années pour celui qui possède les compétences requises.

Mokhtar n'hésite pas longtemps et, peut-être avec l'espoir que sa serviabilité le rapprochera de Mathilde, il accepte de l'aider, à condition que lui n'ait rien à faire et que personne ne le voie. Il se contentera de prêter ses vêtements de travail, couper la fibre du foyer pour quelques minutes, la rebrancher, puis repartir.

Ils font des repérages pendant plusieurs jours, afin de déterminer les heures de présence des membres de la famille. Pour que l'opération soit la plus efficace et la moins dangereuse, il faut que Gaëlle soit seule.

Le matin, Jean-Philippe part à 7 h 45 et passe toute la journée en ville. Même s'il n'a pas de rendez-vous ou de maison à faire visiter, il ne rentre pas le midi et déjeune à la même table de la même brasserie. Mathilde ne prend pas le risque de s'approcher assez près pour savoir s'il commande aussi le même plat. Le soir, il ne rentre jamais avant dix-neuf heures.

Gaëlle a un poste de secrétaire médicale qu'elle occupe à mi-temps. Elle travaille le lundi après-midi, le mardi et le samedi. Le mercredi, la petite Alice est à la maison avec sa mère toute la journée.

Le choix du jeudi pour passer à l'action semble idéal. Pourquoi pas le vendredi ? Car Thibault disait toujours que le vendredi, c'est le pire jour de la semaine pour monter un coup. Les mioches sont malades, les adultes prennent des congés pour allonger le week-end, aller chez le dentiste ou faire les soldes avant la cohue du samedi.

— Le vendredi, c'est une grosse boîte d'emmerdes que tu peux pas prévoir, disait-il. Il faut agir le jeudi, parce que le vendredi, il peut se passer n'importe quoi.

# VENDREDI

MATHILDE traverse la place carrée. Il fait jour depuis longtemps. Les dealers sont rentrés se coucher. Les nuits sont encore fraîches à cette période de l'année et un vent mordant lui saisit les joues. Elle aime cette sensation, quand le soleil levant réchauffe sur sa peau le froid de la nuit qui meurt. Ça la chatouille. Ça l'engourdit. Parfois, c'est comme si du givre se formait sur son visage. Elle s'imagine Inuit, ou exploratrice des pôles.

Elle salue de la main Émile, qui fume une clope, en caleçon sur son balcon. Tout le monde sait que, depuis des mois, ça ne va pas fort dans son couple. Fatou lui interdit de fumer dans l'appartement, ce qu'elle a toléré des années durant. Alors Mathilde le croise là tous les matins, peu importe la météo. Elle se dit qu'elle doit voir les caleçons d'Émile plus souvent que sa propre femme.

Elle remonte la rue qui longe le château d'eau, la mosquée et le parking du haut. Il n'y a pas de musique dans sa tête. Il n'y a pas d'éclat dans ses yeux. Elle ne pense à rien. Les événements de la veille, la petite visite rendue à Gaëlle, ont la même consistance que ses rêves de fin du monde.

Elle sait que tout ça a eu lieu, qu'elle s'est introduite chez une inconnue pour la menacer, et pourtant, ce matin, cet épisode s'est dissous, il a fondu dans les gestes du quotidien. Elle possède cette capacité. Elle l'a apprise il y a longtemps, mettre une telle distance entre le crime et soi-même qu'on réussit à se convaincre qu'on n'y est pour rien. Inventer un passé alternatif, un faux souvenir, hier ? J'étais chez moi, monsieur, je faisais le ménage. Et se le répéter tant de fois qu'on finit par y croire. Ce n'était pas moi, monsieur. Ça ne pouvait pas être moi. D'ailleurs, j'ai frotté les vitres une partie de la matinée, un voisin m'a probablement vue.

Si on maîtrise bien cette technique, on peut même commencer à oublier son faux souvenir. C'est là qu'on est le plus crédible face aux flics : quand on peine à se souvenir de son mensonge. Parce qu'à cet instant, la vérité est enfouie si profondément que plus personne ne peut l'exhumer.

Mathilde approche de la limite de la ville. Elle dépasse le panneau qui indique qu'elle entre dans Sainte-Madeleine. Elle marche cinq minutes à peine et déjà l'environnement change.

Sainte-Madeleine est un village majoritairement résidentiel, une sorte de banlieue chic à deux pas de la place carrée, des tours de Sainte-Té, de ses dealers et de sa misère. Dans l'imaginaire des habitants, Sainte-Thérèse et Sainte-Madeleine sont un peu comme deux sœurs dont l'une aurait hérité de la fortune familiale et l'autre serait condamnée à se traîner en guenilles dans l'étable.

Mathilde longe des clôtures vertes et fleuries qui dissimulent de grands jardins et les murs éclatants d'une succession de maisons individuelles. Aucune d'elles, cependant, ne saurait être qualifiée de luxueuse, bien que leurs propriétaires fassent tout pour en donner l'illusion : portails en fer forgé, lions en plâtre qui montent la garde, dallage stylisé sur des perrons coiffés de petits toits en tuile noire. Au dix-neuvième siècle, ces gens n'auraient même pas existé. Pour entretenir de telles demeures, sans réfrigérateur, sans chauffage central, sans gaz de ville, sans électricité, il aurait fallu des domestiques qu'aucun de ces types n'aurait jamais pu se payer. Leur confort, leur sécurité, le gaspillage qu'ils peuvent se permettre, ils ne le doivent pas à leur brio ou à leur courage mais seulement à la loterie du progrès. Ce sont des misérables, des pauvres gens comme ceux des Hauts, de la place carrée et de Sainte-Té. La seule différence, c'est qu'eux n'en ont pas conscience. Parfois, il faut le leur rappeler.

Mathilde traverse Sainte-Madeleine jusqu'à la route nationale. Les maisons sont plus rares, les jardins plus grands, tellement grands qu'ils deviennent peu à peu des champs, des prés où paissent des vaches. Droit devant, la silhouette tubulaire du bâtiment du conseil départemental se détache sur un paysage agricole.

La circulation est beaucoup plus dense sur cet axe, surtout à cette heure. Le bruit des moteurs et des pneus sur le bitume humide donne le même résultat mélodique que si on laissait jouer un enfant avec le bouton d'un aspirateur.

Mathilde s'engage sur un sentier étroit parallèle à la

route. Elle se dit souvent en plaisantant que ce sentier a été tracé par le passage des chevreuils, des sangliers, des renards, mais certainement pas par celui des humains. Depuis douze ans qu'elle travaille ici, elle n'a jamais vu aucun de ses collègues venir autrement qu'en voiture, même ceux qui habitent à Sainte-Madeleine. Elle connaît deux filles qui vivent dans le même village, à cinq kilomètres d'ici, qui commencent à la même heure le matin, finissent à la même heure le soir, et qui prennent chacune leur voiture. Elle se fout pas mal que toutes ces bagnoles contribuent à détruire la planète. C'est juste qu'elle voudrait un peu plus de calme.

Elle entre dans l'enceinte du conseil départemental.

Avant d'atteindre les bureaux, il faut traverser un immense parking à moitié vide. Au fond, une enfilade de voitures identiques floquées du logo du département évoque la ligne d'infanterie d'une armée dans l'expectative. Le goudron du parking se craquelle çà et là. Des touffes d'herbe se hissent dans les interstices. Qu'est-ce que s'imaginait le type qui a prévu autant de places ? Tous les agents qui travaillent ici viennent avec leur voiture, et des surfaces de bitume gigantesques n'ont pas vu de pneus depuis leur création. S'agissait-il de prévoir des places, ou bien de tenir la nature à distance ? La nature ne l'entend pas de cette oreille.

Devant la porte d'entrée, il y a un abri en plexiglas qui avait dû être construit pour faire office de garage à vélos. Depuis que la loi interdit de fumer sur son lieu de travail, il a été reconverti en « zone fumeurs ». Mathilde le dépasse sans saluer les cinq agents et agentes qui s'y trouvent en cercle. On ne fait pas attention à elle. Tout au plus lui jette-t-on des regards méprisants. Ils sont du service des finances. Les femmes sont en tailleur ou en pantalon de coton bien ajustés. Chemisier blanc, coiffure soyeuse. Les hommes en costume-cravate.

Dans son survêtement gris trop large, avec ses baskets Adidas et ses cheveux secs, il est certain que Mathilde détonne.

Elle entre, passe devant la borne d'accueil.

— Bonjour, Martine.

— Bonjour, Mathilde.

Elle monte l'escalier en regardant la plante du hall qui grimpe du rez-de-chaussée au plafond du troisième étage. Elle a toujours trouvé que c'était une bonne idée d'ajouter un peu de verdure dans les bureaux. Elle ignore si cette plante est naturelle ou artificielle. Elle ne l'a jamais vue perdre une feuille. Elle n'a jamais vu personne la tailler ou l'arroser. Ça n'a pas d'importance. De son point de vue, il suffit de croire que les choses sont belles et en vie pour commencer à se réjouir qu'elles le soient.

Le bâtiment bruisse de l'activité du matin. Froissement du papier, glouglou des machines à café, murmures, rires étouffés. Au fur et à mesure de la journée, d'autres mouvements de la symphonie bureautique seront joués : *allegro ma non troppo, adagio* après le déjeuner, *presto* le soir quand il s'agira de tout boucler pour rentrer plus vite chez soi. L'odeur, en revanche, reste la même. Elle ne la sent plus à force de vivre dedans, mais quand elle y pense, Mathilde la remarque à nouveau. La senteur caramélisée des toners des photocopieuses se mêle à celle, piquante et fruitée, des produits ménagers pour collectivités, à celle, prégnante, des matériaux plastiques. Le même mélange olfactif depuis douze ans, familier comme un mari qu'on n'écoute plus vraiment.

Elle s'assied à son poste, allume son ordinateur.

Le bureau face au sien est vide. Évelyne n'est jamais là avant huit heures trente. Le troisième bureau de la pièce, un peu à l'écart, près de la fenêtre, est celui de Dimitri. Il est en vacances à l'île Maurice depuis une semaine et pour une dizaine de jours encore. Durant son absence, Évelyne et Mathilde ont en charge le suivi de ses dossiers.

Le fait que Mathilde ait prétexté une fièvre assommante et ne soit pas venue travailler hier a laissé Évelyne seule avec l'intégralité des demandes d'aides de la journée. Quand elle arrivera, Mathilde devine qu'elle sera furieuse. Elle s'en fout. Évelyne est une conne. Une tire-au-flanc qui passe son temps à refiler son boulot aux autres. Et comme Dimitri est bien gentil mais qu'il est un imbécile incompétent, c'est Mathilde qui se retrouve la plupart du temps avec la gestion de ce service.

Une journée seule aura fait le plus grand bien à Évelyne. Sans compter qu'elle aura eu une excuse parfaite pour se livrer à son activité favorite : se plaindre auprès de Nadège, la cheffe de service.

Mathilde mesure à quel point la journée sera tendue. Peu importe. Elle ne regrette pas d'avoir fait ce qu'elle a fait. Si tout se passe bien, une injustice sera réparée. Jean-Philippe paiera, Mohammed et Nadia n'auront pas à quitter l'appartement, et ni la police ni personne d'autre ne saura rien de ce qui s'est passé.

Pour ça, elle est prête à endurer les représailles d'Évelyne. De toute manière, cette vieille peau n'est jamais aimable en temps normal. Elle aura un mal fou à être encore plus désagréable.

Mathilde ouvre le dossier des demandes en cours. Comme chaque matin, elle essaie de déterminer les priorités parmi les cas qu'elle doit traiter. D'un jour sur l'autre, un cas qui n'était pas urgent le devient, et inversement. Elle est en train de se livrer à cette occupation quand Évelyne débarque. L'horloge de l'écran indique 8 h 37. Normalement, elle est censée arriver à huit heures, comme les autres, mais elle s'est octroyé le droit de commencer plus tard. Cela s'est fait progressivement. Elle a d'abord eu cinq minutes de retard, ce que personne n'a osé lui faire remarquer puisqu'elle était la plus ancienne du service et que son pouvoir de nuisance était notoire. Puis les cinq minutes sont devenues dix, puis quinze. Désormais, elle ne prend même plus la peine d'être discrète vis-à-vis de Nadège. Succombant à la frayeur qu'inspire sa subalterne, cette dernière ne se risquerait jamais, elle non plus, à lui faire la moindre remarque.

Évelyne s'assied à son poste, pose son sac à main sur ses genoux, en sort son téléphone portable et une boîte de Tic Tac qu'elle place sur son bureau, entre l'écran et le clavier.

Mathilde reste interdite. Pas en raison de ce que fait sa voisine – ce sont les mêmes gestes tous les matins depuis des années – mais parce qu'Évelyne affiche un sourire satisfait. Quand elle s'aperçoit que Mathilde la fixe depuis l'autre côté du bureau, elle a une moue étonnée.

— Bonjour, Mathilde, dit-elle. Est-ce que ça va mieux ? La fièvre est tombée ?

Mathilde grogne une réponse incompréhensible et

disparaît derrière son écran. Évelyne, souriante, c'est aussi rare qu'un magasin d'autruches. Ce n'est pas forcément bon signe mais Mathilde n'a pas envie d'entrer dans son jeu et de laisser entendre que ça la tracasse. Elle se plonge dans ses dossiers.

À la pause de dix heures trente, elle retrouve Sophie dans le local « détente », là où se trouvent une machine à café, un distributeur de boissons gazeuses et de barres chocolatées, et une fontaine à eau. Sur un canapé défoncé, deux mecs du service des marchés publics parlent d'une série télé américaine que Mathilde ne connaît pas.

Elle fait la bise à Sophie. Ni l'une ni l'autre n'ont envie de boire ni de manger. Elles sont venues ici pour se voir, discuter comme elles le font tous les matins. Elles s'installent à un mange-debout en inox. Sophie y dépose son portable. Mathilde n'en possède pas, alors elle dépose ses mains.

Sophie est l'assistante de Nadège. Elle prend ses rendez-vous, hiérarchise les dossiers qu'elle doit viser, répond au téléphone et n'a officiellement aucune responsabilité. Dans les faits, c'est sa secrétaire. Sur sa fiche de paie, c'est son assistante. Pour ce qui est de son salaire, c'est quelque chose entre l'esclave et l'ouvrier du film *Les temps modernes*. Ça, c'est Mathilde qui le pense ; Sophie, elle, ne s'en plaint jamais et ne laisse jamais transparaître le fait qu'elle est tout en bas de l'échelle des salaires de la fonction publique territoriale. Toujours élégante, tirée à quatre épingles, talons hauts, cheveux châtains aux mèches régulièrement éclaircies, noués en chignons élaborés, Sophie parvient à avoir du style en achetant ses habits dans les boutiques discount et les friperies.

Quand on les voit côte à côte, Mathilde et elle sont comme deux personnages de jeux vidéo différents, dessinés par des designers aux choix artistiques opposés, deux êtres venus de deux dimensions subitement juxtaposées.

Rien ne semblait les rapprocher, plus de dix ans les séparent, et pourtant, leur rencontre a été une évidence, ici même, devant cette machine. Un bonjour, un sourire, une confidence qui dépasse le cadre des dossiers qu'elles traitent dans le service. Sophie avait besoin de parler. Mathilde avait besoin d'écouter. Les amitiés naissent souvent de la coïncidence de besoins égoïstes.

— T'as pas eu le mail de Stéphanie ? demande Sophie.

Mathilde répond « non » avec les yeux.

— Punaise, j'en étais sûre. Je t'ai pas vue dans la liste des destinataires mais je voulais quand même être certaine. Elles sont vraiment dégueulasses, j'y crois même pas.

Mathilde est toujours muette, mais son expression demande des explications.

— Les filles de l'étage font une soirée pour fêter les résultats du concours. Elles sont trois à passer rédactrices. Elles vont à la Grande Tour samedi soir.

Le visage de Mathilde redevient inexpressif. Elle s'en fout que ses collègues sortent sans elle. Si elle avait été invitée, elle aurait décliné. La plus embêtée dans cette histoire, c'est Sophie. Elle est triste pour son amie, triste que celle-ci ne soit pas invitée et, plus profondément, triste qu'elle ne parvienne pas à sympathiser avec quelqu'un d'autre qu'elle.

— Je suis sûre que c'est Évelyne qui a demandé à ce que tu sois mise à l'écart. Il n'y avait aucune raison pour que tu ne sois pas invitée. Même Dimitri était dans la liste alors que tout le monde sait qu'il est en vacances.

Mathilde comprend pourquoi Évelyne était de bonne humeur ce matin. Il n'y a que l'exécution d'un sale coup de peau de vache pour la réjouir. Elle hausse les épaules, sourit légèrement. Ça veut dire « c'est pas grave, t'es gentille, mais c'est pas grave ».

— Non, mais je sais pas comment tu fais, dit Sophie. T'es une nonne Shaolin, un maître zen. Il faut pas te laisser faire, ma belle. En tout cas, moi, je leur ai dit non. Pas question que j'y aille dans ces conditions.

— T'es gentille, dit Mathilde, mais il faut pas te priver pour moi. Tu peux y aller, ça me fait rien.

— Pas question, dit Sophie. Et tu sais quoi ? On va sortir toutes les deux. On va se faire une petite soirée tranquille, et toutes ces poufiasses, elles vont être vertes. Tu fais quoi, ce soir ?

— Je sais pas, je sors pas vraiment, tu sais, dit Mathilde sans qu'il soit possible de déceler si elle est timide, polie ou tout simplement pas intéressée.

— Allez, insiste Sophie. Léo est chez son père, ce week-end. On a toute la soirée pour nous.

— Je suis prise, dit sèchement Mathilde.

Sophie fait les gros yeux, comme si elle grondait un enfant.

— D'accord. Alors demain soir, on sort, c'est compris ? Ne me dis pas que tu es prise deux soirs de suite, ou alors je vais commencer à te poser des questions !

— Je sais pas, dit encore Mathilde. Je t'envoie un mail dans la journée. Peut-être.

— « Peut-être », c'est bien, dit Sophie, rayonnante.

« Peut-être », c'est très bien ! « Peut-être », c'est la moitié de « super, Sophie, c'est d'accord ! » Ça me va très bien. Allez, on remonte travailler mais j'attends ton mail, promis, juré, hein ?

La commissure des lèvres de Mathilde tremble et Sophie la connaît suffisamment pour savoir que c'est une sorte de sourire qui veut dire oui.

À l'étage, Évelyne est toujours guillerette. Nadège cherche sur Tinder un homme avec qui passer la nuit et Stéphanie, maintenant qu'elle est promue, consulte les offres d'emploi des départements limitrophes. Sur une plage de l'île Maurice, Dimitri lit ses mails et constate qu'il est invité à une soirée entre filles. Lui et son petit ami, Rayanne, ça les fait beaucoup rire. Ils commandent une autre margarita.

*

En entrant dans la salle de sport, après que vous êtes passé par les vestiaires, l'odeur vous saisit. C'est un curieux cocktail d'effluves d'eaux de toilettes, de gel capillaire, de shampoings, de savons, tout ça dissous et marié dans le creuset de l'effort. Et puis il y a ces parfums naturels, s'échappant des corps eux-mêmes, un parfum différent pour chaque corps qui le sécrète, comme une carte d'identité odoriférante. On n'est plus des singes depuis des millions d'années mais on peut toujours se reconnaître en se reniflant si on prend la peine d'être attentif.

Le vendredi soir, c'est toujours bondé. C'est le soir de la semaine où Mathias, le propriétaire, ne met pas le chauffage parce que c'est même pas nécessaire.

La fonte claque contre la fonte, les semelles frappent les tapis de course, les poulies des bancs de musculation glissent en chuintant. Çà et là, des grognements de douleur, des cris de satisfaction, des rires gutturaux ponctuent le paysage sonore.

Manuella travaille ses trapèzes en faisant du shrug. Elle voit passer Mathilde et s'interrompt.

— Hé, Mathilde ! T'as oublié de laisser au vestiaire ton balai dans le cul !

Un ou deux mecs rigolent mais la plupart ne font pas attention. C'est sa manière de saluer. Manuella essaie chaque fois de trouver quelque chose de plus insultant. Elle y parvient souvent.

Mathilde lève la main et tend son majeur sans même regarder la petite Portugaise tatouée sur la totalité des deux bras. Elle se dirige vers les haltères. Elle en prend un de huit kilos, s'assied sur un banc et commence des séries avec le bras droit. Son expression ne change pas. On ne dirait pas qu'elle peine ou qu'elle fasse le moindre effort. Les bruits de la salle s'estompent, s'enfoncent dans un tapis de coton. Elle n'entend plus rien que son souffle, régulier, discret. À l'intérieur d'elle, il n'y a que du vide et de l'oubli. Elle est concentrée dans son mouvement, sur le nombre de fois où elle doit le reproduire. Avec ce bras, puis avec l'autre.

Ils sont si rares, ces moments où elle n'est plus personne, sans passé, sans blessures, où elle n'est que matière, énergie, flux.

Elle sent le banc qui bouge, revient sur terre, tourne la tête. Lounès s'est assis à côté d'elle. Gants de boxe aux mains, il ruisselle de sueur dans son débardeur rouge qui met en évidence ses épaules musclées, ses biceps saillants. Il devait taper dans un sac de sable, quelque part dans une autre pièce.

Mathilde n'arrête pas son exercice même si, de toute évidence, Lounès n'est pas là par hasard.

Ils ont un point commun : le calme, la concentration du sportif qui sait ne pas s'emporter, qui maîtrise les techniques lui permettant de canaliser son énergie, ou sa colère, ou sa rage, qui les maîtrise tellement bien que c'est devenu une partie de sa personnalité. Tous deux possèdent ce pouvoir tellurique. Une lave coulerait sous leur peau, vous n'en verriez rien.

Sous les sourcils noirs de Lounès, il y a ses yeux noirs. Au fond de ses yeux noirs, il y a un gouffre. Et de ce gouffre remonte un vent glacial.

— Qu'est-ce que tu fous avec mes parents ?

Mathilde soulève l'haltère une fois, deux fois, trois fois.

— Rien, répond-elle sans s'arrêter.

— *Wallah al adhim,* te fous pas de ma gueule, dit Lounès avec une pointe de menace dans la voix, avec un « sinon... » qui flotte au-dessus de son épaule massive.

Mathilde ne dit rien. Elle change l'haltère de bras. Elle sait que, sous ses gants, Lounès serre ses poings.

— Tu viens plus chez moi, dit-il. La vie de ma mère, je te vois encore traîner dans ma cuisine, je te péta.

Mathilde sent les muscles de son bras enfler au rythme des flexions.

— Tes parents aimeraient pas t'entendre parler comme ça.

— Ils sont pas là, mes parents. Personne va rien leur dire à mes parents. Tu vas leur dire quelque chose, toi ?

Mathilde ne réagit pas, soulève l'haltère une fois, deux fois, trois fois.

— Je te jure, tu fermes ta gueule et tu parles plus à ma famille, *kharba*.

Quatre fois, cinq fois, six fois.

— T'as compris ?

Pour ponctuer sa question, Lounès donne un coup de poing dans l'épaule de Mathilde. Elle se fige, l'haltère suspendu à mi-hauteur. Elle ne bouge pas d'un millimètre, avec huit kilos au bout du bras. Elle ne regarde toujours pas Lounès, dont le visage, contre toute attente, affiche une expression. Une sorte de stupéfaction. Ce n'est pas de la peur. Une surprise que son coup n'ait pas provoqué plus de réaction. Une inquiétude de réaliser qu'il avait sous-estimé la force de sa voisine de palier. Elle est toutes les semaines à la salle, elle est grande, elle a une musculature imposante, mais merde, c'est une fille.

Mathilde tourne la tête vers lui, grave. Lounès a un léger mouvement de recul. Il déglutit. Mathilde le foudroie de son regard blanc. Autour d'eux, les sportifs ralentissent le rythme de leurs exercices. L'électricité de l'instant chatouille les peaux humides et salées. Dans le quartier, ces situations finissent toujours par éclater. L'un des deux saute sur l'autre. Ceux qui sont autour accourent pour les séparer. Mais pas aujourd'hui. Après quelques secondes de lutte silencieuse, elle détourne le regard et reprend ses flexions. Lounès se lève, les mains gantées le long du corps, comme un boxeur qui attend la décision de l'arbitre à la fin du combat.

— *Kharba,* répète-t-il.

Puis il s'en va.

Sept fois. Huit fois. Neuf fois.

Depuis toujours, Mathilde se sent bien dans les salles de sport, dans les dojos, dans les stades. Elle ne saurait expliquer pourquoi. Est-ce parce que, petite, elle n'a trouvé que le cadre codifié du sport pour sympathiser avec d'autres filles et garçons de son âge ? Dans les vestiaires du dojo, on n'a pas d'autre choix que de se déshabiller devant les autres. Il y a cette promiscuité, cette intimité obligatoire qu'impose la pratique sportive. On se déshabille ensemble, on transpire, on grogne, on se douche et on se rhabille. À l'adolescence, une sorte d'érotisme inconscient accompagne ces rituels. Plus encore au judo, où l'on s'étreint, où l'on se touche, debout, serrés l'un contre l'autre, au sol, couchés l'un sur l'autre. Personne ne s'en aperçoit, personne n'y pense, parce que l'intensité du combat écrase tout le reste. Pourtant, dans le cœur de Mathilde, c'était là, dans le cœur de beaucoup d'autres filles et garçons aussi, ce bonheur de pouvoir éprouver l'autre, d'en avoir le droit sans sous-entendus, sans jugement extérieur, puisque les règles du sport l'exigent. Sans le judo, Mathilde n'aurait jamais touché un homme de toute son adolescence. Leurs corps lui seraient restés étrangers. Elle les aurait imaginés, mal, les aurait idéalisés, aurait peut-être été déçue, plus tard, quand finalement elle se serait retrouvée nue dans un lit avec Thibault.

Qui peut affirmer, des années plus tard, qu'un événement du passé a sauvé ou ruiné une vie ? Ça s'est passé, c'est tout.

# 1991

SA LANGUE glisse sur sa langue, ses lèvres collées sur ses lèvres. La peau est fine autour de la bouche. Humide, elle est douce, irrésistible. Elle ne peut pas se défaire de ce contact. Elle a la sensation qu'elle pourrait passer le reste de sa vie à embrasser Thibault. Pourquoi pas? Pourquoi pas ici? À Tours, préfecture d'Indre-et-Loire, où elle est inscrite à l'université avec le statut de sportive de haut niveau et le cursus aménagé qui l'accompagne. Le reste, elle l'a oublié. Ses parents à Bourges, sa grand-mère qu'elle adore, sa chambre où sont encore disposées toutes ses affaires, ses fanfreluches d'adolescente, d'enfant, sont comme les vestiges d'une autre vie, d'un autre siècle. Elle craignait que la distance soit difficile à supporter, puis elle a rencontré Thibault, et maintenant, elle a peur d'oublier trop vite ceux qu'elle aimait et qu'elle n'appelle plus assez souvent.

Les amants sont nus, sous une couette, enlacés sur le côté comme deux siamois reliés par la bouche.

Mathilde tremble encore de l'amour qu'ils viennent de

faire. Elle sent le souvenir de Thibault dans son ventre. Elle s'oublie dans le violent bonheur de ces instants. Les bruits de la ville, derrière le simple vitrage de sa chambre d'étudiante, paraissent aussi lointains que s'ils résonnaient du fond d'un océan. Qu'ils s'y noient, qu'ils sombrent loin d'elle, que le monde entier coule ou fonde, elle s'en fout. Rien n'est plus concret que lui, elle, et leurs salives mêlées.

Ce qu'elle vit depuis trois mois ressemble exactement à ce qu'elle imaginait que serait son premier amour. Bien sûr, elle a eu des sentiments pour d'autres garçons, au collège, au lycée ; des espoirs à sens unique qui n'avaient abouti à rien d'autre qu'à de la honte et du désespoir d'être seulement qui elle était.

Thibault a été son premier amour parce qu'il a été le premier à l'avoir embrassée, le premier à l'avoir vue nue, le premier à avoir fait l'amour avec elle. Thibault a été le premier tout.

Leurs bouches se séparent. Thibault ferme les yeux. Mathilde caresse son amour. Elle se perd dans la contemplation des taches de rousseur qui constellent ses épaules. Il a une peau de roux, diaphane, mouchetée de pétales orangés. Ça lui fait penser aux lentilles d'eau qui recouvrent comme un tapis troué la surface des étangs. Et dans son esprit qui divague, Thibault est un être aquatique, évanescent. Ce qui est matériel en lui, ce sont ses taches de rousseur. Tout le reste est impalpable comme de l'eau, de la vapeur. Elle a fait l'amour avec un fantôme, se dit-elle, à la lisière du sommeil.

Thibault ouvre les yeux. Il lui sourit. Il l'embrasse sur la bouche.

— Tu pourrais me rendre un petit service ? dit-il.

Mathilde sourit à son tour.

— Évidemment, mon cœur.

— Dimanche, il faudrait que j'aille à Niort. J'ai un copain qui doit me filer un colis.

— Pourquoi tu y vas pas avec ta voiture ? demande Mathilde.

— C'est la merde, dit Thibault. Je te l'ai pas dit. Je voulais pas que tu t'inquiètes. Je me suis fait retirer mon permis.

Mathilde se redresse sur son avant-bras.

— Quoi ? Mais quand ? Pourquoi ?

— Ce week-end. Ces connards de flics, ils attendaient à la sortie du Sultan. J'avais presque rien bu mais tu sais, la loi maintenant, c'est n'importe quoi. Tu bois un monaco, t'es déjà dans le rouge.

Le visage de Mathilde s'assombrit.

— T'étais au Sultan, ce week-end ? Pourquoi tu me l'as pas dit ? Tu m'as dit que tu sortais pas.

Thibault baisse les yeux. Sa voix se teinte de trémolos.

— Ouais, je sais, ma puce. Je devais rester chez moi mais Romuald a appelé, il a insisté. Ça craint. J'aurais jamais dû l'écouter. Maintenant, je suis dans la merde.

— Vous étiez que tous les deux ? Romuald et toi ? Tu me promets ?

Thibault se redresse d'un bond. Si on lui tendait une Bible, il poserait sa main dessus, l'autre en l'air, et jurerait sur tous les dieux.

— Mais bien sûr, ma puce, qu'est-ce que tu vas imaginer ? On voulait juste s'amuser. Un peu décompresser, tu vois.

Mathilde s'assied sur le lit, attrape son soutien-gorge qui traînait sur la moquette, l'enfile.

— On se fait pas retirer son permis pour un monaco, dit-elle en l'agrafant. Tu as bu quoi ?

— Je sais pas. Un ou deux whisky coca, rien de méchant. Ça m'empêche pas de conduire. Je tiens bien l'alcool, tu sais. C'est ce connard de flic. Un nègre. Il en avait après moi, ça se voyait.

Mathilde ne relève pas. Ce n'est pas la première fois que Thibault emploie ce genre de mots – nègre, bougnoule, gris, jaune, raton, niaquoué. Elle ne sait pas bien comment réagir. Ça ne la dérange pas vraiment. Ça ne lui plaît pas non plus. Elle n'a pas d'opinion franche à opposer à ça. Elle ne se sent pas armée pour entrer dans ce débat. Thibault pense ce qu'il veut, après tout. Il a le droit d'avoir ses opinions. Ça n'ôte rien au fait qu'elle est amoureuse, que c'est un garçon adorable. Il se conduit bêtement, parfois, comme ce week-end où il s'est conduit très bêtement, mais Mathilde sait que c'est un bon garçon. Elle le voit dans l'éclat de ses yeux bleus. Elle le sent dans le frisson qui lui saisit l'estomac quand il la regarde.

— J'ai un tournoi dimanche, dit-elle froidement en enfilant sa culotte. Je te l'ai déjà dit.

Thibault écarquille les yeux, se tape le front, comme s'il venait de découvrir le principe de la poussée d'Archimède.

— Ah ! merde, c'est vrai. J'avais oublié. Mais c'est vachement important, mon cœur. Faut vraiment que j'aille voir ce type.

Mathilde se lève, fait quelques pas en direction de la fenêtre, regarde dehors, le ballet des voitures, des bus, deux étages en contrebas. Elle sent que quelque chose de mauvais est en train de s'emparer d'elle, comme une main qui l'entraînerait là où elle ne veut pas aller. Elle sait qu'elle ne devrait même pas avoir cette discussion, qu'elle devrait opposer un non catégorique, sans hésitation. Elle en est incapable.

— Pourquoi c'est si important que tu le voies? demande-t-elle tout en regrettant déjà de l'avoir fait.

Thibault comprend. C'est un bon garçon, certes, mais à cet instant, il comprend qu'il a une carte à jouer, qu'il peut mettre son pied dans la porte et se glisser à l'intérieur. Alors il prend sa voix la plus douce et il l'habille de ses plus beaux accents de sincérité, avant de la coiffer d'une note d'apitoiement.

— C'est une sale histoire. C'est pas un colis. En fait, je lui dois un peu de fric, à ce type. C'est pas grand-chose, sauf qu'il est pas du genre conciliant. Je te jure que ça craint vraiment si j'y vais pas. C'est pas des conneries, il est dangereux, ce gars-là.

Par la fenêtre, Mathilde voit passer une jeune femme avec une poussette. Un petit garçon de trois ou quatre ans dort en serrant contre lui une peluche de chien husky.

Thibault rejoint Mathilde, passe ses bras autour d'elle.

— Je sais que ça compte pour toi, le judo, dit-il à voix basse, comme s'il la consolait du sacrifice auquel elle n'a pas encore consenti. Mais si tu m'aides pas, je suis trop mal barré.

La femme et son petit garçon disparaissent au coin de la rue. Mathilde presse les mains de Thibault sur son ventre. Elle se retourne, se colle à lui, l'embrasse.

— D'accord, dit-elle. Je vais t'emmener.

Il essaie de lire sur son visage si elle est en colère, inquiète, heureuse.

Il n'y lit rien. Personne n'y lirait rien.

*

— Allô, dit Mathilde.

Elle force la voix plus que d'habitude. À l'extérieur de la cabine téléphonique, une camionnette passe en faisant un boucan infernal. Dans la rue, sur les trottoirs, des mamans et des papas traînent leurs enfants à l'école. Certains ne cachent pas leur surprise de voir Mathilde en jogging et robe de chambre, ses pantoufles aux pieds.

— Papa ? Qu'est-ce qui se passe ? Maman va bien ?

— Oui, elle va bien, répond son père. Enfin, elle ne va pas plus mal.

— Ah OK, tu m'as fait peur. Le concierge m'a pas dit pourquoi tu voulais que je te rappelle. Je dois me préparer pour aller en cours, tu sais ?

— Oui, ma chérie, dit le père. Je serai pas long. Ta mère et moi, on voulait savoir si tu allais bien. Ça fait des semaines que tu n'as pas téléphoné.

Mathilde frissonne. Il est tôt. Elle a peu dormi. Il fait froid dans cette cabine.

C'est vrai qu'elle n'a pas donné de nouvelles depuis longtemps mais elle est majeure, quoi. Et puis, c'est pas pratique d'être obligée de descendre à la cabine au bout de la rue. S'ils veulent lui parler plus souvent, ses parents n'ont qu'à lui payer le téléphone dans son appartement. C'est quand même pas si cher.

— J'ai été occupée. Pas mal de travail, les entraînements...

— Oui, justement, dit son père. C'est aussi pour ça que j'appelle.

Mathilde décèle le timbre voilé de la voix de son père, celui-là même qui la recouvre lorsqu'il n'est pas à l'aise et peine à exprimer le fond de sa pensée. Mathilde est pressée et décide d'aller droit au but. Elle pourrait demander des nouvelles de sa mère, chercher à savoir si le traitement n'est pas trop éprouvant, mais son père ne la lâchera pas pour autant. Mieux vaut évacuer le sujet pénible en premier.

— Tu as parlé avec mon entraîneur?

— C'est lui qui m'a appelé, répond le père. Il s'inquiète, tu sais. Il nous a dit que tu venais de moins en moins aux entraînements, que tu avais manqué plusieurs tournois ces derniers mois.

— Vous inquiétez pas, dit Mathilde. Je l'aurai, mon diplôme. Je fais ce qu'il faut, je suis pas idiote.

— Mais on le sait bien, ma chérie. C'est pas ça, le problème. Tu ne fais pas du judo pour avoir un diplôme. Tu vas faire beaucoup mieux que ça. Tu vas être une grande championne. C'est ce que tu nous as toujours dit. Et ta mère et moi, on en est persuadés.

Mathilde a de plus en plus froid. Elle piétine pour se réchauffer.

— Papa, supplie-t-elle.

— Ton *sensei* aussi est persuadé que tu peux aller très loin. Mais il faut que tu t'entraînes. À ton niveau, tu ne peux pas te permettre de manquer des entraînements.

Mathilde tripote nerveusement le fil métallique du téléphone. Il est glacial. Tout est glacial. Les anneaux d'inox dans sa main sont comme la queue d'un reptile merveilleux, une bestiole mythique qui vous forcerait à écouter toute la vérité sur vous-même. Elle voudrait être ailleurs, au chaud, sous sa couette, loin de cette voix qui a raison. Cette voix et ce qu'elle dit la mettent encore plus mal à l'aise que le froid de l'aube tourangelle. Elle comprend tout ce qu'elle entend. Elle y a elle-même pensé souvent ces dernières semaines, chaque fois qu'il fallait choisir entre Thibault et l'entraînement, entre Thibault et la musculation, entre Thibault et les tournois du week-end. Le plus souvent, elle a préféré Thibault. Des entraînements et des tournois, il y en a beaucoup, et il y en aura beaucoup d'autres. Mais Thibault ? Sera-t-il toujours là ? Ne finira-t-il pas par se lasser d'elle ? Par réaliser qu'elle n'est pas faite pour lui ? Mathilde, chaque fois, a jugé qu'il ne fallait pas laisser passer ce bonheur. Et puis l'a-t-elle vraiment décidé ? Aurait-elle pu faire autrement ? Résister à un rendez-vous amoureux pour répéter un millionième *seoi-nage* ?

Elle sait que non, que chaque fois, une chaleur irradiait son ventre, qu'un chatouillement remontait sa colonne vertébrale et qu'elle ne pouvait plus penser à rien d'autre qu'au moyen de retrouver Thibault le plus vite possible. La petite voix qui se lamentait en elle, elle l'étouffait, elle la bâillonnait, cette petite voix qui lui disait mot pour mot ce que lui disait son père ce matin.

— Tu es encore bien classée, Mathilde. Mais si tu manques le tournoi de dimanche, tu prendras trop de retard. Tu ne pourras plus participer aux France.

Ton entraîneur nous l'a dit, ma chérie. Il faut que tu te reprennes. Tu as une chance. Il faut que tu combattes. Ça a toujours été ton rêve. Est-ce que ce garçon t'aime assez pour te laisser réaliser ton rêve?

Mathilde se fige. Elle a soudain l'impression d'être nue au milieu de la rue. Elle comprend que son entraîneur n'a pas hésité à parler de sa vie privée à ses parents. Elle comprend que son secret, qui était aussi beau et précieux que sa relation, s'est brisé à ses pieds. Elle serre le combiné de toutes ses forces.

— C'est ma vie, dit-elle, plus froide encore qu'elle ne l'est ordinairement.

— Bien sûr, bien sûr, rétorque son père. Ta mère et moi, on voudrait que tu réfléchisses bien. Les championnats de France, c'est important. Avec tes blessures, tu n'as jamais eu ta chance, jamais l'occasion de prouver ce que tu valais vraiment. Cette fois, le destin est de ton côté. On ne voudrait pas que tu foutes tout en l'air pour...

Il s'interrompt. Mathilde ne dit rien. Elle attend la suite de la phrase qui ne vient pas. C'est le fond de la pensée de son père qui est coincé dans les fils du téléphone? Pour un pauvre type? Pour un petit malfrat? Pour un chômeur longue durée? Pour un tocard qui a quinze ans de plus qu'elle? Qu'est-ce qu'il sait de Thibault? Ce que l'entraîneur lui en a dit. Mais qu'est-ce que l'entraîneur a dit? Parce que l'entraîneur connaît toute l'histoire, depuis l'époque où Thibault faisait du judo, lui aussi. A-t-il eu l'indécence de la raconter? Les petites combines, la drogue, la prison.

— Tu vois, ma chérie, le judo, c'était pas pour moi, disait Thibault. Dans la rue, personne ne fait de prise de judo, c'est débile. C'est pour ça que les Arabes font pas de judo. T'as vu des Arabes s'entraîner avec toi? Non, les ratons, ils font du karaté, du kick-boxing, de la boxe thaï. C'est avec leurs pieds et leurs poings qu'ils cassent la gueule des petits Blancs comme moi. Pas avec des prises de judo à la con. Et encore, ça, c'est quand ils prennent la peine de te tabasser, pour s'amuser le samedi soir. Quand ils en ont après toi, les bougnoules, c'est comme les gitans, ils font pas de salamalecs, ils te piquent avec leur lame ou ils te foutent une balle dans la tronche. Là, tu peux toujours essayer de leur faire une planchette japonaise, c'est mort, ils t'étripent. C'est pour ça que j'ai arrêté le judo. Ça sert à rien.

— Rien ne sert à rien, dit Mathilde sans trop savoir pourquoi.

— Je sais pas, répond Thibault. Ça peut te servir à toi, peut-être, si un pervers veut te toucher le cul. Je le comprendrais.

Ils rient. Et tandis qu'ils rient, Thibault sort de sa poche un couteau. Le rire de Mathilde s'éteint. Le manche de l'arme est courbé. C'est une matière qui ressemble à du bois verni. De la corne, précise Thibault. Un anneau permet de libérer une lame luisante sur laquelle sont gravés ces mots :

*Che la mia ferita sia mortale*

— En corse, ça veut dire « que ma blessure soit mortelle », traduit Thibault. C'est mon père qui me l'a offert. Et c'était son père à lui qui lui avait offert. Tu vois, ma puce, ce truc-là, ça vaut tous les cours de judo du monde.

— C'est pas ce que je voulais dire, dit le père de Mathilde dans le combiné téléphonique. On respecte tes choix, ma chérie. Tu es grande. Mais on est déjà passés par là, ta mère et moi. On a été jeunes, nous aussi. Et on a fait des choses qu'on a regrettées. On voudrait pas que tu fasses quelque chose que tu regrettes.

Mathilde n'a plus froid. D'un coup. Comme si la situation, subitement, s'éclairait et qu'avec cette lumière, une chaleur se répandait dans la rue, sur les trottoirs, à l'intérieur de la cabine.

— Ton entraîneur nous a dit que le tournoi de dimanche aurait lieu à Vierzon. C'est pas très loin de la maison.

— Non, papa, dit Mathilde, au bord des larmes.

— Mais si, ma chérie, voyons, on y tient. Ta mère y tient. Elle est affaiblie mais pas assez pour manquer un tournoi important pour sa fille.

Mathilde écarte le combiné, car elle pleure vraiment à présent.

— Et puis si elle est trop fatiguée, on rentrera avant la fin. Elle tient tellement à t'encourager. À être là pour toi.

Mathilde est secouée de sanglots, qu'elle réprime tant bien que mal. La dernière fois qu'elle l'a vue, sa mère était assise dans le fauteuil du salon, pas celui qui est en face de la télé, l'autre, devant la fenêtre. Sa mère lui avait parlé sans la regarder. Au début, Mathilde avait cru qu'elle était distraite, assommée par la chimiothérapie, puis elle avait compris qu'elle se mettait ici pour qu'on ne la voie pas. Ni son mari, ni sa fille, ni personne. À cette place, elle tournait le dos à la pièce, au monde. Elle s'en extrayait le temps d'aller mieux, d'être à nouveau présentable. Il n'y avait jamais eu d'apitoiement ou de désespoir dans le ton ni les paroles de sa mère. Depuis le diagnostic, elle avait considéré que c'était un mauvais moment à passer, certainement pas une catastrophe sur laquelle se morfondre. Son mari appelait ça du courage, mais elle trouvait ça exagéré puisqu'elle était incapable de faire autrement. Est-elle courageuse, celle qui accomplit des actes héroïques sans y penser ?

— Papa, hoquette Mathilde, et là, elle ne peut plus dissimuler ses pleurs.

— Ma chérie, répond son père, avec cette intonation si particulière, de tendresse, de consolation, de compréhension. On se voit dimanche, ma chérie, d'accord ? Tu vas gagner et tu vas les faire, tes championnats de France. Et quand tu seras là-bas, tu donneras le meilleur de toi-même et nous, on sera si fiers de toi. On sera fiers de toi, ma chérie, tu sais ?

Mathilde hoche la tête et même s'il ne peut pas le voir, son père sait qu'elle lui a répondu.

— À dimanche, mon cœur. Ta mère t'embrasse aussi. À dimanche, ma chérie.

— À dimanche, dit Mathilde.

Faiblement.

# SAMEDI

MATHILDE INSÈRE le jeton dans la fente et libère le caddie. Ce matin, le ciel est gris. Encore gris et couvert comme il l'est depuis des jours. À la télé, sur internet, sur les photos de vacances de ses collègues, elle a souvent vu des cieux chargés, une chape de nuages posée sur des paysages étrangers. Cela ne les rendait pas sinistres pour autant. Le gris du ciel faisait ressortir la couleur de l'herbe, la peinture des maisons. Mathilde se demande pourquoi ici, on observe l'effet inverse. Le gris rend tout gris. Ce qui est gris le reste. Ce qui ne l'est pas le devient. Même l'éclat de l'enseigne lumineuse du Leader Price, dont on suppose que ses concepteurs l'ont voulue d'un rouge agressif, apparaît terne et passé. Le bleu de l'Éléphant bleu, où les caïds du quartier et les bourgeois de Sainte-Madeleine nettoient leurs grosses bagnoles pour la millième fois de la semaine, est lui aussi délavé. Les panneaux de signalisation, les publicités pour McDonald's sur les abribus, les feux tricolores, tout est rongé par la grisaille. Y a-t-il encore un soleil qui brille derrière ces nuages ? Mathilde scrute le ciel, sa main sur le caddie à l'entrée du supermarché. Elle ne trouve pas le soleil.

Les portes automatiques se referment derrière elle et elle avance vers le rayon des fruits et légumes. Aux caisses, sur sa gauche, elle reconnaît la plupart de ceux qui déposent leurs articles sur les tapis roulants, reconnaît les caissières, le caissier. Des carottes, ce serait bien, et des pommes de terre, bien sûr. Elle pense qu'il lui reste des oignons mais elle en prend quand même quatre ou cinq. Le marché de la place carrée, ce sera demain matin, juste en bas de chez elle, mais elle n'est pas sûre qu'elle aura envie de sortir.

En rentrant à la maison, hier soir, après la musculation, elle a envoyé un mail à Sophie pour lui dire qu'elle acceptait son invitation. Elles dîneraient ce soir, rien que toutes les deux, au restaurant Tablapizza de la zone commerciale. Mathilde ne pense pas qu'elle s'amusera au point d'accepter de prendre un verre en ville après le repas, et puis, hilare et un peu saoule, de finir la soirée à danser dans une boîte de nuit. Pourtant, elle anticipe un dimanche matin au calme, au cas où ce scénario délirant se produirait. Tout peut arriver. Si elle a appris une seule chose de toute sa vie, c'est bien celle-ci. Le pire, sans aucun doute. Pourquoi pas le meilleur ? Ou l'inattendu ?

Le problème, c'est que si elle ne fait pas le marché demain, elle ne pourra pas acheter à madame Wang son excellente pâte de curry qui est de loin la meilleure de toute la ville. Mathilde imagine qu'elle pourra se contenter d'une pâte industrielle pour sa recette de riz biryani, encore faudrait-il mettre la main dessus. Les supermarchés ne rangent jamais ça au même endroit. Parfois, on la trouve avec les condiments, parfois avec le nuoc-mâm, parfois dans des endroits incongrus. Les gamins qui mettent les articles en rayon ne savent même pas ce qu'ils rangent, alors ils en déduisent l'emplacement en fonction de l'apparence du contenant, peu leur importe le contenu, ce qui est le cas d'à peu près toutes les choses de la vie, pense-t-elle.

Elle ne se souvient plus si elle a déjà acheté de la pâte de curry au Leader Price, si elle en a déjà vu dans les rayons, et si oui, à quel endroit.

Contrairement à ses voisins qui viennent ici pour discuter comme ils iraient au café, Mathilde n'aime pas traîner en courses. Cette histoire de pâte de curry va l'obliger à faire trois fois le tour du magasin, voire à demander de l'aide à un employé, à condition d'en trouver un, le samedi matin étant le moment de la semaine où tout le personnel en rayon se volatilise miraculeusement. Tout ça parce qu'elle pense à lundi, au riz biryani qu'elle aimerait bien manger, au marché de dimanche qu'elle va peut-être manquer à cause de la sortie de ce soir qui va peut-être s'éterniser.

Elle sait que son agacement est disproportionné, que si elle est dans cet état, c'est parce qu'elle n'est pas sortie depuis des années, et que lorsque cela s'est produit, il y avait suffisamment d'invités pour qu'elle ne soit pas forcée de parler à qui que ce soit ou aller plus loin que les stupides : « Alors, ça va ? Tu t'amuses ? La soirée se passe bien ? »

Ce soir, ce sera différent. Un tête-à-tête. Ces moments où il est impossible de ne rien dire, de tout garder pour soi, même en face d'une pipelette comme Sophie. Des yaourts ? Il y a encore des yaourts ?

Elle reste prostrée devant l'armoire réfrigérée deux secondes, trois secondes, quatre secondes, en essayant de visualiser l'intérieur de son frigo. C'est trop long. À quoi bon ? De toute manière, elle les mangera bien, ces yaourts. Ou alors elle fera un gâteau avec. Elle en prend quatre. Nature.

Au bout de l'allée, elle voit le petit coin consacré à la boulangerie. Des viennoiseries sous plastique, des pains complets, aux céréales, surplombent deux panières en osier vides.

Voilà un autre défi quand on fait ses courses ici le samedi matin : réussir à acheter une baguette de pain.

Quelque part dans la zone réservée au personnel, un ou des boulangers préparent le pain toute la matinée. Quand une fournée est prête, un employé la met en rayon, encore brûlante, dans ces deux panières. Une fournée compte une douzaine de baguettes. Autant dire qu'il ne faut qu'une poignée de secondes pour qu'elles trouvent preneurs.

Tout le monde le sait. Tous les habitués du samedi matin. Ainsi, le challenge consiste à faire ses courses, certes, mais en prenant garde à ne pas trop s'éloigner du coin « boulangerie ». Attendre devant serait mal vu, pour qui on nous prendrait ? Mais l'avoir à l'œil en permanence, pour être idéalement placé quand la fournée arrive. Alors, faire mine de se réjouir d'un si bienveillant hasard, pousser prestement son caddie et s'emparer de la baguette chaude avant douze autres clients qui auront adopté la même stratégie.

Ce qui énerve Mathilde, c'est quand un client débarque de nulle part, quelqu'un qui n'habite même pas dans le quartier, que personne n'a jamais vu, qui vient faire ses courses ici on ne sait pourquoi, qui n'y connaît rien aux rayons, aux fournées, et qui se trouve exactement où il faut, au moment où il faut, pour avoir sa baguette. Le plus souvent, cet innocent ne s'aperçoit même pas de la chance qui vient de le frapper. Le plus souvent, Mathilde lit sur ses vêtements, dans ses gestes, dans sa manière de parler, que c'est aussi le cas pour tous les autres événements de sa vie. Il y a des gens comme ça, que la bonne fortune accompagne depuis si longtemps qu'ils n'en ont plus aucune conscience. Et c'est un écœurement de les voir ici, chez nous, au pays des perdants, des poissards, des combattants pour tout. Ni Mathilde ni personne ne leur feront de mal, bien sûr. C'est le contraire. Ce sont eux qui nous blessent. Juste d'être là avec leurs sourires insouciants et leurs enfants souriants.

Peut-être qu'à côté des sauces tomates, des sauces bolognaises, des sauces aux champignons, elle trouvera sa pâte de curry. Il y a bien de la sauce au curry dans ce rayon. Et puis, ça ne lui fera pas perdre de temps puisqu'elle a besoin de sauce provençale pour ses quenelles de mardi. Tiens, d'ailleurs, elle a oublié l'emmental râpé. Elle fait demi-tour en regardant sa montre, revient à hauteur des laitages, jette un coup d'œil au bout de l'allée – toujours pas de pain – laisse tomber un sachet d'emmental dans son caddie, refait demi-tour, avance en direction du rayon des sauces, regarde sa montre à nouveau : vingt-sept secondes. Ça va. Elle est entrée dans le magasin il y a neuf minutes. Mathilde en déduit que, si elle n'a pas trouvé le soleil dans le ciel, c'est parce qu'il était dissimulé derrière un nuage. Elle est soulagée. Sans pain ni pâte de curry, elle se sent mieux malgré tout.

Elle prend un bocal de sauce provençale, examine les étagères par acquit de conscience, ne trouve pas de pâte de curry, évidemment, retourne dans l'allée pour surveiller le pain. Merde. Une fournée est arrivée pendant qu'elle cherchait la pâte. Il ne reste déjà plus que quatre ou cinq baguettes et Mathilde identifie sans peine les clients dont la trajectoire faussement erratique indique qu'ils ont verrouillé leur cible.

C'est peine perdue. Elle est trop loin. À moins de courir au travers des allées – mais qui ferait ça ? –, elle devra attendre la prochaine fournée dans quinze minutes.

— Hé, Mathilde, ça va bien ?

La voix la fait sursauter. Elle se retourne. Poussant elle aussi un caddie, Nadia arbore son demi-sourire habituel, aussi amical que distant, ce genre de sourire qui veut dire « nous sommes amies mais ne me demande pas la couleur de mes chaussettes ».

— Ça va, Nadia, ça va, répond Mathilde.

— Salut Mathilde, dit le petit Idriss surgi d'on ne sait où.

Il mâchonne un bout de pain prélevé sur une baguette qu'il tient à la main.

— Tu aimes ça, le pain frais ? demande Mathilde.

— Il est pas frais, il est tout chaud, dit Idriss.

— Oui, explique Mathilde. Le pain qui vient juste d'être cuit, on appelle ça du pain frais.

— Le pain, il sort du four et il est frais, rigole Idriss. *Hbeltou,* vous les Français. Ha ha !

Nadia intervient.

— Idriss ! Qu'est-ce que tu racontes ? Toi aussi, tu es français ! Tu dis pas « Vous, les Français, » comme ça ! C'est toi, le Français !

— La vie de ma mère, je suis pas français, moi.

— Oh si, tu es français. Demande à ton père si tu es pas français, tu vas voir ce qu'il va dire. Il va dire « mon petit Idriss, il est français » et lui, tu sais, il est fier que tu es français encore plus que lui.

Idriss baisse la tête. Il reprend une bouchée de pain.

— Idriss, demande Mathilde. Est-ce que tu voudrais bien me rendre un service et aller me chercher une baguette quand la prochaine fournée arrivera ?

Idriss se redresse en souriant. Il a l'air enchanté par cette mission.

— Tu me paies combien ?

— Tu demandes pas l'argent, dit Nadia. Tu rends service à Mathilde, c'est tout. Mathilde, elle nous rend service tout le temps, alors toi, tu es gentil pour une fois.

Idriss soupire bruyamment. Il jette ce qui reste de la baguette de pain dans le caddie de sa grand-mère, fourre les mains dans les poches de son pantalon de jogging et s'éloigne en direction des panières.

Nadia réajuste son hijab qui s'était desserré alors qu'elle s'agitait après le petit. Derrière ses rides, ses grands yeux noirs sont pénétrants et pleins de débuts de conversations. Mathilde attend qu'Idriss soit à distance suffisante.

— Il a payé ? demande-t-elle avec le même ton que si elle disait « il pleut encore » ou « j'ai oublié de prendre du sel ».

Nadia secoue la tête sans dire un mot. Le bip-bip des

caisses enregistreuses écrit une petite mélodie du hasard sur le ronronnement des armoires réfrigérées, les éclats de voix des clients, le grincement des roues des caddies.

— Ce sera plus très long, dit Mathilde. Il va payer.

— Inch Allah, dit Nadia en lui saisissant l'avant-bras. Inch Allah.

— *Yema !* crie une voix derrière les deux femmes.

C'est une voix grave, dure, certainement pas celle d'Idriss.

Nadia lâche immédiatement le bras de Mathilde.

— Tu fais quoi, râle Lounès. On va pas passer toute la matinée ici.

S'approchant, il ne cesse de fixer Mathilde. Elle soutient son regard et, quand il n'est plus qu'à deux mètres, elle pousse son caddie et bifurque dans un rayon. Il y aura peut-être de la pâte de curry, ici. Ravioli, cannelloni, haricots verts, ratatouille. Non. Il n'y a aucune chance pour qu'un employé ait eu l'idée de ranger la pâte de curry ici.

Mathilde manœuvre son caddie en prenant garde à ne pas rouler dans le contenu d'un bocal de flageolets en sauce éclaté sur le carrelage. Elle attrape au passage deux boîtes de petits pois et carottes à prix discount et change de rayon.

Café, thé, céréales. Elle a tout ça à la maison. Elle remonte l'allée sans s'arrêter, salue Émile et Fatou qui débattent devant un pot de confiture.

— Je te dis que tu prends allégée, la confiture, dit Fatou.

— Il y a pas le parfum que je veux en allégé, proteste Émile. Ils savent faire que la fraise allégée. Moi, je veux de l'abricot. Trouve-moi de l'abricot allégé et je veux bien manger allégé.

— Tu prends la fraise et puis c'est tout. Regarde ton gros bide plein d'abricots. C'est beau ça, tu crois, un gros bidon comme ça ?

Mathilde tourne au bout de l'allée et échappe à la fin de la dispute. Devant la tête de gondole, elle examine les promotions.

— Tiens, dit Idriss qui est encore apparu comme par magie.

Il tend une baguette de pain dans son étui en papier. Mathilde lui sourit. Elle ouvre la main pour réceptionner le pain mais Idriss se fige, son regard perdu quelque part derrière Mathilde et celle-ci comprend.

— Apporte-moi le pain, Idriss, dit Lounès. J'ai faim.

Mathilde se retourne et constate que Nadia n'est pas là. Probablement dans un autre rayon.

Idriss hésite un instant puis apporte la baguette à son oncle.

— Hm, c'est bien chaud, dit Lounès en détachant le quignon. Qu'est-ce que tu regardes, toi ?

C'est après Mathilde qu'il aboie mais Mathilde ne bouge pas. Elle ne répond pas. Elle ne présente aucune expression. Elle attend simplement quelques secondes pour que Lounès comprenne qu'elle n'a pas peur, qu'elle n'est pas un gosse de dix ans à qui il peut donner des ordres.

Qu'est-ce qu'il lui reste à acheter ? Plus grand-chose. Du jus de fruits, des mouchoirs en papier. Ça ne lui prendra pas un quart d'heure et qui plus est, en fin de matinée, le temps entre chaque fournée s'allonge. Tant pis pour le pain frais. Elle se contentera d'un de ceux qui sont vendus sous plastique, aux céréales ou aux fruits secs.

Mathilde regarde sa montre. Elle est entrée dans le magasin il y a trente-six minutes. Elle se dirige vers une caisse. Elle essaie de choisir celle qui sera la plus rapide, en fonction du nombre de personnes qui attendent, du remplissage des caddies, de l'efficacité des différentes caissières dont elle a appris à connaître les capacités. Elle se dit que si elle réussit à atteindre le tapis roulant, à déposer tous ses achats, à les payer, les ranger puis à sortir du magasin en quatre minutes, elle sera restée au Leader Price pendant quarante minutes. Et quarante, c'est cinq fois huit minutes.

Elle doute d'y parvenir. Pendant qu'elle rangera son sac de carottes, pendant qu'elle tapera son code de carte bleue, pendant qu'elle récupérera ses bons d'achats avec son ticket de caisse, peut-être que tout s'éteindra, qu'elle n'aura pas eu le temps de sortir. Mais sortir pour quoi ? Il n'y aura alors plus rien à voir.

C'est son tour. Elle ne perd pas de temps. Elle avance vers le tapis roulant.

*

— T'es venue à pied ? demande Sophie. Mais t'es malade ?

Mathilde hausse les épaules. Elle dégouline de pluie. La peau de son visage trempé reflète les lumières orangées du restaurant Tablapizza. Le soleil est à peine couché mais il fait déjà noir. Un défilé ininterrompu de voitures soulève un nuage d'eau qui rend la pluie battante encore plus pénétrante. Des familles repartent à la maison après un après-midi de courses et de flânerie dans le centre commercial. Certaines s'arrêtent sur l'un des parkings géants de cette partie de la zone où sont regroupés les restaurants de chaîne : McDonald's, Léon de Bruxelles, Buffalo Grill, Hippopotamus... Les parents demandent aux enfants de choisir celui qu'ils préfèrent. Les enfants crient de joie. C'est la belle surprise du samedi soir. Et les parents sont heureux de pouvoir l'offrir de temps en temps.

Dans l'autre file de voitures, celle qui entre, des jeunes organisent leur début de soirée. D'abord, fast-food à emporter, avant de rejoindre des endroits moins passants : les berges de la rivière, une aire de repos qui longe un bois, la place de l'église d'un village des environs. Ensuite manger, boire l'alcool que l'un d'eux aura apporté, des 8.6, du gin mélangé dans une bouteille de jus de fruits, ni vu ni connu. Enfin le cinéma, la dernière séance, s'il n'y a pas assez d'alcool pour tenir toute la nuit. Un film qui hurle, avec des images assourdissantes, une histoire bien lourde et bien lisse, comme une massue pour oublier le reste. Ensuite un bar. Ensuite en boîte. Ensuite tout seul chez soi, suffisamment abruti par tout ça pour ne pas avoir à penser que lundi, une nouvelle semaine recommence, morne, à l'horizon fondu. Le rituel de la jeunesse moyenne, enfants de la classe moyenne, elle-même enfant d'une classe qui n'avait alors pas de nom, des jeunes qui crèvent de ne pas posséder plus, bien qu'ils aient déjà ce minimum : assez pour l'essence, assez pour l'alcool, assez pour le cinéma, le fast-food, le bar, l'entrée en boîte de nuit. Les enfants de la place carrée n'ont pas ça. Idriss n'aura jamais ces samedis-là.

Les enfants d'Émile et Fatou non plus. Et même si, un jour, ils pouvaient se le payer, ils ne le feraient pas. Le quartier tient sur d'autres rituels. Nos enfants hantent d'autres manoirs.

— T'aurais pu t'habiller, ma poule, tance Sophie. On sort, quoi ! T'as pas autre chose à te mettre qu'un survêtement ?

— Bah, c'est un Nike, quand même, répond Mathilde dans ses habits de sport gorgés d'eau.

— Et un parapluie ? T'as pas de parapluie ?

Mathilde hausse les épaules. En guise de sourire, c'est le mieux qu'elle puisse produire. Sophie sourit aussi.

— Allez, viens, on va au chaud.

Une serveuse en uniforme de la chaîne, pantalon vert, chemise blanche, veston noir, les installe à une table et leur tend les menus plastifiés. Le fait que Mathilde ruisselle, que ses baskets fassent splotch splotch quand elle marche, que ses habits lui collent au corps, ne semble pas déranger la jeune fille. Elle en a vu d'autres, particulièrement le samedi soir, quand toute une faune hétéroclite se donne rendez-vous ici. Les restos du centre-ville n'ont pas ces problèmes. Là-bas, avant d'entrer, il faut s'y sentir autorisé. C'est un peu une question d'argent mais surtout une question de légitimité. Il y a des lieux qui sont pour nous et d'autres non. Si rien ne le précise sur la devanture, chacun sait où est sa place. Si Sophie avait invité Mathilde dans l'un de ces restaurants du centre, du genre de la Grande Tour, il n'est pas certain qu'elle aurait accepté. Inconsciemment, Sophie a su que pour rassurer son amie, c'est dans un restaurant de la zone qu'il fallait venir. Et pour ne pas non plus se retrouver avec des hordes de gamins surexcités, le choix de Tablapizza paraissait idéal. Ni trop populaire, ni vraiment raffiné. C'est comme ça que Sophie voit sa collègue. Elle a choisi un lieu qui lui ressemble.

Sur les menus, il y a des photos qui illustrent chaque plat. Voilà ce qui fait la différence entre un établissement pour initiés et un autre ouvert à tous, entre un restaurant didactique et un restaurant qui suppose que vous savez ce qu'est un carpaccio ou un bar en croûte de sel. Les commerciaux qui rédigent les cahiers des charges de ces établissements universels pensent à tout ça.

— Je vais prendre une pizza Maestro, s'il vous plaît, dit Mathilde à la serveuse qui est revenue prendre la commande.

— Et moi la poêlée campagnarde, ajoute Sophie. Et deux Leffe.

Mathilde est sur le point de réagir, et puis après tout, pourquoi pas, se dit-elle.

Quand les bières arrivent, elles trinquent à leur santé. Sophie avale une longue gorgée et le niveau de son verre baisse de moitié.

— Ma chérie, dit-elle. Ce soir, je vais boire jusqu'à oublier que j'ai un fils !

Mathilde lève son verre pour approuver l'assertion et boit une petite gorgée à son tour.

— Je l'aime, Léo, tu sais, poursuit Sophie, mais c'est dur de toujours penser à tout. Léo, t'as des devoirs ? Léo, tu t'es brossé les dents ? Léo, n'oublie pas tes livres de bibliothèque chez ton père. Tous les jours, toutes les heures, il faut que je pense à des choses qui le concernent. Même quand il est pas là, quand il est à l'école, ou chez son père, je peux pas m'empêcher de penser à ce qu'il aurait pu oublier, ou à ce qu'il ne faudra pas qu'il oublie quand il reviendra.

Mathilde hoche la tête, l'air compréhensif, ou simplement surpris par la longueur du monologue.

— Oui, je sais ce que tu dois te dire, que si j'avais un mec, j'aurais moins de problèmes pour Léo. Mais tu sais, quand je vivais avec son père, c'était pareil. Il foutait rien, il pensait à rien. Je sais pas s'il y a beaucoup de mecs qui font faire leurs devoirs aux gamins, qui pensent aux rappels de vaccination. Et puis, je serais pas contre, mais il faudrait déjà que quelqu'un veuille de moi. Je lui demande même pas de faire la vaisselle. Juste qu'il soit un peu gentil, ça me suffirait. Moi, j'ai jamais été gâtée pour ça.

Mathilde boit une autre gorgée. Bien que trempée, elle se sent bien. Ce qu'elle craignait le plus, que Sophie la bombarde de questions, qu'elle soit obligée de parler, d'exprimer des choses, d'autres choses que « je voudrais une pizza Maestro, s'il vous plaît », ne semble pas d'actualité.

— Tu sais, mon premier vrai amour, continue Sophie, je l'ai eu à seize ans. Il était brun, il avait le regard noir, les sourcils qui tombaient un peu, comme ceux d'un boxeur. Il mettait des blousons en cuir qui sentaient fort et qui craquaient quand il marchait. Toutes les filles étaient folles de lui. Quand il m'a invitée à sortir, j'ai failli m'évanouir. J'étais sur un nuage.

Les yeux de Sophie papillonnent. C'est comme si elle tentait de réanimer ce moment extatique de sa vie, en se concentrant très fort. Pourtant, elle ne sourit pas. Le passé lui revient, mais il a perdu sa saveur.

— Un jour, il m'a emmenée à une fête sur sa mobylette. C'était vendredi soir, c'était l'été. J'étais aux anges, je savais qu'il essaierait de m'embrasser. Jusqu'à ce soir-là, on se tenait la main, mais rien de plus. Avant d'entrer dans la salle des fêtes pour danser et boire, il m'a attirée dans un petit local à vélos, à l'écart. On jouait, on rigolait. Alors il m'a embrassée. Je l'ai embrassé. Et puis il s'est mis à me tripoter, à me lécher et à me serrer de plus en plus fort. Je savais pas quoi faire. J'avais pas envie, je voulais pas que ça se passe comme ça, mais j'étais amoureuse. J'avais peur qu'il me quitte si je disais quoi que ce soit. Résultat, il m'a baisée entre deux vélos, et le lendemain, il m'a quittée.

Elle marque une pause, comme pour se remémorer d'autres fois, d'autres histoires, d'autres hommes, pour retenir ces moments où, furtivement, tout s'était bien passé, où elle était heureuse.

— C'est l'histoire de ma vie, dit-elle en souriant. Il faut croire que je suis assez bien pour qu'on me frappe, mais pas assez pour qu'on m'aime.

— La pizza Maestro, c'est pour qui ? demande un serveur, ou un cuisinier, en tout cas un jeune homme qui porte un tablier noir plein de traces de farine.

Mathilde lève le doigt et le jeune homme dépose l'assiette devant elle.

— La poêlée arrive tout de suite, dit-il avant de repartir vers les cuisines.

Des éclats de rire montent d'une table à proximité. Deux couples d'une quarantaine d'années sont absorbés par le visionnage d'une vidéo sur un téléphone portable.

C'est ça qui les fait rire, bien qu'il soit impossible de savoir, d'où sont assises Mathilde et Sophie, si c'est à cause d'un panda qui pète ou d'un maçon tombé dans une dalle de ciment frais.

Sophie porte son verre de bière à ses lèvres. Son regard est absent. Elle feuillette encore le petit album de sa vie.

— Et voilà la poêlée, dit le jeune homme en déposant l'assiette devant elle. Bonne continuation, mesdames.

Il disparaît à nouveau.

— Désolée, dit Sophie. Je vais te couper l'appétit avec mes histoires de mecs.

Mathilde hausse les épaules en mâchonnant une part de pizza.

— Je t'ai jamais vue avec un mec, toi. T'as personne dans ta vie ?

Mathilde secoue la tête. C'est un geste purement informatif. Son visage n'offre aucune indication supplémentaire. Est-ce qu'elle en souffre ? Est-ce qu'elle s'en félicite ? Est-ce qu'elle aimerait que ça change ? Rien dans son expression ne permet de le dire.

— Tu sais, continue Sophie, il y a certaines filles au boulot qui se demandent si t'es pas lesbienne.

Mathilde, cette fois, ne peut réprimer un léger éclat de rire. Un morceau de jambon Maestro s'échappe de sa bouche. Elle le rattrape avec les doigts, l'engloutit.

— Je leur ai dit que non, dit Sophie. Mais en fait, j'en sais rien. Ça aurait pu.

Sophie sourit. Elle est heureuse d'avoir trouvé un moyen de faire rire son amie. Elle ne se souvient pas que cela se soit jamais produit.

— Je vais peut-être reprendre une bière, moi, ajoute-t-elle.

Mathilde avale sa bouchée de pizza, s'essuie les lèvres avec sa serviette en papier et dit :

— T'as pas fini celle-ci.

Sophie lève son verre, boit, boit, boit, et repose le verre vide avec un « Ah ! » de satisfaction. Encore une fois, Mathilde sourit. Sophie glousse. Elle se tient la poitrine pour réprimer un rot.

— Houla, dit-elle.

Les deux femmes partent dans un fou rire. Autour d'elles, les autres clients vaquent à leurs occupations, chacun dans leur bulle d'intimité malgré le brouhaha, le bruit des plats qui s'entrechoquent, les conversations, les ordres des serveurs aux cuisines, les cris des cuisiniers aux serveurs, et la faible musique diffusée dans des enceintes invisibles.

Des regards furtifs percent les bulles. Un garçon regarde avec insistance une adolescente venue avec ses parents. Il se demande dans quel lycée elle est. Un groupe de filles épient une femme d'une soixantaine d'années coiffée d'un foulard bariolé. Elles se moquent, on dirait.

Les interactions entre les bulles sont rares et elles ne durent pas. Bien vite, chacun retourne à son univers. Au fond de la salle, Guillaume, un père de famille, la trentaine, croit reconnaître Mathilde. Est-ce que ça pourrait être elle, cette femme qui lui avait accordé une aide d'urgence il y a quatre ans, alors qu'il ne réussissait plus à payer ses factures de chauffage ? Il détourne le regard, préfère ne pas y penser. Tout ça, c'est derrière lui. Sa femme n'en saura jamais rien.

Mathilde et Sophie reprennent leur souffle. Elles s'essuient les yeux.

— Bon, j'arrête pas de papoter, je parle de moi, dit Sophie. Maintenant, c'est à ton tour. Dis-moi quelque chose sur toi. Quelque chose d'important. Si on se dit pas des choses importantes, on est pas vraiment copines.

Mathilde fronce les sourcils. Peut-être parce qu'elle est contrariée. Peut-être parce qu'elle réfléchit. Elle boit une gorgée de bière, tourne la tête vers la baie vitrée qui donne sur l'extérieur. Il fait nuit noire. Dans les phares des voitures qui passent sur la route, on voit que la pluie tombe toujours à verse.

— J'ai peur que le soleil s'éteigne, dit-elle.

Sophie penche la tête sur le côté. Elle cherche à déterminer si sa collègue est sincère ou bien si elle lui fait une blague qui les précipitera dans la spirale d'un nouveau fou rire. Mathilde semble sérieuse, l'air grave, le regard perdu dans le reflet de la baie vitrée, dans l'obscurité épaisse du dehors.

— Ça arrivera, un jour, continue-t-elle. Dans je sais pas combien de milliards d'années. Mais souvent, je me dis qu'il y a tellement de choses qu'on sait pas. Dans les sciences, tu vois. Peut-être que quelqu'un s'est trompé dans les calculs. Peut-être que sa calculette marchait pas bien, ce jour-là, et que personne a pensé à vérifier. Au lieu de mille milliards d'années, en fait, ce serait aujourd'hui que le soleil va s'éteindre. Ou demain. Bientôt.

Sophie est bouche bée. Elle en oublie de commander une autre Leffe quand la serveuse passe à portée de voix. Elle en oublie sa poêlée campagnarde dont les gésiers refroidissent. Depuis toutes ces années où les deux femmes se connaissent, Mathilde n'a jamais prononcé autant de mots d'affilée. Elle ne veut pas gâcher ce moment, même si elle ne comprend rien à cette histoire de soleil et de calculatrice à cause de la bière qui commence à faire effet, à l'engourdir, à déconnecter les informations les unes des autres.

— Ce qui me fait peur, continue Mathilde, c'est pas qu'on va tous mourir, toute la vie sur Terre. C'est qu'il y aura un moment où on sera morts, où le soleil sera mort, et personne n'en saura rien. J'ai entendu ça, un soir, à la radio. Ce jour-là, j'ai pas vraiment fait attention. Mais plus tard, j'y ai repensé, et ça m'a terrifiée. Le gars disait que la lumière, c'est super rapide. Mais le soleil est tellement loin de nous que ses rayons arrivent pas tout de suite sur Terre. Tu sais combien de temps ils mettent?

Sophie a un léger sursaut.

— Hein? Quoi? Non, je sais pas.

— Huit minutes, dit Mathilde. La lumière du soleil met huit minutes à nous atteindre. Ça veut dire que si le soleil s'éteint, comme ça, d'un seul coup, pendant huit minutes, il ne se passera rien. On continuera à se chamailler, à regarder des émissions débiles à la télé, on remplira notre feuille d'impôts, on mangera notre pizza. On sera tous morts et personne ne le saura. Même pas les scientifiques, les chefs d'État, personne. On sera tous des cadavres ambulants pendant huit minutes. C'est ça qui me fait peur. J'y pense tout le temps. Au travail, chez moi, quand je fais les courses. Je compte. Quatre cent quatre-vingts secondes. Encore et encore. Parce que tout peut s'arrêter. D'un seul coup, et personne ne peut nous prévenir. Personne ne pourra nous dire « profitez bien de vos huit dernières minutes». Si ça se trouve, c'est maintenant. Si ça se trouve, le soleil s'est éteint.

— Il fait nuit, c'est pas grave, dit Sophie.

Mathilde la fixe un instant, puis elle sourit. Son amie sourit aussi, bien que sa réplique n'était pas censée être une blague. Mais puisque Mathilde sourit, prenons toujours ça.

— Excuse-moi, dit Mathilde. Cette fois, c'est moi qui te coupe l'appétit avec mes histoires.

— Non, non, ma poule, la rassure Sophie. Je suis contente que tu me parles. On est là pour ça. Bon, c'est vrai, je m'attendais à ce que tu me parles des mecs que tu trouvais mignons et pas de la fin du monde et de la Terre qui va finir congelée et nous avec, mais c'est bien aussi.

Elles rient toutes les deux. Sophie renonce à commander sa deuxième bière. Elle ne terminera pas sa poêlée non plus. Dehors, la pluie se calme un peu. Elle ne sait pas encore si elle prendra un dessert. En revanche, elle sait qu'elle n'a plus vraiment envie de faire la tournée des bars, ce soir. Ce n'est pas à cause de Mathilde, pas à cause de la fin du monde. C'est juste qu'elle n'a plus envie. Elle pense à Léo, à son père qu'elle aimait et qui a tout détruit. Elle n'a pas fait de dépression, elle a pris le taureau par les cornes, elle a éduqué son fils du mieux qu'elle a pu sans jamais se plaindre à personne. C'est son tempérament. Aller de l'avant, être dans le bon wagon, pas dans celui qui reste à quai. Elle prend un tiramisu. Et puis un café. Et puis c'est tout.

2000

— TU VERRAS, le lit parapluie est facile à ouvrir, dit Mathilde.

Mamie est derrière son plan de travail. Elle coupe des aubergines en dés pour la ratatouille. Il n'y a rien de meilleur que la ratatouille de Mamie, du moins dans le souvenir de Mathilde. Ça fait des années qu'elle n'y a pas goûté. Aujourd'hui non plus, elle n'a pas le temps de rester.

— Ton mari, il reste dans la voiture ? demande Mamie.

— Oui, tu sais, il est timide, répond Mathilde.

— Timide, mes fesses, dit Mamie. Ton grand-père est pas là. Il est à son tarot. Tu devrais lui dire d'entrer.

Mathilde s'agite, farfouille nerveusement dans le sac qu'elle a apporté. Mamie le remarque. Elle reconnaît une crise d'angoisse de sa petite-fille. Elle n'insiste pas. Elle s'attaque aux poivrons, des rouges et des verts.

— Ses affaires pour la nuit sont tout au fond, dit Mathilde. Et j'ai apporté sa veilleuse. Elle ne peut pas s'endormir sans.

La petite est sur le canapé, devant la télé, dans la pièce d'à côté. Sa tête rousse dodeline au rythme de la musique du dessin animé qu'elle regarde.

— Tu fais toujours du judo ? demande Mamie.

Mathilde cherche parmi les habits de sa fille. Elle sort du sac la veilleuse en forme de fée Clochette.

— Oui, enfin non, dit-elle. Je ne fais plus de compétition. Mais je travaille au service des sports du conseil général, alors je peux pratiquer de temps en temps. Du judo, du foot, des tas de sports. Je m'occupe des gamins.

— C'est bien, ça, dit Mamie.

Les poivrons sont débités. Mamie pose sur la planche à découper une énorme courgette, qui évoque la massue d'un homme des cavernes. À l'aide d'un économe et d'un couteau de boucher, elle entreprend de transformer ce monstre en petits morceaux succulents. Les outils sont aiguisés. L'économe produit des lanières bicolores. Le couteau rentre dans le légume comme dans de l'eau. Les deux moitiés retombent sur la planche.

— Enfin, ajoute-t-elle, tu serais peut-être pas allée loin dans cette compétition. On sait pas.

Une ou deux minutes à peine sont nécessaires pour venir à bout de la courgette. Une ou deux minutes d'un lourd silence.

— Non, on sait pas, dit finalement Mathilde.

Mamie s'en veut. C'était maladroit mais elle essayait de la rassurer. La plaie n'est pas refermée. Elle aurait mieux fait de se taire. Chaque fois, c'est plus fort qu'elle. Il faut qu'elle mette les pieds dans le plat, même si ça fait mal. Mathilde l'a toujours appréciée pour ça aussi.

Mamie débouche un bocal qui contient une demi-douzaine de tomates de l'été dernier et change de sujet.

— Et lui, le pilote, il travaille où ?

Mathilde s'approche de la fenêtre pour vérifier que Thibault ne s'impatiente pas. Il est au volant, en train de tapoter sur le tableau de bord, de secouer sa tête rousse de haut en bas, probablement au rythme d'une musique diffusée à la radio. Elle sourit de la coïncidence, le père et sa fille tous les deux emportés par la musique au même moment, à quelques mètres de distance, sans que ni l'un ni l'autre ne s'en rende compte.

Ce n'est pas la première fois qu'elle note des similitudes entre Thibault et Cathy. Ces deux-là sont connectés, encore plus qu'elle avec sa fille.

— C'est pas facile, tu sais, dit Mathilde. Il cherche du travail. La gauche, ils ont inventé les emplois-jeunes, mais Thibault, ça fait longtemps qu'il est plus jeune.

— La gauche, répète Mamie, comme un écho mélancolique.

Dehors, le soleil brille. Le ciel est bleu, bien que l'air soit encore frais. Dans l'imaginaire de Mathilde, c'est un temps de Pâques. Par la fenêtre, elle observe le jardin de ses grands-parents, là où petite, elle faisait la chasse aux œufs avec ses cousins et cousines. Le ciel était très bleu, l'herbe était très verte et l'air était frais comme aujourd'hui.

— Maman va bien ? demande Mathilde, sans quitter le jardin des yeux.

— Je croyais que tu ne demanderais pas, dit Mamie.

— Je demande, dit Mathilde.

— Ça va. Elle fait des contrôles chaque année mais les médecins la considèrent comme guérie.

Mamie épluche un oignon. Elle jette la peau dans l'évier, reprend son grand couteau et commence à le découper.

— Elle aurait pu ne jamais voir sa petite fille, dit-elle.

— Elle ne l'a jamais vue, dit Mathilde d'une voix blanche.

— Peut-être, mais au moins, maintenant, c'est pas perdu. Si?

Mathilde se détourne de la fenêtre et regarde sa fille dans l'autre pièce.

— Je sais pas, dit-elle. On verra.

Mamie met de côté l'oignon émincé et place une gousse d'ail sur sa planche en bois. Elle en ôte le germe, l'écrase.

— Mais je suis contente qu'elle aille bien, termine Mathilde.

— Veux-tu que je lui dise? demande Mamie.

— Lui dire quoi?

— Que tu es contente qu'elle aille bien.

Mathilde hoche la tête. Elle réfléchit.

— Dis-lui que j'ai demandé de ses nouvelles.

Mamie arrête d'écraser l'ail. Elle s'essuie les mains dans son tablier et fixe intensément sa petite-fille.

— Mathilde. Combien de temps je vais faire l'intermédiaire, comme ça? Tu crois pas que ça a assez duré? Tout le monde a bien été puni. Tes parents, toi, même Cathy est punie, alors qu'elle n'y est pour rien, cette petite.

La petite tête rousse a disparu derrière le dossier du canapé. Cathy a dû s'allonger, ou tomber de fatigue. Ses parents l'ont levée tôt pour faire la route de Tours jusqu'à Bourges.

— Tu vas passer quelques jours chez ta mamie, Cathy, ont-ils dit.

— C'est qui, Tamami ? a-t-elle répondu.

Mamie met du beurre dans un grand poêlon brûlant. La matière grasse se débat en poussant des chuintements assourdissants. Elle passe de l'état solide à l'état liquide avec une terreur désespérée.

— Et vous allez où en vacances ? demande Mamie.

— À Montceau-les-Mines.

Mamie interrompt son mouvement, le saladier plein d'oignons et d'aubergines en morceaux dans les mains au-dessus de la poêle frémissante.

— Vous allez en vacances à Montceau-les-Mines ?

— J'ai jamais dit que c'était des vacances, dit Mathilde.

Mamie verse les légumes dans la poêle. Le beurre fondu s'excite de plus belle. Mamie remue avec une grande cuiller en bois.

— Alors vous allez faire quoi à Montceau-les-Mines pendant une semaine ?

Mathilde ne dit rien. Rien ne l'oblige à répondre. Que Mamie accepte de s'occuper de son arrière-petite-fille ne lui donne pas le droit de connaître tous les détails de leur vie.

— Il peut pas les faire tout seul, ses magouilles ?

Mathilde sourit. Ses pensées traversent la fenêtre, le jardin, la vitre de la voiture et vont étreindre Thibault très fort. Tendrement.

— Il a besoin de moi, dit Mathilde. Il est convaincu que c'est le contraire. Je lui laisse croire. Mais il a besoin de moi.

Mamie empoigne la poêle et secoue le mélange. L'odeur de légumes sautés et d'oignons fondus se répand dans la cuisine.

— Ils sont tous comme ça, dit Mamie. Ça fait soixante ans que je nourris ton grand-père et quand il part le week-end à ses tournois de tarot, il me demande toujours si je vais pouvoir me débrouiller sans lui. Il plaisante pas. Il est très sérieux. Il sait pas ouvrir une boîte de conserve et c'est lui qui s'inquiète. Heureusement qu'il y a les femmes de ses copains pour faire à manger dans ces tournois, sinon on les retrouverait tous morts de faim le lundi matin devant une montagne de nourriture en boîtes.

Mamie rit de sa propre plaisanterie. Elle plonge sa main dans la poche de son tablier, en sort un paquet de Peter Stuyvesant et un briquet. Elle se plante une cigarette dans la bouche et l'allume. À nouveau, Mathilde est terrassée par la nostalgie. L'odeur des cigarettes de Mamie, mêlée à celle des légumes qui reviennent dans le beurre, l'odeur si familière de cette maison, l'odeur des Noëls, l'odeur des Pâques, l'odeur des anniversaires des cousins et des cousines, des oncles et des tantes, qu'on fêtait toujours tous ensemble, l'odeur des week-ends où ses parents la laissaient là quand ils avaient une course à faire, cette odeur qui l'assaille maintenant, c'est l'odeur de tout ça à la fois.

— Mamie, ta cigarette, dit Mathilde en essayant de ne pas avoir un ton de reproche, bien que c'en soit un.

Mamie baisse la tête et regarde sa petite fille par-dessus la monture dorée de ses lunettes.

— Tu réponds pas à mes questions, alors moi, j'obéis pas à tes ordres.

Mathilde sourit encore. Mamie sourit aussi.

— Je dis ça pour Cathy. Et aussi pour toi. Tu devrais arrêter.

Mamie ouvre la bouche, comme si elle allait lui dire qu'elle est rudement gonflée, sa petite-fille, de débarquer ici après toutes ces années et de se permettre de lui faire des reproches sur son mode de vie. Mais elle se ravise et ne dit rien, parce qu'au fond, ça lui fait plaisir qu'elle s'inquiète pour elle. De ses filles, de ses petites-filles et petits-fils, Mathilde est la seule à lui avoir répété qu'elle devrait arrêter de fumer. C'est aussi la seule à avoir été athlète de haut niveau, ce qui doit avoir un rapport.

— Tu ne regrettes pas d'avoir tout arrêté ?

Bien que Mamie ne précise pas quoi, Mathilde a été visitée par les mêmes souvenirs, surgis de la même association d'idées, et comprend qu'elle reparle du judo, de la compétition, des championnats de France qu'elle aurait pu disputer si seulement elle était allée combattre ce fameux jour de 1991.

— Tu as fait tant de sacrifices, continue Mamie. Tout ça pour rien.

Mathilde ne sourit plus. Son visage ne trahit aucune émotion. Mamie se demande si elle n'en ressent pas, ou bien si elle les cache très bien.

— Rien ne sert à rien, dit Mathilde.

Pour terminer la ratatouille, Mamie attendra que les aubergines soient cuites, puis ce sera au tour des poivrons, des courgettes et des tomates, dans cet ordre. Enfin, elle regroupera tous ces ingrédients précuits dans une grande cocotte avec un bouquet garni d'herbes aromatiques du jardin. La préparation mijotera une petite heure, à feu moyen, à couvert.

Cathy sera allongée sur le canapé, la bouche ouverte, son pouce plein de bave, ses yeux fermés, devant les dessins animés. Mamie la couvrira avec son plaid pour qu'elle n'attrape pas froid. À onze heures trente, elle commencera à mettre la table et le bruit des assiettes s'entrechoquant réveillera la petite.

— Elle est où, maman ? demandera-t-elle.

La ratatouille sera délicieuse. Cathy n'en aura jamais mangé d'aussi bonne. Mamie remarquera à quel point la petite ressemble à Mathilde, bâtie comme sa mère et aussi son arrière-grand-mère. Elle ne dira rien. Elle pensera aux années perdues, aux quatre ans de Cathy, aux autres avant. Cathy reprendra deux fois de la ratatouille et Mathilde sera loin, beaucoup trop loin.

# DIMANCHE

LA PLACE CARRÉE s'agite dès cinq heures du matin. Les stands sont dressés dans un vacarme de ferraille et de camionnettes pétaradantes. Les épiciers, les maraîchers, les rôtisseurs, les vendeurs de vêtements, de maroquinerie, de babioles, arrivent les uns après les autres et déchargent leurs marchandises. Les gamins revenant de leurs virées nocturnes tentent de se frayer un passage entre les cageots et les cartons.

Mathilde est dans son lit. Ce n'est pas le bruit qui l'a réveillée. Depuis tout ce temps qu'elle habite ici, elle s'y est habituée. Elle prend même un certain plaisir à entendre ces gens s'affairer tandis qu'elle reste blottie sous sa couette. Mais elle ne fait jamais la grasse matinée. Aujourd'hui encore, elle se lève alors qu'il est à peine sept heures.

Une lumière coupante dessine les ombres des bâtiments sur le sol du quartier. L'ombre des tours HLM, l'ombre des ensembles à trois étages de la place carrée, l'ombre de la mission locale, de la mosquée, du château d'eau. Le temps sera beaucoup plus clément que les jours précédents. Les trombes d'eau de la nuit passée n'existent plus que dans son souvenir et ses baskets encore trempées. Le reste a séché avec les premiers rayons rasants du soleil de mars.

Mathilde ouvre la fenêtre. Un courant d'air frais s'engouffre dans l'appartement. Elle a l'agréable sensation que l'air purifie son intérieur, qu'il aspire les poussières, les odeurs, les regrets, et qu'il les emporte dehors avec lui. Les effluves du marché ne sont pas encore parvenus à son étage. Dans une demi-heure, elle refermera la fenêtre pour éviter que les poulets grillés, les légumes écrasés et les acras de morue débarquent à leur tour dans l'appartement et réduisent à néant sa tentative d'assainissement.

Elle va aux toilettes, tire la porte mais ne la ferme pas. Les premiers mois, quand elle est arrivée ici, elle mettait le verrou. Une fois qu'elle était pressée, elle ne l'a pas fait. Une autre fois, elle voulait entendre la télévision et ne l'a pas fait non plus. Ensuite, il n'y a plus eu de raison précise. Elle s'habituait à l'idée que c'était inutile.

Elle passe le balai pendant que le café coule. Elle n'écoute pas la radio. Elle n'allume pas la télé. Il n'y a dans sa tête que l'effervescence du marché et la brûlure de ses souvenirs.

La soirée d'hier était-elle un fiasco ou une réussite ? Elle savait qu'elle serait incapable de se comporter comme une femme normale. Elle a pourtant parlé, elle s'est confiée, elle a évoqué le soleil qui menace de s'éteindre. De cela, elle n'a jamais fait part à personne. Ça lui a fait du bien. Même si elle n'est pas sortie dans les bars, qu'elle n'a pas dansé en boîte, qu'elle n'est pas rentrée ivre morte, elle pense que c'était une bonne soirée. Pour elle, tout du moins. Sophie attendait peut-être autre chose. Mais l'alchimie n'y était pas. Mathilde se demande si un jour elle pourra parler, sortir avec quelqu'un, de manière naturelle, sans toujours se demander s'il est acceptable de se conduire comme elle se conduit, de dire ce qu'elle dit, de toujours se voir comme extérieure à elle-même, chercher à se mettre à la place de son interlocuteur pour se juger. Elle vit dans un pays étranger. Où qu'elle soit.

Elle ouvre son placard. L'intérieur ressemble à un rayon de magasin de sport, avec ses survêtements, ses t-shirts, ses brassières. Même ses culottes ne sont pas des petites culottes mais des shorties en coton noir, ni beaux ni laids, pratiques.

Elle choisit un bas de jogging Adidas gris, une brassière grise, un t-shirt Décathlon gris et son pull en coton détendu avec un gros chat dessiné façon manga sur le devant. Celui-là, elle ne le porte que le week-end. C'est sa tenue décontractée, en quelque sorte.

Elle pose ses habits sur le lit. L'odeur du café a envahi l'appartement. Elle s'en verse une tasse. Le liquide est fumant du fait de la différence de température avec le froid du dehors.

Mathilde s'assied sur une chaise d'où elle peut voir par la fenêtre. Les premiers clients sillonnent les allées du marché. Le parking du haut se remplit. Derrière, dans une petite rue qui longe le mur d'enceinte de l'ancien collège, la voiture de Tonio, une BMW série 5 noire, phares allumés, avance comme un animal en chasse. Tonio travaille pour Salim, lui aussi. Il se fait appeler Tonio mais son vrai nom, c'est Anthony, un gamin de l'Aide sociale à l'enfance qui est passé de foyer en foyer jusqu'à sa majorité. Au volant de sa grosse cylindrée payée par Salim, il patrouille dans les Hauts en roulant aux pas avec deux ou trois acolytes à ses côtés. On peut dire qu'il effectue une sorte de mission de surveillance, ou de maintien de l'ordre, à la place des flics. C'est toujours impressionnant de voir surgir ce véhicule noir et luisant de derrière un immeuble. Ça l'est un peu moins depuis deux ans, depuis que la loi qui interdit les vitres teintées à l'avant est en vigueur et que dépasse désormais au-dessus du volant le visage encore juvénile de Tonio qui ne réussit pas à vieillir ni à soigner une acné qui s'éternise.

Mathilde attend que le véhicule s'immobilise. Une portière s'ouvre à l'arrière. Un homme en sort. Ça pourrait être Lounès mais Mathilde n'en est pas certaine. Elle est trop loin. L'homme patiente, immobile, le temps que la voiture démarre et disparaisse à l'angle d'une tour.

Mathilde porte la tasse à ses lèvres. Cet air de boxeur vaincu. C'est forcément Lounès. Elle le suit des yeux tandis qu'il marche dans sa direction. Elle a les pieds posés sur le radiateur, les mains qui enrobent sa tasse pour se réchauffer. Il ne peut pas la voir. À mesure qu'il approche, elle remarque les hématomes sur son visage. Son arcade sourcilière gauche est fendue, sa pommette enflée.

Il est rare que Lounès soit à ce point amoché. Il a été un boxeur de bon niveau, semi-professionnel. Il faut être sacrément costaud pour le mettre dans cet état. À moins qu'il ait repris la compétition. Mais le fait qu'il soit sept heures et demie du matin et qu'il sorte de la voiture de Tonio ne plaide pas en faveur de cette hypothèse. Mathilde ne sait pas exactement ce que Lounès trafique pour Salim. Comme tout le monde, elle a deviné qu'il était une sorte de garde du corps et d'homme de main.

Elle termine son café, ferme la fenêtre et va s'habiller dans sa chambre. Elle pense au judo. Elle ne sait pas quel niveau elle aurait maintenant, après avoir arrêté aussi longtemps. Est-ce que son corps se souvient des prises qu'elle a répétées des milliers de fois ? Il y a un club ici. Les cours ont lieu dans un gymnase, à deux pas de la place carrée, en face de l'hôpital. Elle l'a découvert par hasard, sur le tableau d'informations de la salle de musculation. Elle pourrait y aller, juste une fois, pour vérifier si une femme de quarante-six ans, ancienne ceinture noire, a toujours des réflexes. On lui prêterait un judogi, elle saluerait le tatami, s'avancerait vers un adversaire et deux minutes plus tard, elle en aurait le cœur net.

Elle va se resservir un café. Elle sait qu'elle n'entrera plus jamais dans un dojo.

*

Fermiers, normaux, jaunes, les poulets tournent sur les broches dégoulinantes de graisse. Les allées sont maintenant bondées. C'est le marché le plus prisé de la ville ; c'est d'autant plus vrai quand il fait beau comme aujourd'hui.

La chaleur sublime les odeurs, les fait glisser d'un étal à l'autre, les présente, les marie, suscite des associations inhabituelles, la croûte du pain blanc avec le piquant des salsifis, la personnalité du chou avec la discrétion des pommes. La cuisine commence avant même que les ingrédients soient achetés.

Mathilde se fraie un passage entre les femmes en djellaba et les bourgeoises du centre-ville avec leurs cabas brodés. Les cris des camelots résonnent comme des chants d'oiseaux, chacun a sa mélodie particulière.

— Cinq, cinq, cinq, cinq euros, la robe !

Le fait d'être grande est un avantage ici. Il permet à Mathilde de choisir au mieux son itinéraire, d'éviter les embouteillages, les allées obstruées par le caddie d'une vieille dame que le flux des clients doit contourner. L'emplacement des stands, elle le connaît bien. C'est la manière de s'y rendre qui change chaque fois.

Ce matin, elle est descendue pour acheter sa pâte de curry chez madame Wang, qui tient une épicerie en ville et expose le dimanche sur la place carrée, le lundi au marché des Coches et le jeudi à celui de Rive Droite.

Madame Wang vend des produits maison, nems, rouleaux de printemps, samossas, et aussi quelques condiments importés. Son étal est situé juste à côté de celui de Mohammed (un autre Mohammed), le vendeur d'épices orientales. En approchant de cette partie de la place, c'est comme si on changeait de pays. L'air est saturé de senteurs évocatrices. Le jasmin nous fait voir la mer. Le cumin est comme une paume posée sur le sable chaud du désert. La fusion des arômes brouille les destinations. On est à Oran, à Singapour, à Da Nang. On est en voyage, aventurier, touriste. On visite le passé, la nostalgie des odeurs. On est aussi là, sur la place carrée, comme la semaine dernière et comme la semaine prochaine. Exactement qui on est. Exactement qui on doit être.

Mathilde esquive, se faufile, pivote, mais ne peut empêcher contacts et frottements. Des petites vieilles la percutent à cause de leur mauvaise vue, des quinquagénaires bedonnants parce que certains sont des porcs qui aiment se coller aux corps féminins quand l'occasion se présente.

Mathilde tourne au coin d'une allée. L'étal de madame Wang se trouve tout au bout, à côté du food-truck de Bellini, qui vend des spécialités italiennes et dont personne ne connaît le prénom. C'est juste Bellini.

Elle progresse difficilement parmi la foule des acheteurs. Il y a une longue file d'attente devant le stand à épices de Mohammed où l'on achète aussi des olives marinées et des citrons confits. Le rétrécissement du passage entraîne une congestion qui a des répercussions des dizaines de mètres plus loin. Les connaisseurs, s'ils sont pressés, évitent cette zone, à moins d'avoir besoin d'épices, de nuoc-mâm, ou de pâte de curry. Parvenue à la moitié de l'allée, Mathilde ne peut plus doubler. La foule est trop dense. Il faut prendre son mal en patience. Coincée entre un couple de jeunes parents – le père porte la petite fille de quelques mois sur sa poitrine – et un groupe de femmes noires en boubous chatoyants, Mathilde scrute les alentours. C'est la seule à le faire parce que la seule dont la tête dépasse de la marée humaine et aussi parce que les personnes seules condamnées à attendre ont souvent les yeux baissés sur leurs téléphones portables. Mathilde a déjà vu des acheteurs ne pas lever le nez de leur écran tandis qu'ils demandaient une demi-douzaine d'œufs. Et les camelots ne pas s'en formaliser. Les moments vides de nos vies, on les remplit comme on peut. Ces téléphones qu'on emporte partout avec soi et qui contiennent des formes et des sons familiers sont là pour remplir ce vide. Même si c'est avec du vent, c'est un vent rassurant.

Mathilde n'a pas de téléphone.

Au loin, dans le flot des promeneurs, apparaît la large silhouette de Mokhtar. S'il ne bifurque pas avant, il passera bientôt juste à côté de Mathilde. Celle-ci soupire. Par le nez. Que ça ne transparaisse pas sur son visage. Elle préférerait ne pas avoir à lui parler pour l'instant. Elle devine qu'il est inquiet, qu'il va lui reparler de leur petite expédition dans le pavillon de Jean-Philippe et elle n'a pas envie d'y repenser. Plus tard peut-être, mais pas ce matin. Elle veut garder cet épisode au fond d'un trou avec quelques pelletées de terre par-dessus.

Mokhtar la remarque. Son visage s'illumine. Il lève son bras en l'air pour la saluer, attirer son attention. Mathilde lève aussi son bras, la main ouverte. Le mouvement des deux files les rapproche lentement. Ils sont encore trop loin l'un de l'autre et il y a beaucoup trop de bruit alors Mokhtar articule exagérément pour que Mathilde lise sur ses lèvres. Elle ne comprend rien, essaie de lui expliquer en quelques gestes. Mokhtar dessine un carré dans les airs puis mime un combiné téléphonique. Mathilde lève ses mains ouvertes vers le ciel en signe d'incompréhension. Mokhtar abandonne, prend un air qui veut dire « d'accord, attendons d'être plus proches ». Alors Mathilde est saisie d'un frisson. Une vibration monte le long de sa colonne vertébrale jusque derrière ses yeux et c'est tout juste si elle n'éclate pas en sanglots, de peur.

La place carrée s'est assombrie d'un seul coup.

Porté par une faible brise, un immense cumulus a caché le soleil. Le cœur battant, Mathilde est convaincue que le monde touche à sa fin, que les dernières huit minutes de sa vie, elle les a passées dans une file d'attente pour de la pâte de curry. Elle est persuadée que le soleil vient de s'éteindre, ou plutôt que l'Humanité vient de l'apprendre. Dans une heure, il fera dix degrés de moins. Dans une semaine, la Terre ne sera plus qu'un glaçon emprisonnant les cadavres de sept milliards d'êtres humains. Dans l'intervalle, la panique se sera emparée des populations. Des suicides, des meurtres, des émeutes auront ensanglanté une nuit éternelle, une obscurité profonde comme le désespoir. Mathilde ressent physiquement cet effondrement. Elle sait que tout peut s'éteindre et geler sans crier gare. Alors ce que vous avez fait de mauvais surgira des limbes du passé et défilera devant vous pour vous rappeler que vous avez mérité votre sort. Déjà, les fantômes prennent forme. Dans l'ombre de la place carrée, Mathilde reconnaît Gaëlle. Elle est apparue derrière Mokhtar, et elle vient par ici, avec ce grand type costaud aux cheveux rasés comme un militaire et qui doit être Jean-Philippe, avec la petite Alice qui doit marcher en tenant la main de l'un des deux, même si elle est trop petite pour que Mathilde la voie. Ses lèvres tremblent. Ses paupières papillonnent. Elle sent ses jambes flageoler. Oh oui, elle regrette. Elle aurait pu trouver un autre moyen pour aider Mohammed et Nadia. Ou peut-être pas. Il n'y avait pas d'autre moyen, et maintenant que le monde touche à sa fin, elle veut bien en assumer les conséquences et affronter tous ceux à qui elle a fait du mal dans sa vie. Combien d'autres visages éprouvés vont apparaître dans les allées du marché ? Se retrouvera-t-elle nez à nez avec elle-même, puisqu'elle ne s'est pas épargnée non plus au jeu de massacre de sa modeste vie ?

Et le soleil revient. Le nuage poursuit sa course indolente. La place carrée est à nouveau baignée de lumière. Et Gaëlle reconnaît le visage de Mathilde. Elle s'arrête net, les yeux écarquillés, sa main droite cherchant le bras de son mari pour qu'il voie aussi ce qu'elle vient de voir.

Ce n'est pas un fantôme. Le soleil ne s'est pas éteint. En face de Mathilde, à l'autre bout de l'allée, c'est la chair, les os et les yeux de la femme chez qui elle est entrée jeudi pour la menacer.

L'épouvante cogne dans les tempes de Mathilde. Elle la contient, essaie de réfléchir. Vite. Depuis douze ans, elle n'est plus confrontée à ces situations critiques, mais les automatismes demeurent. Les scénarios défilent dans sa tête pendant que Gaëlle tend son doigt pour indiquer sa cible à Jean-Philippe.

Mathilde fait volte-face. Quelle que soit sa décision, quelle que soit la direction qu'elle prendra, l'allée de madame Wang ne saurait être une option. Il faut s'en éloigner. Mais la voix de Mokhtar s'élève par-dessus le brouhaha du marché.

— Mathilde, crie-t-il.

Son nom, répété haut et clair à l'oreille de tous ses ennemis.

Maintenant, ils connaissent son nom, et ils savent qu'elle habite dans le quartier, parce qu'elle n'est pas habillée comme quelqu'un qui viendrait de loin. Elle ne porte pas de manteau, pas de cabas ; s'ils voyaient ses pieds, ils remarqueraient que ses baskets ne sont même pas lacées.

Il est exclu qu'elle rentre se réfugier chez elle, même

si la tentation la dévore en cet instant. Elle est si proche. Elle voit d'ici la porte de sa cage d'escalier. Cela ne lui prendrait que quelques dizaines de secondes pour s'enfermer dans son appartement, replonger sous la couette et oublier tout ça. Ce serait tellement facile, et tellement idiot. Ce serait comme donner sa carte d'identité à Jean-Philippe afin qu'il la remette aux flics.

Les flics.

Mathilde se souvient d'avoir vu deux agents de la police municipale patrouiller près du parking du haut et de la mosquée. Ils peuvent être n'importe où maintenant. Ça complique les choses. Ça réduit les trajectoires de fuite. Où aller ?

Assez réfléchi. Jean-Philippe s'est élancé et bouscule les badauds. Mathilde passe entre les femmes en boubous et s'oriente vers l'extrémité de la place. Sa priorité, c'est de sortir de la partie commerçante du marché, atteindre la rue latérale où sont garées les camionnettes des maraîchers. Là-bas, elle pourra courir, ou marcher plus vite, sans attirer l'attention, peut-être même se cacher.

Mathilde mesure mentalement le nombre de mètres qu'il lui reste pour atteindre la rue, calcule le temps que ça lui prendra en fonction de la vitesse qu'elle décidera d'adopter. Plus elle ira vite, moins elle sera discrète, sa haute stature se heurtant à tous les obstacles mouvants disséminés sur le parcours, les files d'attente, les files qui avancent, les électrons libres qui se moquent des sens de circulation, les enfants qui déboulent de sous les bâches, les chiens qui ne comprennent rien, les laisses tendues comme des pièges, tout ça en mouvement, qui fuse, qui apparaît et disparaît aussi vite, d'un côté, de l'autre, dans un tourbillon de couleurs, de visages, de cris et de n'importe quoi.

Mathilde regarde derrière elle. Jean-Philippe gagne du terrain. Il est furieux. Les muscles de son cou déforment l'extrémité d'un tatouage qui dépasse du col de sa chemise, un motif tribal qui effraie Mathilde, non parce qu'il est tribal mais parce que Jean-Philippe est assez proche pour qu'elle puisse le voir.

Il ne s'embarrasse pas de politesse, bouscule ceux qui se mettent en travers de son chemin. Son attitude ne passe pas inaperçue et des vociférations s'élèvent sur son passage.

Devant Mathilde, un mur humain se matérialise. Des dizaines de personnes sont entassées à proximité du camion de la rôtisserie. Chaque dimanche, c'est pareil : si vous ne réservez pas votre poulet la veille par téléphone, vous n'avez plus qu'à attendre en espérant que de plus matinaux ne seront pas trop nombreux. À onze heures trente, c'est l'heure de vérité, quand les réservations sont annulées si le client ne s'est pas présenté. Alors les poulets se libèrent et ceux qui sont là en profitent. Tous les dimanches, un attroupement se forme, composé de ceux qui veulent tenter leur chance. Mais bon Dieu, c'est pas le moment. Les amateurs de poulet bloquent la sortie. Mathilde doit bifurquer, perdre du temps pour ne pas être rejointe.

Elle débouche dans l'allée des maroquiniers. Celle-ci est un peu moins fréquentée. Elle peut accélérer le pas. Elle pense à sauter par-dessus les tables basses sur lesquelles les sacs à main et les portefeuilles sont exposés mais elle a trop peur de ne pas en être capable et de s'écraser sur le stand.

La rue est juste de l'autre côté et pourtant, inatteignable.

Derrière elle, Mathilde entend des éclats de voix. Elle jette un coup d'œil et constate que Jean-Philippe est pris à partie par un groupe d'hommes. Il aura bousculé l'un d'eux, ou bien sa violence aura fini par agacer les habitués.

Tant mieux. Tant qu'il s'explique, il perd du temps.

Mathilde sent battre son cœur, sa respiration se réguler, comme lorsqu'elle combattait sur les tatamis. Elle garde le rythme, reste concentrée, toujours en éveil afin de déceler l'espace dans lequel se faufiler, l'orientation que doit prendre son corps, les meilleurs endroits où poser ses pieds. C'est comme un jeu, un kata à exécuter où la moindre erreur coûterait des points. Ou bien plus. Elle glisse, coule, danse avec une grâce que son corps massif ne laissait pas soupçonner. Ses épaules et ses hanches pivotent, ses bras ondulent ; elle retrouve des mouvements qu'elle croyait avoir oubliés.

Elle a beaucoup frôlé mais n'a touché personne quand elle atteint la sortie du marché. Une cinquantaine de mètres derrière, Jean-Philippe a repris sa course. Il faut qu'elle choisisse : à gauche, du côté du parking du haut, de la mosquée et du château d'eau, ou à droite vers le parking du bas, l'avenue qui mène au Leader Price et à l'Éléphant bleu.

— Cinq, cinq, cinq, cinq euros, la robe !

En une fraction de seconde, Mathilde se dit que, si les flics étaient en haut tout à l'heure, c'est qu'ils doivent être ailleurs maintenant. Elle fonce vers la mosquée en espérant que Jean-Philippe ne la verra pas prendre cette direction. Il la voit. Tout se complique : sur les trottoirs, les passants sont plus dispersés. Si Jean-Philippe court plus vite qu'elle, c'en sera fini. Elle se met à trottiner à petites foulées. Elle pense que ça pourrait durer longtemps, alors autant préserver son souffle.

Dans son sillage, Jean-Philippe aussi allonge le pas. Il ne crie pas. Il ne demande d'aide à personne. Mathilde se dit que c'est certain maintenant : il n'a pas appelé les flics quand sa femme lui a raconté sa mésaventure. Si vraiment il avait voulu régler ça devant la justice, la poursuite serait déjà terminée. Il ne veut pas que la police s'en mêle, sans doute parce qu'il est l'ordure qu'on devinait qu'il était. Une ordure et un magouilleur qui ne souhaite pas que des enquêteurs s'intéressent de trop près à lui. C'est une chance. Jouer dans les marges, faire du hors-piste, Mathilde sait faire. Thibault lui a tout appris. Et comme une chance n'arrive jamais seule, on entend le moteur d'un poids lourd qui remonte la rue.

Mathilde est presque devant la mosquée.

Sans cesser de courir, elle se rapproche de la bordure du trottoir et surveille le camion de furtifs mouvements de tête. Bientôt, elle atteindra le château d'eau. Elle a l'impression que Jean-Philippe perd du terrain. Être un salaud ne maintient pas en forme visiblement.

Au moment où le moteur du camion vocifère dans la montée, Mathilde se rue sur la chaussée et traverse la route. Elle longe le grillage qui entoure le château d'eau, ne ralentit pas pour ne donner aucun indice à son chasseur et, quand l'immense véhicule s'interpose entre elle et Jean-Philippe, elle se faufile dans le trou de la clôture.

Le camion s'éloigne en crachant une fumée marron-noir. Jean-Philippe arrête de courir, regarde autour de lui, à bout de souffle, les mains sur les cuisses.

Mathilde a disparu.

*

Au loin, les lumières rouges des éoliennes clignotent dans la nuit.

C'est comme une guirlande de Noël qui décorerait la crête des collines sur plusieurs kilomètres. Un Noël qui durerait toute l'année. Un Noël inaccessible, dont on ne verrait que l'éclat et jamais ce qui va avec.

Mathilde est assise, la tête posée sur les genoux, les bras autour de ses jambes pliées. Elle n'est pas rentrée chez elle depuis qu'elle a échappé à Jean-Philippe. Elle se disait qu'il attendrait peut-être, qu'il ferait le guet une heure ou deux pour la coincer quand elle rentrerait chez elle. Elle est restée longtemps dans le petit bosquet derrière le château d'eau, et quand elle en est sortie, elle n'a pas pris le risque de revenir sur la place carrée. Elle a marché dans la direction opposée, vers Sainte-Madeleine, sur le chemin qu'elle emprunte tous les matins. Mais au lieu d'aller vers le conseil départemental, elle a poursuivi à travers champs.

Elle est parvenue à un petit bois qu'elle ne connaissait pas. Elle l'a traversé avec dans les narines la forte odeur de l'humus et l'impression d'entendre littéralement éclater les bourgeons. Elle n'avait pas froid. Elle n'avait pas chaud. Elle ne connaissait le nom d'aucun arbre. Elle a eu la sensation de rester là assez longtemps pour tous les baptiser. Celui avec les épines blanches, le grand avec ses branches en l'air comme s'il se faisait braquer par les flics, le gros touffu qu'elle aurait appelé Mokhtar.

A-t-il compris ce qui s'était passé, Mokhtar ? Ce pourquoi elle avait été obligée de prendre la fuite ? Il ne connaissait pas les visages du couple mais il avait peut-être deviné.

La nuit était tombée. À mesure que la lumière avait baissé, Mathilde s'était sentie plus en sécurité. Elle était revenue dans le quartier, sans toutefois rentrer chez elle.

Et s'il l'avait attendue tout ce temps ? S'il avait demandé aux riverains son nom et son adresse ? Si un voisin un peu con lui avait ouvert ? Jean-Philippe était peut-être sur son palier, prêt à en découdre.

Alors elle avait continué à marcher, jusqu'au Leader Price. Dans la nuit noire, elle avait escaladé le muret du local à poubelles, derrière le supermarché, et elle avait grimpé sur le toit, plat et couvert de gravillons.

C'est là qu'elle est à présent. C'est de là qu'elle regarde sans la voir la ville et ses alentours noyés de ténèbres.

— J'ai pas dit que tu avais le droit de venir ici sans moi, dit une petite voix. C'est pas parce que je te montre un endroit que tu peux faire comme chez toi.

— Idriss, dit Mathilde. T'es pas couché à cette heure-là ? T'as école demain.

Idriss rejoint Mathilde et s'assied comme elle non loin du bord du toit. En contrebas, le bruit des pales de l'hélicoptère grossit. Idriss et Mathilde voient l'appareil s'élever depuis l'héliport de l'hôpital, pivoter sur lui-même.

Ses phares balaient les toits. Il continue à prendre de l'altitude tout en se dirigeant vers le Leader Price.

Il est déjà très haut quand il passe au-dessus de Mathilde et d'Idriss.

— Tu crois qu'il y a un mort, là-dedans?

— On transporte pas les morts en hélicoptère, répond Mathilde. Ça coûte trop cher et ça sert à rien.

— Il est peut-être pas mort maintenant mais il le sera peut-être avant d'arriver.

— C'est pareil, dit Mathilde. Ces voyages-là, ça coûte trop d'argent. D'abord, il faut que le gars ait une bonne mutuelle. Et puis il faut que les médecins soient sûrs qu'il claque pas pendant le trajet.

— J'aimerais bien faire de l'hélico.

Quelques secondes passent. Le bruit des pales disparaît.

— J'espère que tu monteras dedans un jour. Et que c'est toi qui seras aux commandes.

La ville s'étend devant eux. Les édifices religieux, aux vieilles pierres éclairées par des spots orange, se dressent au-dessus des toits, d'une vague de toits qui part du supermarché, déferle le long de la pente qui mène au centre-ville et vient mourir de chaque côté de la rivière invisible.

— Tu me cherchais? demande Mathilde.

Idriss décoche un petit sourire.

— Ouais. Mais c'est parce que *henna* m'a demandé. Moi, j'en ai rien à foutre, tu fais ce que tu veux, t'es majeure.

Le froid s'installe vite. L'humidité fait gonfler l'air. Devant les réverbères, des nappes de brume opaque diffractent les halos. Le paysage urbain devient fantomatique, comme s'il mourait lentement et perdait de sa matérialité pour s'enfoncer dans un monde impalpable.

— Normalement, c'est le roi qui est en hauteur pour voir un spectacle, dit l'enfant. Ouais, la maîtresse, elle nous raconte Louis XIV en ce moment.

Mathilde fait une moue qui veut dire « mon pauvre garçon, j'y connais pas grand-chose ».

— Le roi, il est à l'étage, tu vois. Il a une belle vue sur la pièce de théâtre, et tous les autres, ils sont en dessous comme des guignols. Ici, c'est le contraire. Plus tu vis dans les hauteurs et plus t'es nul. Mais on est pas les pires. Il y a les super guignols de Sainte-Té qui sont encore plus hauts.

Il montre du doigt les tours qui se dressent derrière eux, comme deux montagnes trouées de carrés lumineux.

Il se met à rire, d'un rire forcé censé être moqueur et cruel mais qui n'est rien du tout, car Mathilde et lui savent que la hauteur n'y change rien : habiter les Hauts est un statut en soi, peu importe l'immeuble. Ceux de la place carrée, ceux de la Coulée, ceux des Coches, de Saint-Émile, de Sainte-Thérèse, c'est du pareil au même. Dans toutes ces subdivisions du quartier, on se monte la tête, on s'invective, on essaie de se convaincre qu'on a plus de pouvoir que celui d'à côté, mais au fond, personne n'y croit vraiment. Tout au plus, les noms qu'on a collés sur les immeubles servent de chasuble quand il s'agit d'entrer en conflit. C'est la couleur du maillot. C'est le nom de l'équipe. Mais toutes jouent dans la même division : la dernière.

— Il est où ton père, en ce moment ? demande Mathilde.

— Dans le Sud, répond Idriss. À Montpellier, je crois.

Il installe un réseau dans une grande entreprise.

Mathilde cherche ses mots, une manière de formuler naturellement et sans heurter ce qu'elle voudrait élucider.

— Et si jamais le mec paie pas ce qu'il doit à ton grand-père, demande-t-elle. Est-ce que ton père pourrait l'aider ? Il accepterait de prêter de l'argent à ses parents ?

Mathilde est très gênée de mettre un enfant en face de ces considérations financières, mais ce n'est pas n'importe quel enfant. De plus, il est important qu'elle connaisse toutes les données du problème qu'elle s'est engagée à résoudre.

Idriss secoue la tête.

— Mon père, il a pas d'argent. Il travaille beaucoup mais ma mère lui demande du fric sans arrêt.

— Il parle encore à ta mère ?

Idriss hausse les épaules.

— Comment tu sais tout ça ?

— Les murs, ils sont pas épais, tu sais bien.

Oui, elle sait bien. Elle suppose que si elle est en mesure d'entendre les conversations des voisins du dessous, Idriss, depuis sa chambre, doit nécessairement assister aux discussions et aux disputes de toute sa famille, comme s'il était dans la même pièce.

— Et tes tantes ? Elles travaillent elles aussi ?

— Nan, je sais pas, dit Idriss. Je sais pas ce qu'elles font. Elles sont mariées. Elles sont loin.

Mathilde comprend que le petit n'en dira pas davantage. Dans ces familles maghrébines, il est fréquent que les filles coupent les ponts avec leurs parents parce qu'elles sont tombées amoureuses du mauvais garçon. Et même quand elles se marient avec un bon musulman, il n'est pas rare qu'elles le suivent dans un autre département, une autre région. Quelle que soit la raison du silence d'Idriss, il faut la respecter. Ne pas insister. Il ne devrait même pas être au courant des problèmes de ses grands-parents. Il devrait penser à Louis XIV, à ses copains, aux émissions de télé et aux rappeurs qu'il aime bien. Il devrait avoir sa chambre et pas un logement provisoire en attendant que son père revienne de missions à l'autre bout de la France. Il devrait vivre sa vie d'enfant et ne pas se douter une seconde qu'une voisine a décidé de se rendre chez une inconnue pour la menacer. Plus que tout, il ne devrait pas trouver ça super.

— Si mes grands-parents, ils ont plus d'appartement, dit Idriss, le regard dans le vide, peut-être que mon père m'emmènera avec lui.

Le cœur de Mathilde se brise en deux. Elle sait que le gamin déteste ça, alors elle se retient de le prendre dans ses bras, pour le rassurer, pour lui dire que tout va s'arranger. Elle n'en sait rien, mais elle voudrait le lui promettre.

Quelques dizaines de mètres plus bas, sur le parking de l'Éléphant bleu, la BM de Tonio se gare. Elle reste là, phares allumés, moteur en marche. Lounès est peut-être à l'intérieur. Mathilde aimerait interroger Idriss à ce sujet, lui demander s'il sait comment un bon boxeur comme son oncle se retrouve avec une tête gonflée et des arcades fendues. Elle est persuadée qu'il connaît l'explication. Ce gamin sait tout. Pourtant elle ne demande pas. Elle le laisse vivre sa vie d'enfant. Au moins pour quelques minutes.

— Je voulais te demander un truc, dit Idriss.

Au ton de sa voix, Mathilde devine que la question risque de ne pas être très sérieuse. Il y a ce petit accent espiègle qui annonce une plaisanterie imminente. Mathilde attend la suite.

— Comme je sais que t'es un peu justicière, que ton truc, c'est régler les problèmes des gens, je me disais que tu pourrais aller voir ma maîtresse, pour la calmer un peu.

Mathilde pouffe.

— Ta maîtresse? Mais je croyais que tu l'aimais bien.

— Ouais, j'aime bien ma maîtresse normale, mais je parle pas de celle-là. C'est l'autre qui est une *hamara*. Celle du vendredi. Elle remplace ma maîtresse quand elle doit faire ses trucs de directrice dans son bureau. Tout le monde la déteste. Elle crie, elle nous aime pas. Elle nous dit qu'on est nuls. Il faudrait lui donner une bonne leçon, tu vois.

Idriss secoue la tête de bas en haut, les lèvres pincées comme Al Pacino qui approuverait un ordre de Marlon Brando. Mathilde a toujours le sourire.

Heureusement, dans l'obscurité de cette fin de soirée, personne ne la voit.

— Je verrai ce que je peux faire, dit-elle sérieusement.

Idriss ouvre de grands yeux.

— Ah bon? C'est vrai? se réjouit-il.

— Mais non, imbécile, dit Mathilde. Tu auras des profs débiles, dans ta vie, et après ça, des patrons débiles, et il faudra l'accepter. On casse pas la figure à tous ceux qu'on aime pas.

Et disant cela, Mathilde se remémore l'un des monologues de Thibault, l'un de ses cours magistraux, pourrait-on dire.

— Les mecs qui t'emmerdent, disait-il, c'est comme les clébards. Il faut les éduquer le plus tôt possible. Plus tu attends pour les rappeler à l'ordre et plus ce sera long de les faire filer droit. Le mieux, c'est qu'ils comprennent bien qu'ils doivent pas t'emmerder avant même qu'ils y pensent. Moi, tu vois, je colle des baffes au premier rendez-vous. Comme ça, le gars, en face, il se dit « merde, lui, c'est vraiment un sale con » et la dernière chose qu'il a envie de faire, c'est m'emmerder.

— Tu colles pas des baffes au premier rendez-vous, avait dit Mathilde.

Elle s'était toujours amusée des histoires héroïques que Thibault aimait se raconter mais ne pouvait s'empêcher de le ramener sur terre de temps en temps.

— C'est une image, avait-il répondu. Je frappe pas avec mes mains. Je colle des baffes avec mon regard, avec mes gestes, avec mes mots. Rien qu'à me voir et à m'entendre, le mec, il comprend tout de suite.

Mathilde avait acquiescé en se demandant si Thibault avait vraiment confiance en lui à ce point ou bien s'il construisait ce personnage auquel il ne croyait pas lui-même.

— Faut qu'on rentre, dit Idriss. *Henna* nous attend. Et il caille sa mère.

En contrebas, moteur et phares allumés, la voiture de Tonio veille toujours sur l'Éléphant bleu. Plus bas encore, nichées au pied des maisons à pans de bois du centre historique, les vitrines des magasins présentent pour personne des vêtements, des maisons, des voyages, que la brume humide rend encore plus inaccessibles. Et plus loin encore, comme une constellation clignotante, les lumières rouges des éoliennes.

La représentation n'a de sens que pour le souverain dans ce théâtre des rêves. Mais le roi est couché, ses sujets sont idiots, et le rideau tombe. Peut-être était-il déjà tombé. Huit minutes plus tôt.

# LUNDI

FACE À MATHILDE, dans le bureau de permanence du conseil départemental, trois gamins sont assis. Les deux premiers sont les parents de la troisième. La mère a la peau mouchetée d'acné juvénile. Le père, on ne lui donnerait pas vingt ans même si son dossier prétend qu'il en a vingt-sept. La petite, une enfant de trois ou quatre ans au visage long et sérieux, aux cheveux droits et bruns, est sur les genoux de sa mère, à nouveau enceinte.

Les rendez-vous n'arrêtent pas dans le service à cette période de l'année. On approche de la fin de la trêve hivernale. Dans quelques jours, les propriétaires pourront demander l'expulsion des locataires en défaut de paiement. Il faut trouver de l'argent, vite. Et selon la quantité de fierté et de désespoir contenus en chacune de ces personnes, l'aide sociale d'urgence représentera le premier ou le dernier recours.

Pour le couple de ce matin, c'est le dernier recours. Il a tout essayé, son mari, raconte la gamine. Il s'est inscrit en intérim sauf qu'on ne l'appelle jamais. Avant, il réparait quelques voitures au noir, mais là aussi, il y a de la concurrence. Dans le quartier, ils sont au moins cinq à faire ça et même si nos bagnoles sont pourries, elles tombent quand même pas en panne si souvent.

Le gamin a la tête baissée pendant que sa femme énumère ses échecs, les preuves de son incapacité à prendre en charge son foyer, à nourrir sa femme, sa fille et l'autre qui arrive. Il malaxe sa casquette à l'effigie d'une équipe de basket américaine. Il n'a rien à ajouter.

Mathilde se dit qu'il n'aurait pas dû emmener la petite. Peut-être même pas sa femme. C'est trop violent. Ça l'aurait été s'il avait été seul. Ça l'est trois fois plus en présence de celles qui pâtissent de ses difficultés à ramener de l'argent à la maison.

Le bon côté de la situation, c'est qu'ils ont l'air unis, solidaires dans l'adversité. Il y a tellement de couples que le manque d'argent déchire. La rancœur s'installe, les reproches, les cris et bien souvent les coups.

On ne sait jamais ce qui se passe chez les autres une fois la porte fermée. Pourtant, Mathilde a vu tellement de profils qu'elle est persuadée que ces deux-là s'aiment et sont bienveillants l'un envers l'autre, malgré tous les soucis.

Et puis chaque fois, c'est pareil. Elle sait rester professionnelle en toutes situations, sauf quand elle se retrouve en face d'un jeune couple paumé avec une petite fille. Là, c'est plus fort qu'elle. Elle n'est plus capable d'être objective. La voix de Thibault remplace celle du père, le visage de Cathy celui de l'enfant, et elle doit mobiliser une énergie folle pour demeurer stoïque.

— Ma chérie, dit-elle à la petite. Est-ce que ça te plairait de faire des dessins ?

La petite fille ne répond pas, cherche du regard l'approbation de sa mère. Celle-ci fait « oui » de la tête. Sa fille l'imite.

Mathilde sort d'un tiroir une boîte de crayons de couleur et des feuilles qu'elle dispose sur une autre table, près de la fenêtre. La gamine s'y installe.

Mathilde revient derrière le bureau où l'attend le couple. S'ils ne parlent pas trop fort, l'enfant n'entendra rien. Ce sera mieux pour tout le monde. Ça allégera la scène de quelques kilos de honte.

— L'intérim, dit Mathilde, c'est la guerre. Vous devez savoir que ça ne suffit pas d'être inscrit dans leurs fichiers. Si vous voulez qu'ils pensent à vous, il faut que tous les matins, vous soyez devant leur agence à l'ouverture. Vous demandez s'ils ont quelque chose pour vous et s'ils n'ont rien, vous restez jusqu'à ce qu'ils trouvent ou qu'ils vous foutent à la porte. Et pareil le lendemain. Il n'y a que comme ça que vous aurez des missions. Si vous ne faites pas ça, dites-vous qu'ils sont nombreux, ceux qui le font. Quand on n'a pas de diplôme, pas d'expérience, comme vous, monsieur, votre dossier est invisible. Dans ces boîtes, il y a des bac + 5 qui postulent aux mêmes postes que vous. Eux, ils n'ont pas besoin de se déplacer. Leur CV fait le boulot à leur place. Si vous voulez qu'on vous remarque, qu'on vous choisisse vous plutôt que ces gens-là, il faut vous montrer. Il faut être dans leurs pattes. Il faut qu'ils aient envie de vous aider ou de se débarrasser de vous.

— D'accord, madame, dit le garçon.

Il aurait pu dire « oui, maîtresse » avec ce ton-là. Il n'a pas dû voir une salle de classe depuis longtemps mais les réflexes reviennent vite.

Mathilde consulte son dossier. Fin de la scolarité en troisième. Un an d'apprentissage en carrosserie, inachevé. Pas de diplôme obtenu. Pas de recommandation de l'employeur. Pas de boulot derrière. Le CV s'arrête là où il devrait commencer. Tout ce qu'il montre, c'est un trou noir de dix ans.

Mathilde ne lui demande pas ce qu'il a fait pendant tout ce temps ; elle s'en doute. Ce genre de profil atterrit souvent sur son bureau. « On se débrouille, madame. On fait un peu de business, des petits boulots, tu vois. » Ça veut dire du travail non déclaré quand ils savent faire quelque chose de leurs dix doigts, ou parfois du trafic. Recel, cigarettes, combines, et, bien sûr, drogue. Prendre l'argent où il est. Avec un enfant en bas âge et une femme enceinte trop jeune pour toucher le RSA, trop jeune pour à peu près tout, en fait, comment le juger ?

— Bon, continue Mathilde. D'abord, dites-moi comment vous en êtes arrivés là ? Jusqu'à présent, ça se passait bien. C'est la première fois que vous nous sollicitez.

— Je sais pas, dit la mère. C'est à cause du chauffage peut-être. On a payé plus de chauffage, cet hiver.

Mathilde fait une discrète grimace. Cet hiver a encore été doux, plus doux que le précédent qui était lui-même plus doux que celui d'avant. La rigueur de l'hiver n'a rien à voir là-dedans. En revanche, là où elle a raison, c'est que le prix de l'énergie augmente. Plus vite que le montant du RSA. Ce service voit régulièrement débarquer des personnes qui se sont laissé surprendre. Progressivement, année après année, la balance budgétaire de leur foyer s'est mise à pencher du mauvais côté. Ce qui était à l'équilibre – revenus, charges fixes, imprévus – s'est retrouvé légèrement déficitaire. Sans que personne ne s'en rende compte, la vie de ces gens n'était plus viable. Quand la carte bleue était bloquée au 20 du mois il y a dix ans, elle l'était au 15 il y a cinq ans, et au 10 aujourd'hui. Comme pour ce couple que Mathilde a ici, en face d'elle, et des centaines d'autres qu'elle reçoit toute l'année, la faillite n'est pas venue brutalement mais centime après centime, une micro-augmentation après l'autre dans tous les secteurs de la vie. Le problème avec ces profils, c'est qu'il faut leur faire comprendre que l'aide d'urgence va les dépanner pour quelques mois mais qu'elle ne changera rien à la source de leur problème. Il faut leur dire que le seul moyen pour eux de sortir du tourbillon qui les attire vers le fond, c'est de trouver un boulot, ou un boulot qui paie mieux, parce que le RSA augmentera peut-être, mais jamais assez.

Certains collègues de Mathilde jugent qu'il est inutile d'apporter une aide financière à ces personnes, que c'est du gaspillage d'argent public. Même si les directives précisent que chaque aide doit faire l'objet d'une étude au cas par cas avant passage devant la commission d'attribution, Évelyne et Dimitri, par exemple, refusent systématiquement de soutenir les demandeurs qui n'ont eu aucun emploi depuis plus de cinq ans.

— C'est quand même pas compliqué de trouver un boulot, dit Dimitri. Quand on est aux abois, on prend tout ce qui tombe. Cinq ans sans même un CDD pour faire les vendanges, c'est pas un problème de chômage, c'est un problème de poil dans la main. Si tu leur donnes une aide à ceux-là, tu les retrouveras dans ton bureau six mois plus tard, fauchés comme les blés, avec la même tête désolée.

Mathilde aimerait demander aux jeunes parents s'ils sont allés manifester avec les Gilets jaunes pour s'insurger face à leur situation. Elle ne le fait pas. Ce serait hors de ses prérogatives. Toutefois, il suffit de regarder le gamin, avec son air penaud et son jogging trop grand, pour comprendre que tout ça le dépasse.

Même ce mouvement social, qui est allé chercher des milliers de personnes sans aucune expérience des luttes syndicales, même ce déferlement de colère, ouvert à toutes et tous, n'aura pas réussi à atteindre certains citoyens, ceux qui sont trop occupés à survivre pour battre le pavé et risquer de perdre un œil chaque samedi, ceux qui sont revenus de tout et qui ne croient plus en rien, ni en cette société de merde, ni en cette révolution à la con, ceux enfin avec qui Mathilde vit tous les jours, autour de la place carrée, à Sainte-Té et ailleurs dans les Hauts, ceux que la couleur de peau et la grammaire approximative ont déjà exclus de la plupart des compartiments de la société.

Il n'y a aucun gilet jaune autour de la place carrée. Aucune voiture avec le tableau de bord orné de la veste fluo. Ça ne les fait pas rire. Ça ne les fait pas pleurer. D'une certaine manière, ce n'est pas leur lutte. Ce n'est même pas leur monde.

Mathilde le comprend très bien. Ce n'est pas son monde non plus.

— Regardez-moi, dit-elle au garçon.

Il relève la tête sans cesser de triturer sa casquette.

— Je vais vous donner un avis favorable. Ça ne veut pas dire que vous avez l'aide. Il faut que votre dossier passe en commission. Il n'y a pas de raison que ça coince mais je préfère vous prévenir.

— Quand est-ce qu'on saura ? demande la fille.

— Laissez-moi terminer.

Les deux jeunes gens se regardent, comme s'ils étaient devant leur médecin qui s'apprêterait à leur annoncer un épouvantable diagnostic.

— Je veux que vous trouviez du travail, dit Mathilde. Monsieur, si vous préférez l'intérim, vous faites comme je vous ai dit. Demain, vous êtes devant la porte à la première heure. Avec l'argent, vous faites attention. Vous n'achetez pas n'importe quoi. Vous calculez vos dépenses. Cette aide va vous remettre d'aplomb mais attention, si j'apprends que vous avez acheté une télé avec. C'est clair ?

Les deux gosses se confondent en « oui, madame ».

— La commission a lieu mercredi. Vous revenez ici en début d'après-midi et si c'est OK, on vous donnera un bon pour aller chercher l'argent au Trésor public. Cet argent, c'est pour payer le loyer en retard, on est bien d'accord ?

— Oui, madame, merci madame, répètent les deux gosses en se levant.

À côté de la fenêtre, leur fille ne remarque rien de ce qui se passe, plongée dans le coloriage d'un grand ciel bleu.

Les rayons du soleil matinal éclaircissent ses cheveux châtain-brun. Depuis son bureau, Mathilde les voit presque roux.

*

Mathilde enchaîne encore deux rendez-vous comme celui-ci avant la pause de dix heures trente. Deux avis favorables. Deux familles qui vont respirer quelques mois.

Pourtant Mathilde ne s'imagine pas qu'elle les a sauvées, ni celles-là ni le premier couple avec la petite fille au regard sombre. Elle sait qu'elle les reverra un jour ou l'autre, que sortir définitivement de la mouise, ça ne se produit presque jamais.

Enfin, elle aura fait tout ce qu'elle pouvait. Elle n'en souffre pas. À ces gens, elle donne de l'argent et des conseils. Elle n'est pas leur mère non plus. Elle ne leur en veut pas de ne pas y arriver, de s'acheter un iPhone plutôt que de payer le loyer, de retourner jouer au poker, de boire leur salaire, mais jamais elle ne se sentira responsable de ça. Elle fait son boulot. Elle a ses propres problèmes. Ses propres conneries, elle les assume. Et elle en a tellement à son actif qu'elle n'a plus de place pour assumer celles des autres.

Dans l'espace « détente », Sophie n'est pas là. Mathilde s'affale dans le canapé défoncé miraculeusement libre. Les glouglous de la machine à café et l'odeur de l'instantané bon marché font comme un cocon apaisant. C'est un bruit désagréable et une odeur infecte mais depuis toutes ces années, ils ont réussi à devenir les symboles sensoriels de la pause. On se sent bien en leur compagnie, comme avec ce vieux chien qui pue mais qu'on aime retrouver tous les soirs.

Mathilde laisse traîner son regard vers la seule minuscule fenêtre de la pièce. Elle ne voit qu'un rectangle bleu.

Pas de soleil. Quand Sophie arrive, elle s'aperçoit que sa collègue s'accroche à l'accoudoir de toutes ses forces.

Mathilde se reprend. Le soleil est là, c'est certain, quelque part derrière ces murs. Et même s'il s'est éteint, huit minutes, c'est amplement suffisant pour discuter de tout et de rien avec son amie.

Sophie se sert un café et rejoint Mathilde dans le canapé. Elles se font la bise.

— Évelyne est pas arrivée ? demande Mathilde.

— Elle a appelé, répond Sophie, l'air grave. Elle a la grippe, elle est arrêtée quatre jours.

— La grippe au mois de mars, dit Mathilde.

— Quarante de fièvre, une toux de tuberculeuse. Quand je l'ai eue au téléphone, j'ai cru que c'était Stallone qui m'appelait pour que je tourne dans son prochain film.

Elles rient, mais pas longtemps. Évelyne malade, Dimitri en vacances, ça veut dire qu'il ne reste plus que Mathilde dans le service.

— Tu as le temps de me faire le planning avec les dossiers supplémentaires ? demande Mathilde.

Sophie prend un air contrit.

— Oh, ma poule, j'aurai jamais le temps. Nadège voudrait que je rédige le volet financier de son rapport. Elle m'a dit que, si je réussis à faire ça, elle me déléguera cette partie du travail, et ce sera un bon argument pour justifier une promotion interne. Je voudrais vraiment pas louper ça, tu comprends ?

— Évidemment, dit Mathilde. Tu aurais dû l'avoir depuis longtemps, ta promotion.

— Tu m'étonnes. Je fais déjà la moitié de son boulot

parce qu'elle est pas foutue de se servir d'un ordinateur.

Mathilde laisse tomber sa tête en arrière, sur le dossier du canapé. Elle ferme les yeux.

— T'es pas obligée de t'occuper de tous les dossiers, dit Sophie. Fais un tri. Je suis sûre que beaucoup peuvent attendre la semaine prochaine.

Mathilde rouvre les yeux, tourne la tête vers son amie, hausse les épaules. Ça veut dire « on verra bien mais ça m'étonnerait ».

Les filles des finances entrent dans la salle. Aucune ne semble remarquer la présence de Mathilde et Sophie. Devant le canapé défile une forêt de jambes lisses gainées de fins et sobres collants. Les effluves d'une demi-douzaine de parfums différents volettent autour du groupe. C'est comme si un rayon entier de Sephora venait d'entrer dans l'espace « détente » pour se détendre. Avec l'odeur du café et celle de la fumée des cigarettes que les filles viennent de fumer dehors, le mélange est presque irrespirable.

Sophie vide son gobelet en plastique et le jette dans la poubelle à côté du canapé. Elle se lève, réajuste sa jupe qui était remontée sur ses cuisses.

— Allez, on y va, ma chérie. Toi et moi, on n'a pas fini notre journée.

Mathilde approuve en silence.

*

Des journées comme ça, il y en a trois ou quatre par an. Conjonction de tuiles. Enfin non, conjonction, ça voudrait dire que personne n'y est pour rien. Or, cette fois, c'est bien cette teigne d'Évelyne qui la met dans la panade. Mathilde ne croit pas à cette histoire de grippe. Évelyne est une tire-au-flanc et une magouilleuse. Sous ses airs de bourgeoise bien mise, c'est une fraudeuse toutes catégories. Les artisans qu'elle fait travailler chez elle bossent au noir, les opticiens qu'elle connaît font passer ses lunettes de soleil sur sa mutuelle, les trois quarts de ses revenus fonciers sont effacés de sa feuille d'impôts grâce à des travaux qui n'ont jamais eu lieu. Ce ne sont pas des ouï-dire ou des suppositions. C'est elle-même qui se vante de toutes ces escroqueries. Pourquoi se priver ? Est-ce que le fisc ira chercher des poux à une vieille fille de cinquante-cinq ans pour des sommes aussi ridicules ?

Pour Mathilde, il est évident qu'Évelyne connaît aussi un médecin disposé à lui fournir un arrêt maladie au moindre chat dans la gorge. Le seul doute qui subsiste, c'est de savoir si elle s'est fait porter pâle parce qu'elle avait autre chose de prévu cette semaine ou bien uniquement pour emmerder Mathilde. En remontant vers les Hauts, dépassant les pavillons blancs et bien peignés de Sainte-Madeleine, Mathilde n'a pas encore statué. Elle préfère penser à autre chose. Évelyne a occupé son esprit toute la journée. Elle ne mérite pas de la raccompagner chez elle.

Le soleil a disparu derrière les tours de Sainte-Té et le froid de la nuit s'installe, bien que le ciel soit encore bleu et clair. Dans un nuage de fumée de pots d'échappement, un défilé de voitures descend de la colline, la caravane métallique des travailleurs urbains qui regagnent leur propriété avec jardin en périphérie.

Pendant que les grandes villes de France deviennent

inabordables, les petites et moyennes villes de province se vident de leurs habitants fortunés. Ceux-ci délaissent les vieilles maisons bourgeoises coincées entre deux boutiques fermées pour leur préférer d'immenses corps de ferme réaménagés avec des dizaines d'hectares de terrain, à moins d'une demi-heure du centre-ville. Plus on s'éloigne et plus le prix du mètre carré baisse. Ça paraissait un bon calcul, mais c'était sans compter sur le prix du transport individuel. Tous ces gens qui défilent, dont la majorité a un gilet jaune posé sur le tableau de bord, bien en évidence, pour montrer leur solidarité, tous ces gens sont devenus dépendants, d'une dépendance bien plus insidieuse, bien moins spectaculaire que celle subie par le Parisien qui ne peut se rendre au travail qu'en utilisant les transports en commun. Une grève de la RATP, ça touche tout le monde au même moment. En revanche, le prix de l'essence, du contrôle technique, de l'assurance, des pneus, de la vidange, tout ça n'est pas décidé par une centrale syndicale, ni même un collège d'actionnaires cupides. Ça ne vient de nulle part et, par conséquent, il n'y a personne contre qui se révolter. Alors à défaut de quelqu'un en particulier, on se révolte contre tout en général.

Comme beaucoup de Français, Mathilde n'a pas d'avis tranché sur le mouvement des Gilets jaunes. Au boulot, elle voit que des gros cons soutiennent leurs actions, mais il n'y a pas qu'eux. Les gars du service logistique, qui l'ont souvent dépannée en la ramenant chez elle en voiture quand il pleuvait vraiment trop, sont aussi très impliqués. Mickaël, un chauffeur, va tous les soirs au rond-point de l'Europe, à l'entrée de la ville, là où est installé le quartier général de l'une des sections locales, si on peut appeler ça comme ça, tant il n'y a dans ce mouvement ni hiérarchie ni organisation. Il y a des cons et il y a des moins cons. Il y a des sympas, des pleins de fric, des fauchés, des motards, des piétons, des retraités, des fonctionnaires, et ils sont tous d'accord pour dire qu'ils ne sont pas d'accord.

Étrangement, Mathilde les comprend tous, indépendamment, mais elle ne comprend pas l'ensemble. Et elle s'en fout un peu, à vrai dire. Elle a beau être fonctionnaire d'une collectivité territoriale, elle n'a jamais pensé que l'État était en capacité de la prendre en charge ou de lui garantir un avenir. Elle tient ça de Thibault.

Thibault n'avait rien d'autre que son sens de la débrouille pour s'en sortir. L'État n'a jamais rien fait pour lui. Depuis tout petit, il n'a dû compter que sur lui-même.

— Tu vois, ma puce, si tu attends après les allocs pour faire bouillir la marmite, tu fais quoi quand le gugusse là-haut décide de les supprimer ? Moi, je laisse ça aux Arabes, les allocs. Mon fric, je le gagne moi-même, et pas question de le foutre dans une banque. Tous ces voleurs, les politiques, les banquiers, je veux pas en entendre parler et je veux pas qu'ils entendent parler de moi.

Le pouls de Mathilde s'accélère. Comme chaque jour au même moment, quand elle voit apparaître le dôme du château d'eau et le minaret de la mosquée en haut de la colline. Non pas qu'elle soit excitée de rentrer chez elle, mais la pente est raide et sollicite son organisme. N'importe qui d'autre atteindrait le sommet en nage et essoufflé. Mathilde entend seulement son cœur battre un peu plus fort, un peu plus vite. Elle sait quel effort elle a fourni. Elle sait combien de secondes il lui faudra pour retrouver un rythme cardiaque normal.

La différence aujourd'hui, comparé aux autres jours, c'est que son estomac se contorsionne et appelle. Hier soir, elle n'a pas eu le courage de préparer sa gamelle du lundi midi. Elle est tombée sur son lit comme une masse, de fatigue, de soulagement, et en plus, elle n'avait pas de pâte de curry. Alors à la pause déjeuner, la capuche de son sweat relevée contre le froid, elle a prétendu qu'elle n'avait pas faim et elle a regardé Sophie manger, à la lisière du champ aux corbeaux, en l'écoutant raconter son dimanche, décrire sa soirée, énumérer ses espoirs de promotion.

La place carrée est en vue. Le flot des voitures ne tarit pas. En plus des odeurs d'échappement et du chapelet de formes et de couleurs, la transhumance des travailleurs s'accompagne du vacarme des moteurs.

— Mathilde !

Dans le bruit incessant, elle n'entend pas tout de suite son nom. Mokhtar doit crier plus fort et plusieurs fois pour que Mathilde se retourne et l'aperçoive, sur le parking du haut, debout à côté de sa voiture, seul véhicule garé sur ces centaines de mètres carrés de goudron.

Mathilde salue Mokhtar de la main, et lui fait comprendre qu'elle rentre et qu'elle n'a pas l'intention de s'attarder, mais l'attitude de l'homme laisse présager que ça ne sera pas suffisant.

Mathilde marque un temps d'arrêt. Si elle poursuit sa route, après avoir fui hier, Mokhtar va vraiment penser qu'elle cherche à l'éviter. Elle n'a plus le choix. Elle doit concéder ce petit effort. Tenter d'apaiser ses craintes. On est lundi, la salle de sport est fermée, elle n'a rien d'autre à faire de toute manière, personne qui l'attende à la maison.

Elle enjambe le talus de pensées multicolores et s'engage sur le goudron en direction de Mokhtar. Lui aussi s'avance vers elle. Deux silhouettes minuscules sur cette esplanade vide et grise. Mathilde a les mains dans les poches de sa veste de survêtement. Mokhtar a la démarche chaloupée des personnes obèses. À l'ouest, le ciel rougeoie. Des bribes de musique étouffées s'échappent des habitacles de certaines voitures dont les conducteurs ont poussé le volume assez fort pour s'étourdir dans ces moments morts et nécessaires.

Plus elle s'approche et plus Mathilde constate que Mokhtar n'a pas envie de rire. Elle ne peut pas encore dire s'il est furieux ou seulement inquiet. Tout est possible. Le soleil est peut-être déjà éteint bien qu'il flamboie derrière les éoliennes, alors oui, tout est possible. Combien de temps va durer cette rencontre ? Huit minutes ? Mathilde espère que ce sera plus court. Pour qu'il lui reste quelques instants à savourer avant que le quartier ne s'éteigne et ne gèle.

— Ça va, Mokhtar ? demande-t-elle quand elle est à portée de voix.

— Salut, dit Mokhtar.

Ils se rejoignent, ne se serrent pas la main, ne se font pas la bise. Ils restent à distance, face à face, comme deux cow-boys lépreux.

— Je me suis fait virer, dit-il.

Mathilde ne s'attendait pas à ça. Elle réfléchit très vite

sans que cela mène à rien. Elle ne sait pas quoi répondre ou ajouter. Elle n'imprime non plus aucune expression sur son visage. L'expérience lui a appris que cela pouvait être mal interprété, tant elle ne dispose que de peu de mimiques différentes, toujours esquissées, toujours ambiguës. Ses interlocuteurs y lisent du mépris, de l'indifférence ou de la moquerie, alors qu'elle y met toute la sincérité possible. Son visage, ses émotions, sont comme un véhicule défectueux, dont les commandes ne répondraient plus, ou mal. Actionnez le clignotant et ce sont les phares antibrouillard qui s'allument. Mathilde est comme ça. Émotionnellement mal foutue.

— J'avais déjà eu des avertissements, continue Mokhtar. Quand je leur ai dit que j'avais perdu la console, ils m'ont même pas laissé le temps d'expliquer. De toute façon, ils voulaient me foutre dehors depuis longtemps. C'est tous des racistes, dans cette boîte.

Le bruit des pales de l'hélico vient s'ajouter à celui des voitures. Un malade de plus évacué vers un avenir meilleur.

Le rotor s'éloigne.

— Je suis désolée, dit Mathilde.

— Je suis dans la merde, répond Mokhtar.

— Hier, je me suis pas sauvée.

— Si, tu t'es sauvée, mais ça va, j'ai compris. Tu lui avais fait quoi, à ce mec?

— C'était lui.

Mokhtar comprend.

Un gamin en scooter déboule sur le parking. Il zigzague, fait des dérapages, des roues arrière, dans un boucan de tous les diables. Mokhtar prononce quelques mots mais il a du mal à s'entendre lui-même. Après l'hélicoptère, c'est trop. Il craque.

Il marche en direction du scooter.

— Putain, la vie de ma mère, tu dégages avec ta bécane de merde.

Il sait bien qu'il peut proférer toutes les insultes qu'il veut, que ça n'a aucune importance. Seule compte l'expression de son visage puisque personne n'entend rien.

Le gamin lui dresse un doigt d'honneur, fait ronfler son moteur de plus belle. Mokhtar accélère le pas. Pour lui, cette espèce de marche sautillante, c'est l'équivalent d'un sprint. Le gamin au scooter, invisible sous son casque, élance son engin, fait trois tours autour de Mokhtar qui stoppe sa course, pose ses mains sur ses genoux pour reprendre son souffle.

Dans un dernier dérapage tonitruant et odorant – ça sent la gomme du pneu brûlé –, le scooter fonce vers la sortie du parking. Essoufflé, Mokhtar atteint un plot en béton qui sert de support à un réverbère. Il laisse tomber ses fesses dessus.

Mathilde le rejoint et s'assied à côté de lui. Devant eux, leur univers. La place carrée, la maison de quartier, la mission locale, la mosquée. De petits massifs délimitent les zones piétonnes et routières. Est-ce que le type qui a aménagé ce quartier a réfléchi à ça ? Au fait que tout soit visible de partout, par tout le monde ? C'est une scène de théâtre, où chacun serait autant acteur que spectateur.

De là où ils sont, Mathilde et Mokhtar voient les enfants des Da Silva qui reviennent de l'entraînement de foot. Tout le monde les voit.

— C'est de ma faute, dit Mathilde.

— Putain, tu m'étonnes que c'est de ta faute, renchérit Mokhtar, encore haletant. Je t'avais dit de retourner chercher la console. Ça aurait pris cinq minutes.

— Je sais, dit Mathilde. Je suis désolée.

La luminosité a encore baissé. Le flot des voitures est moins abondant. Il fait un peu froid mais ça va. Dans la ruelle derrière la mission locale, Mathilde croit reconnaître la voiture de Tonio, le capot et l'aile avant droite qui dépassent du bâtiment. Elle n'en est pas sûre. Ce pourrait être une autre voiture noire. Elle s'en désintéresse.

Émile vient de sortir sur son balcon pour fumer une cigarette. Il s'accoude à la balustrade, le regard perdu dans les lueurs orangées du ciel.

— J'en peux plus de cette ville, dit Mokhtar. Je vais me tirer.

Mathilde ne répond rien. Dans n'importe quelle situation, c'est toujours la meilleure réponse, pense-t-elle.

— Depuis que je suis tout petit, j'essaie de faire ce qu'il faut, continue Mokhtar. Je travaillais bien à l'école, j'ai eu mon BTS. C'était pas facile. Mes parents parlaient pas français. Mes frères et sœurs, ils en avaient rien à foutre de l'école. Mais moi, je les ai écoutés, tous ces bâtards qui me racontaient la belle histoire de la France dans les cours d'éducation civique. T'es un Français comme les autres, Mokhtar, bla bla bla. Putain, ils savaient même pas dire mon nom. Je m'appelle Mo*kh*tar – il prononce le *kh* à l'arabe, comme un *r* raclé – pas Moquetard. La vérité, c'est que j'étais toujours l'Arabe, jamais le Français.

Mathilde tourne la tête vers lui. Elle cherche à percer le mystère de l'instant. Mokhtar ne se confie jamais.

Reste la possibilité qu'il soit en train de la faire marcher, de lui tirer les larmes afin qu'elle trouve un moyen de l'aider. Elle ne parvient pas à déterminer s'il est sincère.

— Et après l'école, c'est encore pire. Au moins, l'école, c'est obligatoire, même pour les Arabes. Ils devraient inventer le travail obligatoire. Ça serait plus facile pour ceux qui s'appellent Mokhtar et pas Sébastien. Tu imagines pas le nombre de postes où j'avais toutes les qualifications mais où j'ai pas été pris.

Mathilde se dit que si, elle imagine. Elle sait très bien ce que c'est d'être envoyé dans les marges par la force centrifuge du monde.

— Je sais pas ce que vous avez, vous les Français, avec les Arabes.

— T'es Français, non? dit Mathilde.

— Ouais, j'aimerais bien, répond Mokhtar.

Et il pose sa main sur celle de Mathilde dont les yeux s'écarquillent de surprise. Elle sent la peau sur sa peau. Elle sent ses doigts se serrer sur ses doigts. Elle ne sait pas comment réagir et reste pétrifiée. Mokhtar lui sourit et se penche vers elle mais, comme elle ne fait pas de même, il comprend qu'il ne pourra pas l'atteindre en restant assis.

Mathilde voit la scène au ralenti. C'est comme certains combats qu'elle a disputés, ces jours où elle se sentait tellement bien qu'elle devinait chaque mouvement de son adversaire, avant même qu'il l'exécute. Elle sait ce qui arrivera si elle ne bouge pas et elle sait ce qui arrivera si elle bouge, à quel point Mokhtar sera blessé, encore blessé, encore par elle. Mais elle ne peut pas tout accepter uniquement pour se faire pardonner son licenciement. Alors quand il se lève pour se rapprocher et l'embrasser, elle retire sa main.

Elle essaie. Mokhtar la retient. Son regard change. Une ombre passe dans ses yeux. Son visage devient grave, laisse entendre qu'il est à la fois déçu et mécontent, que la réaction de Mathilde n'est pas acceptable, que désormais, ça se passera comme il souhaite que ça se passe, que désolé, mais maintenant, ça suffit, c'est lui qui décide.

Il tire sur sa main pour attirer Mathilde à lui. Elle résiste par réflexe. Aucun judoka ne vient vers vous si vous lui tirez le bras, surtout s'il n'en a pas envie. La résistance déstabilise Mokhtar qui oscille d'avant en arrière et manque de perdre l'équilibre. Sa main gauche se pose sur le sein droit de Mathilde, sans que ni l'un ni l'autre sache si le geste était volontaire ou non. Ce qui est volontaire, c'est le fait que Mokhtar laisse sa main plus longtemps qu'il le faudrait sur ce sein. Il le palpe au travers de la veste de survêtement.

Mathilde est tétanisée. Plusieurs prises lui viennent en tête pour tenter de se débarrasser de son agresseur et pourtant, elle ne parvient à en déclencher aucune. Tout va très vite et tout dure une éternité. D'un violent coup de hanche, elle finit par se dégager. Mokhtar garde toujours sa main dans la sienne. Il a maintenant l'air furieux. Il tire encore.

— Viens là, grogne-t-il entre ses dents.

Les mêmes causes produisant les mêmes effets, Mathilde résiste à nouveau, ce qui déséquilibre encore Mokhtar. Cette fois, il bascule en avant. Mathilde tente d'esquiver mais Mokhtar ne la lâche pas et il l'entraîne dans sa chute. Tous deux tombent lourdement sur le sol. Mathilde se retrouve écrasée sous le corps imposant de Mokhtar.

Une douleur remonte sa cuisse jusqu'à l'entrejambe. Elle a peur de reconnaître une déchirure musculaire.

Ce n'est pas le plus urgent. Il faut d'abord qu'elle s'échappe. Sur elle, Mokhtar n'a pas l'intention de bouger. Il pèse de tout son poids en essayant d'immobiliser ses bras. C'est peine perdue. Elle est beaucoup plus forte que lui. Sa graisse et la gravité sont ses deux seuls atouts.

Mathilde serre les dents et soulève le bassin pour s'extirper. La douleur dans sa cuisse irradie toute sa colonne vertébrale, de bas en haut. Elle pousse un cri.

— Bouge pas, dit Mokhtar, tu vas te faire mal.

Et il se repositionne sur elle, bras et jambes étalés, son visage à quelques centimètres. Mathilde se débat, détourne la tête pour éviter ses lèvres.

Ses pensées se bousculent. Elle cherche un moyen de se dégager sans se servir de sa cuisse gauche. Elle se demande si l'un des conducteurs qui passent sur la route à deux pas du parking, et qui les voient forcément se tortiller au sol, s'arrêtera pour lui venir en aide. Elle se demande aussi si, parmi ses voisins de la place carrée en train d'observer la scène, l'un d'eux va finir par intervenir. Elle les connaît presque tous. Ils la connaissent presque tous. Elle en a aidé beaucoup depuis toutes ces années. Les mercis, les promesses, les mains sur le cœur, ça ne voulait donc rien dire ? Émile fume-t-il toujours sa cigarette sur le balcon ? Mathilde ne peut plus le voir. Elle ondule, pousse sur ses bras. Combien est-ce qu'il pèse, ce type, dix tonnes ?

Le judo lui a appris qu'un corps humain est bien plus difficile à soulever que de la fonte ou du plomb. Sur les tatamis, elle aimait bien le travail au sol, une école de la minutie et de l'endurance. En combat debout, on peut se relâcher. Au sol, les muscles sont actifs en continu. La moindre inattention et c'est perdu.

Mais là, c'est différent. Elle est blessée, et au moins trois catégories la séparent de son adversaire. Ce n'est pas pour rien que les combats sont organisés avec des athlètes de poids identiques. Le poids est une arme.

Mathilde se concentre et, d'un coup sec, pousse encore sur ses bras. Le corps de Mokhtar se soulève assez pour qu'elle glisse sur le côté et fasse pivoter son bassin. Quand elle sera sur le ventre, avec la force de ses jambes, malgré sa blessure et la graisse de Mokhtar, elle l'enverra valdinguer et s'enfuira.

Elle n'a pas le temps d'achever sa manœuvre. Elle entend d'abord puis voit la BM noire de Tonio entrer sur le parking en roulant au pas.

Mathilde comprend pourquoi aucun voisin n'est intervenu. Oui, tout est allé très vite, mais tous ont remarqué que le Seigneur du quartier avait un œil sur l'événement. Malheur à celui qui s'en mêlerait. Mokhtar remarque aussi la voiture et lâche prise aussitôt. Il roule sur le côté.

La BM traverse le parking comme un fauve précautionneux. Elle s'arrête près des deux belligérants. La vitre du côté passager descend et le visage tuméfié de Lounès apparaît.

— *Assalamou alaykoum.*

— *Wa alaykoum assalam,* répond Mokhtar, hors d'haleine.

— T'as un problème, mon frère ? demande Lounès. Quelque chose qui va pas ?

— Sa mère, ouais, ça va pas, dit Mokhtar en prenant de rapides inspirations entre chaque mot.

Le moteur de la voiture ronronne.

— Monte, dit Lounès. *Salim bra h chnou kaïne nichen. Inch Allah mom ken i aounek.*

Mokhtar se relève péniblement, époussette son pantalon. Mathilde se redresse, reste assise le temps de mesurer la gravité de sa blessure.

— Ouais, dit Mokhtar. Peut-être.

La porte arrière du véhicule s'entrouvre dans un claquement feutré. Mokhtar se tourne vers Mathilde, le doigt tendu.

— Toi...

Et rien de plus. Il ouvre grand la portière et se laisse tomber sur la banquette arrière. La voiture redémarre à la même allure féline et quitte le parking.

2005

CATHY mange de la purée sur la table de la cuisine.

Elle en a tout autour de la bouche, sur la manche de son pyjama et même sur le front. Mathilde revient de la buanderie et découvre le carnage.

— Cathy, tu as neuf ans et tu manges comme un bébé de dix-huit mois.

La petite sourit. Elle sait que les réprimandes de sa mère n'en sont jamais vraiment. Elle continue à engloutir son plat tandis que Mathilde lui essuie le visage avec un torchon. Puis elle se penche au-dessus du four pour vérifier que le gratin ne brûle pas.

— Maman, je veux un petit-suisse, dit Cathy.

Mathilde va chercher le laitage dans le frigo. Elle fait le compte, face aux étagères vides. Il reste un peu de beurre, les yaourts de la petite, de l'emmental râpé, des pots de sauce ouverts et probablement périmés, tomate, pesto, mayonnaise. Dans le bac à légumes, une salade qu'elle a achetée ce matin, avec le chou-fleur et le céleri rave qu'elle s'apprête à râper.

Thibault va encore râler parce qu'il y aura encore des pâtes à manger ce soir, mais comment se payer mieux ?

La porte d'entrée grince. Cathy bondit de sa chaise et fonce hors de la cuisine.

— Cathy, crie Mathilde, on demande avant de sortir de table.

— Papa ! crie à son tour la petite en sautant au cou de son père.

Mathilde ferme la porte du frigo en souriant. Même si elle a crié, l'enthousiasme de sa fille l'attendrit. Elle va dans le séjour. Thibault balance son blouson sur le canapé. Il prend Cathy dans ses bras. Mathilde les rejoint et ils s'embrassent tous les trois.

Mathilde plonge son visage dans la nuque de son mari. Elle sent monter dans ses narines le parfum de son eau de toilette, la même depuis quinze ans, achetée au supermarché, le genre de bouteille pas chère qui promet sur son étiquette, en lettres rouges, un succès assuré auprès des femmes. Il faut croire que ça marche. Mathilde en est folle. Cette odeur, ça veut dire qu'il est rentré, qu'il est entier, qu'elle n'est pas seule. Et quand ces effluves sont rejoints par celle de la sueur mignonne de Cathy, quand les odeurs qu'elle aime le plus au monde se mélangent et qu'elle peut plonger dedans, s'y frotter, s'oublier, rien ne pourrait la rendre plus heureuse.

— Bogdan veut plus me filer de courses, murmure Thibault à l'oreille de Mathilde.

Elle sait ce que ça signifie mais pour l'instant elle s'en fout. Cathy rigole des chatouilles que lui fait son père. Ils se laissent tomber sur le canapé. À la télé, un dresseur de Pokémon se concentre avant d'affronter un ennemi redoutable. Il se demande quelle stratégie adopter. Doit-il utiliser ses Pokémon de type feu ou bien ceux de type poison ?

Quand Thibault n'est pas là, la télévision sert exclusivement à Cathy qui regarde en boucle les trois DVD d'un coffret que ses parents lui ont offert pour ses neuf ans. Beaucoup de ses copains et copines de l'école possèdent une console de jeu Nintendo DS, sortie dans le commerce quelques mois plus tôt. C'est ce qu'elle avait demandé, à l'origine mais ses parents lui ont expliqué que ça ne serait pas possible, que papa n'avait toujours pas de travail et que celui de maman ne leur permettait pas de faire des dépenses aussi importantes, et que tout ça s'arrangerait bientôt, qu'elle aurait sa console, à Noël peut-être, et alors elle pourrait affronter ses amis au jeu Pokémon.

Cathy a pris acte de cette promesse avec un grand stoïcisme, sans montrer à quel point cela l'affectait. En revanche, quand elle a ouvert son paquet, le jour de son anniversaire, et découvert le coffret DVD, elle a sauté de joie.

Depuis, elle regarde les trois films dès qu'elle le peut, même si elle les connaît par cœur, même si des épisodes inédits de la série Pokémon sont diffusés au même moment. Pour elle, ces films sont plus que des films. Elle les chérit. C'est ce que ses parents pouvaient lui offrir de mieux. D'une certaine manière, elle vit dedans. Elle se réfugie à l'intérieur de cet amour coloré pour ne pas voir ni entendre le monde violent qui s'invite sous leur toit, les bruyants amis de papa qui crient et cassent des choses, les policiers qui fouillent l'appartement en faisant comme si nous n'existons pas, les cris de papa, les cris de maman, leurs pleurs à tous les deux quand ils en ont assez de crier. Cathy n'écoute pas ce qui se dit, elle ne cherche pas à savoir qui a raison ou tort. Elle a toujours vécu dans cette atmosphère pesante où les moments de paix et de bonheur ne sont jamais certains, où tout peut exploser à chaque instant, se briser et pourrir.

On ne s'en est jamais pris à elle. Ses parents l'ont toujours enveloppée de tout leur amour. Néanmoins, ils ne sont pas parvenus à la protéger complètement des activités douteuses de son père. Alors elle s'en protège elle-même. Elle se ferme au monde, et grâce à ses films Pokémon ou aux dialogues interminables qu'elle invente entre ses peluches, elle disparaît pour les autres, et pour elle-même.

*

Ce soir, à la télévision, une animatrice blonde vêtue d'un ensemble noir à paillettes présente, sous des projecteurs tournoyants, les plus grands succès de la chanson française de ces quarante dernières années.

Mathilde et Thibault sont allongés sur le canapé, collés l'un contre l'autre, face à la télé. Mathilde, étendue sur le côté, enlace son mari, le nez dans ses cheveux, éclairée par la seule lueur du tube cathodique qui scintille et fait tout scintiller avec lui. Le volume est assez fort pour couvrir les bruits de la rue, le moteur des mobylettes du samedi soir, dans ce quartier de Tours où le silence ne s'installe jamais vraiment, ou jamais longtemps, ou bien très tard.

Florent Pagny s'avance sur la scène luminescente sous les applaudissements du public. Les premières notes de sa chanson *Savoir aimer* retentissent.

Depuis que Cathy est couchée, ni Mathilde ni Thibault n'ont prononcé un mot. Mais ils savent tous les deux qu'il faudra parler. Ils redoutent de décider quand. Au milieu de ces paroles mièvres, accompagnées de violons tragiques, ce pourrait être le moment. Mathilde s'éclaircit la gorge. Dans la seconde qui suit, ils lancent leur réplique en même temps.

— J'ai réfléchi, dit Thibault.

— Comment on va faire ? demande Mathilde.

Ils se taisent. Florent Pagny comble le silence :

— Donner sans reprendre, ne rien faire qu'apprendre, apprendre à s'aimer.

— Vas-y, dit Mathilde, tout bas.

Elle veut qu'il ait confiance. Elle veut qu'il sache que malgré toutes ses conneries qui les mettent dans une poisse noire, elle est prête à l'écouter, à lui faire encore confiance.

— Si Bogdan me laisse tomber, s'il veut plus que je fasse la mule, il va falloir trouver du fric autrement, on a plus le choix.

Mathilde ferme les yeux. Elle étreint le torse de Thibault. Son odeur. Sa peau. Il faut bien ça pour supporter d'entendre un autre de ses plans bancals.

— Je vais arrêter de faire n'importe quoi, tu sais, ma puce. Je vais suivre ton conseil. C'est fini les embrouilles, la meuca, les xeus. Je vais trouver un vrai boulot.

Il marque une pause. Peut-être attend-il que Mathilde le félicite. Mais elle ne le fait pas, car elle le connaît.

Thibault poursuit :

— Mais je peux pas recommencer à zéro ici, tu vois. Il faut qu'on se mette au vert. Il faut qu'on bouge. J'en peux plus de cette ville, elle me rend dingue. Et il y a tous ces gars qui m'ont niqué, j'ai envie de les péta. C'est pas tranquille ici. Y a trop de tentations. Même si je dis que j'arrête, je sais bien qu'il y aura toujours un bâtard pour profiter de ma faiblesse et me proposer un dernier plan, et encore un dernier.

— Se voir y croire, pour tromper la peur du vide, ancrée comme autant de rides, qui ternissent les miroirs, continue Florent Pagny.

— On ira où ? demande Mathilde.

— Je sais pas, dit Thibault. Où on veut. Loin. Dans le Sud, là où il fait beau. J'en ai marre de me peler ici.

Mathilde dépose un baiser dans le cou de Thibault. On ne saurait dire si c'est pour l'encourager à poursuivre ce rêve fou ou le consoler en prévision du moment où il réalisera que c'est absurde. « Là où il fait beau. » Chaque fois qu'ils sont allés sur la Côte d'Azur, Thibault a passé son temps à râler à cause des coups de soleil qu'il attrapait, malgré l'écran total.

— Mais pour faire ça, il faut qu'on ait l'argent. Alors il faut qu'on aille le chercher où il est, et il faut qu'on y aille tous les deux. On peut faire confiance à personne. Si on veut que ça réussisse, il faut qu'on soit une équipe. On taxe le fric et on se casse avec Cathy loin d'ici.

Mathilde essaie de dissimuler son appréhension, prendre garde à ne pas laisser échapper de soupir, à ne pas serrer son poing trop fort. Elle éteint autant que possible ce pressentiment que Thibault est en train de partir vers une nouvelle aventure qui les enfoncera encore plus. Ils ont déjà tellement de mal à joindre les deux bouts, avec son seul salaire d'éducatrice sportive au conseil général d'Indre-et-Loire. Une nouvelle tuile et ce sera la dernière. Ils perdront leur logement, on leur retirera Cathy, et à quoi rimera la vie dans ces conditions ?

— Qui est-ce que tu veux voler ?

— Tu sais, mon cœur, dit Thibault, je suis pas un salaud, moi. Je veux dire, je vais pas braquer un pauvre type qui galère, tu vois. Moi, je suis un gangster d'honneur, franchement. C'est les connards que je vais voler. Je suis pas comme les bougnoules et les manouches qui tuent des femmes et des enfants pour un bout de shit. J'ai une morale, moi, tu vois.

Il se redresse, se retourne pour faire face à sa femme. Il la regarde dans les yeux. Elle ne le voit pas. À contre-jour devant l'écran de télé, il est un trou noir qui engloutit chaque composante de ce foyer : les appareils électroménagers, la nourriture, l'argent, la patience.

— Tu le sais, ça, ma puce, que j'ai une morale ?

Les yeux de Mathilde répondent oui. Thibault l'embrasse sur la bouche. Il se laisse tomber sur le côté, face à elle. Il parle tout bas. Il n'y a que Mathilde qui l'entende. N'importe qui d'autre dans cette pièce ne capterait que les trémolos de Florent Pagny.

— On va braquer ce sale con de Pierrot, dit Thibault.

Mathilde fronce les sourcils.

— Tu veux braquer un tabac ? dit-elle. Mais t'es malade.

— Non, non, précise Thibault. Pas le tabac. Juste Pierrot. Enfin, son fric. Samedi, il y a le Super Loto. C'est toujours pareil quand il y a des gros lots comme ça, tous les crevards du quartier viennent faire une grille. Et quand ils viennent faire leur grille, ces poivrots en profitent pour picoler. À la fin de la journée, la caisse va être pleine à craquer. Pleine du fric du samedi et de toute la semaine. C'est Mélanie qui m'a dit ça. Elle y a bossé cet été. Elle dit que Pierrot laisse l'argent à la boutique pendant la semaine mais que le samedi soir, il ramène tout chez lui. Il a trop peur de se faire déboulonner son coffre entre le samedi soir et le mardi matin. Tout le week-end, il garde le pognon dans sa piaule avec lui et son fusil chargé.

Mathilde prend peur. Une ombre est en train de lui raconter une fable obscure et cette multiplication de ténèbres est porteuse de mauvais présages.

— Je veux pas que tu y ailles.

C'est sorti tout seul. Thibault l'embrasse à nouveau. Il couvre sa tête de ses mains, caresse ses joues avec ses pouces.

— T'inquiète, ma puce. C'est pas ça le plan. On va pas attendre qu'il retrouve son flingue pour qu'il nous tire comme des lapins. Ce qu'on va faire, c'est qu'on va le choper juste avant, sur le trajet, entre le tabac et sa baraque. Ce sera à un stop, je sais exactement où. Pas de voisins, pas de regards indiscrets. Sa voiture s'arrête, on le braque, on prend le fric, on se casse. Trente secondes chrono. Dans sa caisse, on devrait récupérer au moins trente mille ou quarante mille euros. Peut-être plus. Ensuite, c'est facile. Aller chercher Cathy, charger les valises, dire adieu à mes parents...

— Et s'en aller, termine Florent Pagny.

# MARDI

L'ENTRÉE du conseil départemental est sombre. À cette heure, il n'y a pas de raison pour que les néons soient allumés et pourtant, ils seraient bien utiles avec ce ciel couvert qui absorbe toute la luminosité, comme si le matin avait chaussé de fausses Ray-Ban, celles du marché, qui assombrissent le monde mais n'empêchent pas de se brûler les yeux. La sensation est perturbante. On jurerait qu'il est dix-neuf heures, au beau milieu du mois de décembre. « C'est un temps de mars », dirait la grand-mère de Mathilde. « Un jour, c'est l'été, le lendemain l'hiver. »

Mathilde gravit le grand escalier, une marche pénible après l'autre. La douleur dans sa cuisse ne l'a pas empêchée de marcher jusqu'ici. Néanmoins, les escaliers sollicitent d'autres muscles que la marche, les mauvais. C'est une épreuve. Comme si sa réticence à aller au travail ce matin se matérialisait dans ses jambes. Comme si c'était elle qui produisait cette douleur pour s'épargner une journée de plus, trempée dans ce quotidien croupi.

Elle atteint la dernière marche, tête baissée. Elle craint ce premier regard au bureau éteint. Trop tard. Elle y est. Debout dans la lumière blême et les odeurs de café instantané.

Elle s'assied à son poste, allume l'unité centrale de son ordinateur, allume l'écran et se laisse tomber sur le dossier de sa chaise. Le temps que Windows démarre, elle pourrait boire un café. Sa machine est tellement lente qu'elle pourrait même aller au Pérou récolter de l'arabica, le torréfier et revenir ici pour le boire.

Elle attend sagement.

Les événements de ces derniers jours la rongent. Un cyclone tournoie derrière son visage minéral. Autour d'elle, dans les autres bureaux du bâtiment, dans les couloirs, les salles de réunion, ses collègues parlent des langues inconnues, se livrent à des rites hermétiques. Elle ne les a jamais vraiment compris, aucun d'eux, pas même Sophie. Elle a toujours eu la sensation d'être une étrangère égarée dans un pays inconnu. Seulement, quand on reste si longtemps dans un pays, on finit par en connaître la langue, la culture. Avec elle, ça ne s'est pas produit. Elle est comme Veronika, la vieille Polonaise du bâtiment C de la place carrée, qui ne parle toujours pas français des décennies après son arrivée ici. Comme elle, Mathilde a peut-être jugé dès le début que cet environnement ne méritait pas qu'on fasse l'effort de le comprendre. Ce boulot, ces gens, cette ville, et, à y réfléchir, tous ses boulots, tous les gens, toutes les villes qu'elle a traversées. Le monde entier. Qu'il glisse sur elle, qu'il gesticule, qu'il baragouine dans son incompréhensible dialecte, elle a pu décider jadis que ça ne la concernerait pas. Qu'elle passerait sa vie à l'observer comme un tableau abstrait. Ce serait un voisin de cabine dans un vol transatlantique, qu'on n'a pas choisi et qu'on doit supporter poliment. Tous ceux qu'elle aura croisés qui auront cherché à sympathiser avec elle, les enfants de son âge, ses camarades à l'école, au judo, au lycée, au travail, tous des voisins de cabine encombrants. Tous, sauf Thibault.

Le logo de Windows disparaît et laisse place aux icônes de son bureau. L'une d'elles représente une feuille de calcul. Elle est nommée « Planning demandeurs ». Mathilde double-clique.

*

L'homme a une quarantaine d'années. Il a le visage émacié, la peau déjà tachée de vieillesse, les dents jaunes de tabac. Sa barbe naissante est poivre et sel. Il a la tête rentrée dans les épaules et ne regarde jamais Mathilde en face. Son regard passe de la fenêtre à ses chaussures, de ses chaussures au bureau, du bureau à la porte.

— Elle est pas là, Évelyne, vous êtes sûre ? demande-t-il.

— Elle est malade, dit sèchement Mathilde.

Qu'est-ce qu'il lui veut, à Évelyne ? Ça fait trois fois qu'il pose la question. Un dealer de Tic Tac ? Un soupirant ? Ce serait l'histoire d'amour la plus pitoyable du monde. Le Roméo le plus lamentable qu'on ait jamais vu, avec son insistance lourdingue et ses factures impayées.

— Je vois que vous avez un emploi, et votre femme aussi, dit Mathilde. Qu'est-ce qui se passe ?

L'homme se dandine sur sa chaise. Il ne sait pas quoi faire de ses mains.

— Ma femme, elle a été malade. Ça nous a coûté cher.

Mathilde lève son nez du dossier. Elle scrute les traits mobiles de l'homme. Il a un rictus involontaire, qui apparaît par intermittence, comme un sourire furtif qui n'en est pas un.

— Malade, répète Mathilde, sans se donner la peine d'y mettre un point d'interrogation.

— Des soins, précise-t-il, pas remboursés. Maintenant, ça va plus.

— Qu'est-ce qui va plus ? insiste Mathilde.

— L'argent, répond l'homme. On a tout dépensé dans les soins. On a plus rien.

La semelle en plastique de ses baskets grince sur le revêtement synthétique du bureau de permanence. Il ne semble pas s'en apercevoir. Le son agace Mathilde presque autant que les explications bancales qu'elle entend.

— On est le 2 avril, dit-elle. Vous venez d'être payé. Votre femme aussi. Il est passé où, cet argent ?

L'homme se contorsionne, croise les jambes, les décroise. Mathilde pense que c'est un problème de drogue ou de jeu. Ce sont les deux seuls gouffres dans lesquels peuvent être engloutis deux salaires si tôt dans le mois.

L'œil du type est vif. Il est nerveux mais ce n'est pas la nervosité des toxicos. Mathilde penche pour le jeu.

— J'ai..., bafouille l'homme. C'est mon cousin. Il avait besoin de sous. Pour une voiture. Je lui ai prêté.

— C'est confus, monsieur, l'interrompt Mathilde. Je vous assure que, si je présente votre dossier comme ça à la commission, il sera refusé.

L'homme écarquille de grands yeux, comme s'il ne s'attendait pas à cette remarque.

— Mais..., commence-t-il.

Quelques secondes passent. Il ne termine pas sa phrase.

Mathilde feuillette son dossier, comme pour chercher un argument que lui ne parvient pas à exprimer. Ce n'est pas la première fois qu'il se présente ici. C'est même un habitué si on en croit la liste des attributions d'aides d'urgence. Pourquoi un foyer avec deux salaires à plein temps a-t-il eu besoin de l'aide sociale d'urgence aussi souvent ? Et comment a-t-il pu l'obtenir ?

Mathilde vérifie ce qu'elle a déjà compris. En face de chaque recommandation transmise à la commission, il y a le même nom.

— Vous la connaissez bien, Évelyne ? demande Mathilde.

L'homme est interloqué. Il se tend. Son regard se pose machinalement sur la porte. Ça veut dire « sortez-moi de là ». Il dit :

— Non, je sais pas.

Mathilde le fixe, bien que ses yeux à lui soient fuyants, intranquilles.

— Est-ce que vous voulez que je vous mette en contact avec l'une de nos assistantes sociales ?

L'homme se fige. Pour la première fois, il regarde Mathilde, d'un air consterné.

— Nous avons des conseillères ici qui peuvent vous aider pour votre addiction.

L'homme est choqué, vexé.

— Mon addiction ? Je suis pas un camé, moi, hein !

Mathilde écrit sur le dossier, coche des cases.

— Comme vous voulez, dit-elle. Alors on a terminé.

L'homme se calme, attend un instant.

— Vous allez me donner l'argent ? demande-t-il d'une voix faible et mal assurée.

Mathilde lève les yeux du dossier.

— Non, dit-elle simplement.

On entendrait presque craquer les os de l'homme sous la tension. Il serre les poings, sa respiration s'accélère. Ce « non » qui vient de claquer, c'est une gifle. Ses lèvres sont pincées, ses yeux exorbités. Il est prêt à bondir, à s'en prendre physiquement à celle qui s'interpose entre l'argent et sa poche. Il ne le fait pas. Pendant tout ce temps, Mathilde ne l'a pas quitté des yeux. Elle n'a pas peur. Il ne fera rien. Un toxico serait assez désespéré pour lui sauter dessus, mais pas un joueur. Et quand bien même il essaierait, elle serait en mesure de le maîtriser en un éclair, malgré sa blessure. Peut-être le comprend-il. Peut-être ne veut-il pas gâcher toutes ses chances d'obtenir cette aide un jour. Qui sait ? Quand Évelyne sera de retour.

Il se lève en soufflant bruyamment par le nez, les épaules en arrière, tous les muscles de son corps tendus à l'extrême, et sort sans dire au revoir ni refermer la porte derrière lui.

*

De retour à son bureau, Mathilde lance d'un clic de souris le navigateur internet. Elle ouvre Facebook. L'interface lui demande son adresse email et son mot de passe. Elle tape l'adresse et, heureusement, le navigateur se souvient de son mot de passe. Elle, non. Elle possède un compte Facebook uniquement parce que Sophie a insisté pour qu'elle en crée un il y a deux ou trois ans. L'opération était censée la connecter aux autres, la mettre en contact avec de nouveaux amis, lui permettre d'échanger, de partager, d'aimer. Mathilde ne s'est sentie prête pour aucune de ces trois choses. Sur sa page personnelle, il n'y a aucune image. Dans sa liste d'amis, il n'y a qu'un visage, celui de Sophie.

Mathilde tape le nom de l'homme dans la barre de recherche. Plusieurs profils apparaissent. Il porte un nom assez commun. Elle fait défiler les nombreux homonymes et s'arrête sur une photo. C'est lui. Elle clique.

Comme beaucoup d'utilisateurs, il ne s'est pas soucié des paramètres de confidentialité. N'importe qui a accès à ses photos, ses publications.

Mathilde visite ses albums, fait défiler ses clichés de vacances, la terrasse avec vue sur la mer, la fête de ses quarante ans. Elle lit les commentaires qu'il publie, les messages qu'il partage. Il déteste les hommes politiques, il pense que les multinationales de l'agroalimentaire empoisonnent la population, il aime Coluche et l'abbé Pierre, Cristiano Ronaldo et KFC, il admire plusieurs joueurs professionnels de poker Hold'em et voue une haine farouche à tout ce qui ressemble de près ou de loin à un impôt.

Mathilde revient en arrière. La fête de ses quarante ans. Il y a des dizaines de personnes hilares autour d'un gâteau illuminé de quarante bougies. Parmi elles, Évelyne.

Bon Dieu, elle en était sûre. Ils se connaissent. S'il a pu obtenir autant d'aides d'urgence, c'est parce qu'Évelyne lui préparait des lettres de recommandation biaisées, qui éludaient les éléments les plus importants de son dossier : son salaire, ses problèmes de jeu, son lien de parenté avec une agente du conseil départemental.

En effet, un peu plus bas, sur le profil Facebook, une autre photo apparaît, accompagnée d'une légende éloquente : « Avec Vivi, ma belle-sœur préférée, mais pas trop longtemps ! ! ;) :p <3 <3 »

On y voit Évelyne, l'homme et une femme brune, sèche. Ce pourrait être la sœur d'Évelyne.

Mathilde n'a pas le temps de creuser plus avant. Un autre rendez-vous l'attend. Et un autre après celui-là, et ainsi de suite. C'est le défilé des naufragés du printemps.

Mathilde pense à Nadia et Mohammed. Depuis hier, eux aussi sont expulsables.

*

La journée a été éprouvante, nerveusement, physiquement. Les allers-retours répétés entre les bureaux de permanence et l'étage n'ont pas arrangé la blessure de Mathilde. Elle peine sur le chemin du retour, dans la grisaille de ces jours intermédiaires. Elle est convaincue qu'il s'agit d'une déchirure de l'adducteur. Elle sait qu'elle boitera pendant longtemps. Elle sait aussi que la musculation à la salle, trois fois par semaine, c'est fini pour un bon moment. Au fond, ça l'arrange. Elle n'a aucune envie de revoir Lounès. Il doit être au courant maintenant pour l'expulsion. Qui sait ce que Mokhtar lui a raconté d'autre ?

Elle approche du château d'eau. Le haut de la pente.

Elle a mis deux fois plus de temps à rentrer que d'ordinaire. Il lui a fallu faire des haltes, pour que la douleur s'apaise. À l'aller, ce matin, ce n'était pas aussi difficile. Elle sait qu'elle aurait dû rester couchée, prendre sa journée, pour ne pas aggraver le mal. C'est aussi ce que lui a dit Sophie, plus tôt, à la pause de midi. Toutes les deux, elles ont épluché le profil Facebook du joueur de poker à la recherche d'Évelyne sur d'autres photos. Sophie était outrée, et aussi écœurée qu'une femme pareille ait pu obtenir des promotions internes à plusieurs reprises alors qu'elle-même n'avait toujours rien obtenu.

— Tu vois, ma chérie, a-t-elle dit. Tu es bien la seule à te sacrifier pour ce service.

Mathilde n'a rien répondu. Elle a réfléchi. Qu'est-ce qui l'a fait se lever, ce matin ? Un sens moral ? Le sens du devoir ? Peut-être pas. Elle en a conclu que c'était simplement de la loyauté, le souci de ne pas laisser le service vide. Elle est de moins en moins capable de trahir ceux qui comptent sur elle, même s'il ne s'agit que de Nadège, une supérieure pour laquelle elle n'éprouve aucune sympathie. Elle aimerait passer voir Mohammed et Nadia, s'assurer qu'ils ont reçu l'argent, que tout est arrangé.

Elle atteint la place carrée. Des enfants jouent au foot sur le parking du haut. Ils ont matérialisé les buts avec leurs blousons entassés. Devant la mosquée, trois hommes en djellaba discutent. Sur le trottoir, de l'autre côté de la place, Mathilde reconnaît Laura, qui revient de sa garde à l'hôpital. Il y a cinq ou six ans, elle l'avait aidée pour sa demande d'APL, alors qu'elle sortait tout juste de l'école d'infirmières. Quand les deux femmes se croisent, elles se saluent, sans plus. La sympathie n'est jamais née entre elles. Vingt ans d'écart, c'est normal. Pourtant, Mathilde avait constaté qu'elles avaient beaucoup de points communs. Seules, vivant dans le même quartier, aimant le sport. Mais Laura devait penser qu'elle ne resterait pas longtemps, que vivre ici, c'était un mal temporaire. Elle devait aspirer à autre chose, trouver un homme, quitter la résidence pour l'un de ces pavillons avec jardin, à Sainte-Madeleine ou ailleurs. Ce n'était pas arrivé. Cela n'arrive pas. Et Mathilde la voit, presque tous les jours, dans le bâtiment opposé de la place carrée, qui enchaîne les gardes, qui dort seule. Le compteur tourne. Le sourire de Laura se fissure. Son logement est provisoire depuis des années. Le quartier l'a absorbée. La vie l'a engluée.

Mathilde retient des gémissements de douleur en montant l'escalier de son immeuble. Elle souffle et s'accroche à la rampe. Parvenue sur le palier, elle traverse le couloir sans s'arrêter chez Nadia et Mohammed. Ce ne serait pas une bonne idée. Si Lounès était là, la situation s'envenimerait à coup sûr.

Elle ouvre sa porte, entre chez elle, referme sa porte. Quelque chose l'en empêche. Une chaussure. Noire. Mathilde est projetée en arrière. La porte s'est rouverte violemment. Elle garde l'équilibre mais l'effort lui arrache un cri.

Lounès entre, suivi de Mokhtar, de Tonio et d'un autre homme. Ce dernier, Mathilde ne le connaît pas, bien qu'elle l'ait vu de temps à autre sur la place carrée ou dans le quartier. Tonio referme la porte derrière lui et y monte la garde. C'est la première fois qu'il apparaît à Mathilde autrement qu'au travers de son pare-brise.

Elle ne lui donne pas d'âge. Son visage est martyrisé par l'acné et les cicatrices mais ses traits sont fins, et ses grands yeux ahuris et sa petite taille lui donnent l'air d'un gamin, un vieux gamin.

Lounès traverse le salon et s'assied dans le canapé. Mokhtar et l'autre gars restent debout.

— Qu'est-ce que tu veux? demande Mathilde.

— *Bellaa fomouk,* putain, c'est moi qui parle, crie Lounès.

Mathilde se redresse. La douleur s'efface un peu. Elle reste silencieuse mais relève le menton. Ça veut dire « OK, alors parle et casse-toi ».

— Mokhtar nous a raconté son problème, dit Lounès. Tu l'as foutu dans la merde. Et mes parents aussi, tu les as foutus dans la merde.

Mathilde sait qu'il est inutile de discuter. Elle ne dément pas. Dehors, on entend les éclats de voix des mômes qui reviennent de leur match de foot. Lounès se tait. Peut-être écoute-t-il les rires des enfants pour vérifier s'il reconnaît la voix d'Idriss. Il n'aime pas qu'il rentre si tard, qu'il traîne après l'école au lieu de revenir immédiatement à la maison. Idriss s'en plaint souvent auprès de Mathilde. Elle ne le dit pas mais elle pense qu'il y a pire que de jouer au foot avec ses copains au lieu de faire ses devoirs. Par exemple, avoir un oncle délinquant qui fait l'homme de main pour un caïd discount.

— Maintenant, continue Lounès, il va falloir te racheter. Assieds-toi.

Mathilde reste debout, les lèvres pincées. Plutôt crever que d'obéir à ce con. Voilà le message que tout son corps envoie. Lounès n'insiste pas.

— Mokhtar m'a dit que tu avais vu la clé d'un coffre chez le *gwer.* Tu lui as dit qu'il y avait du fric.

— J'ai rien vu, lâche Mathilde.

— Je sais que t'as rien vu. Mais on s'est renseignés. Salim a beaucoup d'amis. Ils connaissent bien ton mec. C'est un gros tarba, un ancien militaire, un facho. Il magouille tout ce qu'il peut, ce fils de pute. Maintenant, il est agent immobilier. Il vend des baraques et il se prend des commissions en cash. Il est blindé de thunes. Tout doit être dans son coffre.

— J'irai pas, dit Mathilde.

— Si, tu iras, dit Lounès.

— J'irai pas, répète Mathilde.

— Si, putain, tu iras, *bent el kahbah,* crie Lounès en se levant.

Il fait un pas vers Mathilde, s'arrête.

— Tu vas y aller, tu vas nous ramener le fric, et Mokhtar et moi, on se sentira beaucoup mieux. On aura beaucoup moins envie de péta ta sale gueule.

Mokhtar se racle la gorge.

— Il y a pas grand-chose à craindre, dit-il d'une voix mielleuse.

Il joue le gentil flic.

— Je vais couper le courant sur l'armoire électrique. Le coffre va se verrouiller automatiquement. La clé que tu as vue, c'est une clé de déverrouillage manuel. Quand le jus est coupé, il n'y a besoin de rien d'autre pour l'ouvrir, ni code, ni rien. Tu as pas vu d'alarme ?

— J'en ai pas vu, mais il y en a sûrement une, répond Mathilde.

— Si tu as rien vu, c'est qu'il y a rien, intervient Lounès.

Mathilde est stupéfaite.

— Oui, on s'est aussi renseignés sur toi, depuis longtemps. On sait d'où tu viens. On sait ce que tu faisais avant de venir nous emmerder ici. Les alarmes, tu connais. Si t'as rien vu, c'est qu'il y a rien.

Mathilde encaisse l'information en essayant de ne pas laisser transparaître qu'elle est déstabilisée. Elle se demande ce que Lounès sait exactement, et dans quelle mesure ça peut lui nuire.

— Ça fait douze ans, dit-elle. Le matériel a changé depuis le temps. Un mec comme ça a forcément mis sa maison sous alarme.

Lounès se rassied.

— Peut-être, dit-il. En fait, c'est pas mon problème.

Mathilde aussi s'assied sur une chaise. Lounès la laisse faire. La comédie est terminée. Elle sait ce qu'elle doit savoir. Elle connaît les options qui s'offrent à elle. Elle a toutes les cartes en main pour déterminer à quoi ressemblera son avenir.

— Je couperai aussi le téléphone, intervient Mokhtar. La plupart des alarmes ont des systèmes de batteries et de puces GSM mais pas toutes. Si son modèle est assez ancien, ça le désactivera. Parce que les anciennes alarmes utilisaient la connexion filaire du...

— On a compris, Mokhtar, le coupe Lounès.

Mokhtar se tait. Tout le monde se tait. Une dizaine de secondes passent. La place carrée est calme. Une voiture ou deux. Des habitants qui reviennent du boulot. Des groupes qui vont à la maison de quartier pour pratiquer une activité quelconque : théâtre, zumba, cuisine.

— Le proprio a appelé mes parents, dit Lounès. Il a contacté l'huissier pour l'expulsion.

Le cœur de Mathilde se serre. Elle ne le jurerait pas mais elle croit voir les yeux de Lounès se troubler, derrière ses hématomes.

Il n'ajoute rien. Il se lève, s'approche de la fenêtre, reste là. Puis il traverse la petite pièce en direction de la sortie.

— Pourquoi tu demandes pas du fric à Salim ? demande Mathilde.

Lounès stoppe sa marche. Il se retourne vers elle. Pour autant qu'on puisse en juger, son visage est serein. Il n'affiche plus son masque de haine et de nervosité. Il est détendu. Peut-être même qu'il sourit.

— Pourquoi j'irais emmerder Salim alors que c'est toi qui vas nous rapporter tout le fric dont on a besoin ?

Mathilde ne répond rien. Elle enregistre. Lounès fait volte-face. Tonio ouvre la porte de l'appartement et le laisse passer. Lounès sort, suivi de ses trois acolytes. Le dernier referme la porte derrière lui.

De longues minutes s'écoulent, dans le silence et l'abîme, avant que Mathilde ne trouve la force de se lever de sa chaise. Sept minutes.

Peut-être huit.

2005

PIERROT FERME le rideau de fer de son bureau de tabac. Il verrouille le cadenas sans lâcher le sac de sport Adidas qu'il tient de son autre main. Il range la clé dans son blouson en cuir marron élimé et marche sur le trottoir, éclairé par la lumière orange des réverbères.

— T'as vu son sac ? dit Thibault, au volant de leur voiture. Il a du mal à le porter tellement il est plein de fric.

Mathilde est assise sur le siège passager. Elle ne répond rien. Elle ne commente pas. Elle ne se réjouit pas. Elle sait qu'ils sont en train de faire une connerie. Elle se sent comme une nageuse emportée par un courant de marée. Elle ne peut rien faire d'autre que regarder le rivage s'éloigner et espérer que quelqu'un ou quelque chose vienne la tirer de là. Elle est spectatrice des événements. Elle regarde un téléfilm à la télé. Elle connaît la fin. Elle aimerait crier à l'héroïne de foutre le camp tout de suite avant que ça dérape. À cet instant précis, elle a encore un boulot, un appartement. Thibault a un casier judiciaire mais il a purgé sa peine. Ils pourraient en rester là, manger des pommes de terre et des pâtes en attendant de mettre assez d'argent de côté pour s'en aller, où ils voudront, calmement, sans les flics aux fesses.

Trop tard. Le buraliste monte dans sa voiture, démarre. Thibault met le contact à son tour. L'Audi A4 de Pierrot s'engage sur la route, suivie par le véhicule du couple, à bonne distance.

Deux points rouges en suspension au-dessus de la chaussée. Une forme sombre qui s'enfonce dans la nuit.

Le bar-tabac est situé dans les quartiers sud de Tours, à la limite administrative de la ville. Il faut peu de temps pour rejoindre la campagne, les routes secondaires qui traversent hameaux et villages éteints. Mathilde et Thibault ont retiré les batteries de leurs téléphones portables. Ils sont invisibles, même pour les bornes des opérateurs téléphoniques.

— On y est bientôt, dit Thibault.

Sa voix ne trahit aucune panique mais Mathilde constate qu'il serre très fort le volant. Il déglutit avec peine. Sa gorge doit être sèche de peur.

Mathilde n'a pas peur. Elle n'est pas nerveuse. Elle est dans un lit de coton. Les sons lui parviennent étouffés, noyés. Thibault accélère. Ils gagnent du terrain sur Pierrot. Ils sont à portée de phares désormais.

— C'est là, dit Thibault, dans le bled d'après. C'est là qu'il y a le stop.

Il parle doucement, comme s'il craignait qu'on l'entende. Ou bien se parle-t-il à lui-même, pour se convaincre que son plan est infaillible.

L'Audi pénètre dans le village. Thibault accélère encore.

— Tu sais ce que tu dois faire.

Mathilde opine du chef dans l'obscurité. Elle enfile sur sa tête un bas nylon noir. Puis elle tient le volant le temps que Thibault enfile le sien. Ils sont deux monstres aux traits écrasés.

Les murs grisâtres des maisons défilent de part et d'autre de l'habitacle. Devant eux, comme des yeux animaux, les feux rouges de la voiture de Pierrot se rapprochent. Encore plus. Ils sont deux chasseurs prêts à surprendre leur gibier.

Sur le bord de la route, un panneau avertit de la présence d'un stop à cent cinquante mètres. Les feux rouges de l'Audi A4 deviennent encore plus rouges, encore plus lumineux. Pierrot freine. Thibault accélère. Mathilde est absente, ailleurs, dépassée par les sensations très concrètes que produit la scène, les vibrations du véhicule, le son du moteur, l'odeur synthétique du bas sur son visage. Le tapis d'herbes que les phares balaient sur le bas-côté, les façades rouge sang des maisons, teintées par l'éclat des feux arrière de l'Audi.

Pierrot s'arrête au stop. Le véhicule de Thibault et Mathilde déboîte, double. Thibault tire le frein à main et se rabat. La voiture dérape et vient se positionner en travers de la route, deux mètres à peine devant le véhicule de Pierrot, qui se retrouve bloqué.

Thibault bondit dehors. Mathilde voit son reflet furtif dans le rétroviseur intérieur. Elle pose sa main sur la poignée de sa portière. Elle a une boule dans la gorge. Elle voudrait pleurer et crier. Elle sort au moment où Thibault déplie la lame de son couteau corse et tire sur la poignée de l'Audi. Il s'acharne dessus ; elle est verrouillée.

Le moteur gronde, l'embrayage grince. Pierrot tente

de passer la marche arrière. Mathilde est tétanisée, grand corps voûté dans la lumière des phares. Derrière le pare-brise, Pierrot s'escrime à passer une vitesse, tandis que Thibault fait éclater la vitre côté conducteur d'un coup de coude. Pierrot se couche sur le côté. La musique de l'autoradio se déverse à l'extérieur. Les voix suraiguës des Rubettes chantent *Sugar Baby Love.*

Ça ne devait pas se passer comme ça. Ils devraient déjà être partis. Mathilde devrait avoir le sac en main et ils devraient être loin.

Le sac. Mathilde reprend ses esprits et s'avance vers la portière passager. Le sac de sport est sur le siège.

— Ouvre la porte, putain ! Ouvre la porte ou je te pique, enculé ! crie Thibault en brandissant la lame de son couteau.

— OK, OK ! dit Pierrot, les mains en l'air. OK, on se calme.

— Dépêche, putain ! gueule Thibault, plus fort que les Rubettes.

Pierrot appuie sur un bouton situé à l'extrémité de son accoudoir. Le bruit des portes qui se déverrouillent donne le signal à Mathilde. Elle ouvre la portière et attrape le sac de sport. Au même moment, Pierrot débraye, passe la marche arrière et écrase la pédale d'accélérateur.

La voiture recule d'un bond. Mathilde est percutée par la portière ouverte. Elle s'écroule sur le goudron, roule jusque dans le fossé plein d'orties et de ronces.

De l'autre côté, Thibault a le réflexe de s'agripper à la ceinture de sécurité de Pierrot pour ne pas subir le même sort. Il hurle. Pierrot hurle. Les Rubettes hurlent.

— Arrête ça ! Arrête ça !

Pierrot ne semble pas disposé à obtempérer. La voiture recule encore, prend de la vitesse. Les pieds de Thibault traînent sur le sol. Machinalement, il lance sa main armée dans l'habitacle, une fois, deux fois. Le moteur cesse de rugir. La voiture ralentit, puis s'arrête.

Thibault lâche la ceinture de sécurité. Il s'aperçoit qu'il saigne. Les fibres synthétiques lui ont coupé la paume, les bouts de verre de la vitre ont lacéré son avant-bras. Il est sonné. Il a aussi du sang sur l'autre main. Et du sang sur la lame de son couteau. On ne peut même plus y lire la phrase qui y est gravée : *Che la mia ferita sia mortale.*

À l'intérieur de la voiture, Pierrot est adossé à son siège. Il se tient la gorge des deux mains. Entre ses doigts jaillissent des flots de sang. Il a les yeux grands ouverts. Il paraît terrifié. Ses paupières papillonnent. Il ouvre la bouche mais aucun son n'en sort. Le sang se déverse sur sa chemise, coule le long de sa chaîne en or, entre les poils sur sa poitrine. Le liquide n'arrête pas de couler. Il tache son blouson en cuir. Il tache son jean. Ses yeux roulent. *All lovers make the same mistake / Yes, they do.* Ses paupières s'affaissent. Ses mains desserrent leur étreinte, glissent sur son torse souillé, tombent sur ses genoux. Une large plaie ouvre son cou, de laquelle le sang continue de s'échapper.

Le pied gauche de Pierrot n'a plus assez de force pour maintenir enfoncée la pédale d'embrayage. En un hoquet mécanique, la voiture cale. La musique s'arrête net. La tête de Pierrot tombe en avant. C'est le silence.

Quelques mètres devant la voiture, Mathilde s'extirpe du fossé à quatre pattes et revient sur la chaussée. Elle n'a pas lâché le sac de sport.

Tout autour, aucun mouvement, aucun bruit, excepté celui du moteur allumé de la deuxième voiture. La campagne a retrouvé son calme mortel.

Thibault recule lentement, les yeux rivés sur Pierrot. Il tremble. Sa mine est dévastée. Un pas de plus. Ses jambes ne le portent plus. Il tombe sur les fesses, laisse échapper son couteau. La lame tinte en touchant le sol.

— Thibault ? demande Mathilde. Qu'est-ce que tu fais ? Viens.

Elle attend une réponse, en vain. Elle a mal. Aux coudes, à la hanche droite, à ses mains écorchées par le bitume et la végétation du fossé. Le judo lui a appris à tomber mais pas à se faire percuter par une voiture et projeter sur du goudron. Elle est choquée. Elle ne voit pas immédiatement que Pierrot ne bouge plus, qu'il a la gorge ouverte, qu'il est couvert de sang.

Elle s'écarte de la lumière des phares, regarde autour d'elle. Thibault est assis par terre, prostré, la respiration saccadée.

Il a bien choisi le lieu de son embuscade. Aucune fenêtre par laquelle des yeux pourraient voir, aucune porte par laquelle un intrus pourrait surgir. Mais il ne faut pas forcer le destin. Une voiture peut arriver, de n'importe laquelle des quatre routes qui convergent vers ce carrefour.

Mathilde s'approche de son mari. Elle comprend. Le couteau sur la chaussée, la position avachie de Pierrot, le regard déréglé de Thibault. Ces yeux, comme ils sont terrifiants, ces yeux. Mathilde réalise qu'il n'est plus là. Qu'elle est seule.

Elle s'agenouille, prend ses mains dans les siennes.

— Mon chéri, je suis là.

Le regard de Thibault est toujours vagabond. Il n'a pas conscience de la présence de Mathilde. Il est seul dans une cellule noire où des voix répètent qu'il vient de tuer un homme.

— Mon chéri, on peut pas rester ici. Il faut bouger tout de suite.

Mathilde lui presse les mains avec douceur, redit plusieurs fois son prénom. Après quelques secondes, il lève les yeux vers elle, interloqué, comme si elle venait d'apparaître. Elle l'embrasse sur la joue, sur la bouche.

— Mon chéri, je t'en prie, lève-toi, il faut partir.

Sa hanche la fait souffrir. Elle peine à se relever. Elle s'accroupit derrière Thibault, passe ses mains sous ses aisselles, le soulève.

— Allez, debout.

Thibault ne résiste pas. Il suit le mouvement, se remet sur pieds. Même maintenant qu'il est debout, Mathilde le tient toujours fermement. Elle sent qu'il chancelle. Il tomberait si elle le lâchait.

Elle se campe devant lui, lui secoue gentiment les épaules.

— Putain, chéri, reprends-toi, dit-elle.

Il cligne des yeux, comme s'il se réveillait d'une longue nuit. Son regard se pose sur le visage de Mathilde, sur ses traits familiers qui le rassurent. Il la fixe, prend de profondes inspirations par la bouche. Il est de retour, lentement, bouffée par bouffée. Mathilde l'encourage.

— C'est bien, mon chéri, c'est bien, dit-elle en jetant des coups d'œil alentour.

La peur grandit. La peur qu'une voiture arrive, qu'un

témoin les surprenne, les mains pleines de sang, un cadavre au bout de leur lame.

Mathilde cogite. Elle a retrouvé toutes ses facultés. Elle n'a guère le choix. Elle pense à cent à l'heure. Elle prend Thibault par le bras.

— Allez, viens. Il faut y aller. Monte dans la voiture.

Elle le guide vers la portière ouverte de leur véhicule, côté conducteur. Elle sent qu'il a de moins en moins besoin de son aide. Il marche seul. Il tient debout.

— Tu peux conduire ? demande-t-elle.

— Ça ira, dit-il en se laissant tomber sur le siège.

Il pose ses mains sur le volant. Le moteur n'a pas cessé de tourner.

— Tu vas aller chez tes parents, dit Mathilde. On fait comme prévu. Tu récupères Cathy.

Thibault fronce les sourcils. Il ne comprend pas.

— Et toi ? Qu'est-ce que tu fais ?

— Moi, je ramène Pierrot chez lui. Plus tard on le trouvera, plus loin on sera.

Thibault sursaute.

— Mais non, dit-il, c'est moi qui vais le faire !

Mathilde pose sa main sur son épaule.

— Non, ce serait con. T'es fiché, mon chéri. Ils ont ton ADN, tes empreintes. Si tu rentres dans cette bagnole, ils sauront que c'est toi. Sur moi, ils ont rien. Je dépose la caisse dans sa cour, je nettoie à fond, vous venez me chercher avec Cathy et on se casse loin d'ici.

Thibault ne dit rien. Il réfléchit. Il aimerait être celui qui résout les problèmes, celui à qui on peut se fier pour arranger la situation. Il aimerait que Mathilde et Cathy se tiennent en dehors de tout ça, qu'elles ne soient pas salies par le sang. Il aimerait être solide. Il aimerait être le contraire de ce qu'il est en ce moment. Il voudrait qu'elles soient fières de lui.

— On va s'en sortir, dit Mathilde. Va chercher Cathy, prends toutes ses affaires, et venez me récupérer dans une heure sur l'aire de stationnement, dans le bois de la Billebaude.

— Et si les flics t'arrêtent avec le mort ? dit Thibault.

— T'inquiète, répond Mathilde. Il y a jamais de flics sur cette route. T'inquiète.

Thibault est décontenancé. Il semble chercher quelque chose à répliquer. Il ne trouve pas.

— Je t'aime, dit Mathilde. File.

Thibault ne répond pas. Il hoche la tête, reprend son air de caïd. C'est tellement ridicule. Mathilde sourit. Il l'attendrit. Ce type-là, elle l'aimera toujours. Elle claque la portière.

La voiture démarre, quitte le carrefour, disparaît dans la nuit, laissant Mathilde debout au milieu de nulle part, avec une Audi A4 bien astiquée et un cadavre.

Sur le bas-côté où Thibault était assis, elle récupère le couteau corse ensanglanté qu'elle replie et fourre dans sa poche. Elle ramasse le sac de sport. Elle l'ouvre.

— Putain, grogne-t-elle en fouillant à l'intérieur.

Il y a des affaires de sport : jogging, chaussettes, baskets, short. Pierrot pratique le marathon, la course de fond. Ce con n'arrête pas de s'en vanter auprès des fumeurs qui viennent lui acheter des clopes. Entre les habits, Mathilde découvre un sac en papier. Dans le sac en papier, une liasse de billets.

— Putain, répète-t-elle en les faisant défiler entre ses doigts.

À vue de nez, il y a quatre mille euros, cinq mille au mieux. On va où avec cinq mille euros, putain ? Elle empocherait trois fois plus si elle se contentait de revendre l'Audi.

Elle ouvre la portière arrière, jette le sac de sport sur la banquette, referme la portière. Puis elle fait le tour de la voiture, entre dans l'habitacle côté passager. Elle détache la ceinture de sécurité qui retenait Pierrot. Le corps bascule. Elle accompagne sa chute sur le siège passager en prenant garde à ne pas trop se tacher. Puis elle empoigne le cadavre et tire jusqu'à le sortir complètement de l'habitacle.

Elle n'a pas de difficulté à le porter. Elle s'étonne qu'il soit si léger. Elle le hisse sur la banquette arrière de la voiture. Le corps tombe sur le côté. On dirait un voyageur épuisé qui s'est allongé pour faire un somme.

Elle referme les portières, refait le tour du véhicule, s'installe au volant, met le contact.

L'autoradio se rallume. Mathilde reconnaît ABBA. Elle déteste ABBA. Elle appuie au hasard sur les boutons.

— La ferme.

ABBA se la ferme. Une voix d'homme envahit l'habitacle. Ça ressemble à une émission scientifique. Ça ira bien. Mathilde démarre.

— L'étoile la plus proche de notre système solaire est Proxima du Centaure. Elle se situe à un peu plus de quatre années-lumière de la Terre. Ça signifie que sa lumière met un peu plus de quatre ans à nous parvenir. Quand nous l'observons au télescope, ce que nous voyons, c'est l'apparence qu'elle avait il y a quatre ans. Peut-être que beaucoup de choses ont changé entre-temps. Plus proche de nous, c'est la même chose pour le soleil, qui se situe à une distance de huit minutes dix-neuf secondes-lumière. Admettons que le soleil s'éteigne un jour, comme ça, brusquement. Alors les habitants de la Terre ne s'en apercevraient que huit minutes et dix-neuf secondes plus tard, le temps que les derniers rayons émis nous parviennent. Mais rapprochons-nous encore, et imaginez que l'interlocuteur en train de vous parler, à deux mètres, à cinquante centimètres de vous, n'est qu'un bombardement de photons sur votre rétine. Cela paraît incroyable, mais tout ce que vous voyez de cette personne, c'est son passé. Jamais son présent.

# MERCREDI

LE SOLEIL CE MATIN est un disque clair dans un ciel opaque. Les nuages sont si épais qu'on croirait voir la lune. Quand le soleil s'éteindra, la lune sera encore visible quelques minutes. Et quand la lune sera plongée dans les ténèbres spatiales, il faudra encore quelques secondes avant que les Terriens ne la voient disparaître.

Mathilde se demande combien de temps exactement. Dix secondes ? Une seconde ? Un dixième de seconde ? L'intérieur de sa cuisse lui fait encore mal mais une nuit de repos a permis à la blessure de se résorber un peu. Ce matin, dans la salle de bain, elle a appliqué une pommade réparatrice. Elle a senti ses chairs chauffer sous sa main, le baume pénétrer sa peau et réconforter ses muscles. Elle a constaté que ses cuisses changeaient d'apparence, de consistance. Elle n'avait jamais fait attention. Malgré les entraînements, la musculation, sa peau devient flasque. Elle sait que l'affaissement progressif de son corps est inéluctable. Ça ne la dérange pas. Ça ne l'effraie pas. Elle préfère ce qui s'effondre lentement, ce qui disparaît petit à petit. C'est un anéantissement rassurant.

— Ahah ! Tu boites comme le chien de Rachid ! dit une petite voix.

Mathilde arrête de marcher, fait un tour sur elle-même pour scruter les alentours. Elle est à la hauteur du château d'eau et de la mosquée. Il y a des centaines de cachettes ici pour un môme de dix ans.

— Je suis pressée, Idriss. Je vais travailler.

Le petit garçon sort de derrière un container de déchets recyclables. Il est vêtu d'un jogging un peu court qui lui colle aux jambes et dévoile ses chaussettes vertes au-dessus de baskets Puma. Un grand sourire lui barre le visage.

— T'es pas avec tes copains ? demande Mathilde. C'est mercredi.

— Non, répond le gosse. Il est trop tôt. Ils dorment, *el feniainine adhoum.*

Mathilde reprend sa marche. Idriss se place à ses côtés et l'accompagne. Ils laissent le quartier derrière eux, entament la descente au milieu de la zone pavillonnaire de Sainte-Madeleine. Idriss shoote dans tous les cailloux, toutes les canettes, tous les trognons de pomme qui passent à portée de semelle. Le flot des voitures du matin remonte la pente pour aller vers Monzelle. Ce sont des personnes seules, absentes, fantômes au volant de leurs véhicules trop gros pour eux. Une bulle de secrets dans chaque carlingue. Une bande-son personnalisée pour chaque ennui. Une odeur. Une température. Chacun habille à son goût sa propre vacuité.

— Tu lui as fait quoi, à Mokhtar ? demande Idriss.

Mathilde comprend que le petit a assisté à la scène. Combien d'autres dans le quartier l'ont vue et n'ont rien fait ?

— Rien, ment-elle. Il est vénère pour son boulot. Il pète les plombs.

Idriss n'insiste pas. Il connaît déjà probablement toute l'histoire. Sa question n'attendait pas de réponse. C'était juste pour que Mathilde comprenne qu'il savait ce qui s'était passé, qu'il avait deviné dans quelle merde elle était, qu'il ne pouvait pas y faire grand-chose mais qu'il compatissait.

Ni l'un ni l'autre ne disent un mot dans les minutes qui suivent.

Parvenu aux derniers pavillons de Sainte-Madeleine, au commencement du sentier qui longe la route nationale, Idriss s'arrête.

— *Wesh,* je rentre.

Mathilde s'arrête aussi, ne dit rien, fait un signe de la main. Idriss lève la main à son tour, dans le vacarme des voitures qui filent sur la chaussée. Ils se comprennent. Ils se quittent là.

*

La matinée est lourde. Les demandeurs d'aide se suivent dans le bureau de permanence. Mathilde bâcle son travail. Elle ne perd pas de temps. Au lieu de poser des questions pour élucider les zones d'ombres, elle se repose sur les éléments des dossiers. Elle néglige les histoires personnelles, les exceptions aux règles, ce qui se loge dans les non-dits. Il y a des matins comme ça. C'est le boulot.

Elle peine à voir des êtres humains en face d'elle. Ce sont des demandeurs, des variables bavardes dans un tableau Excel qu'elle doit alimenter. Ce ne sont plus des hommes ni des femmes en difficulté, qu'une crasse du destin a jetés au bas de l'échelle. Silhouettes sans visage, accumulations de données. Salaire, enfants à charge, échéances de prêt, la mécanique des chiffres la rassure. L'esprit de Mathilde est ailleurs. Vers ce soir. Vers les choix dont elle dispose pour échapper à l'injonction de Lounès.

Ce pourrait être le moment de partir. Fuir encore. Mais à quoi bon ? S'installer dans une autre ville, être mutée dans un autre service, l'aide sociale, le sport, l'animation, les espaces verts, quelle différence ? Ceci ou cela. Ici ou ailleurs.

Les demandeurs d'aide racontent leur vie en se tordant les mains. Mathilde aimerait leur raconter la sienne. Si je vous disais qui je suis vraiment, pense-t-elle, est-ce que vous compatiriez, vous ? Jusqu'à quel point la douleur de l'autre doit-elle s'élever pour qu'on oublie la sienne ?

À la pause de dix heures, Sophie ne se présente pas dans l'espace « détente ». Tant mieux. Mathilde n'aurait pas supporté le récit d'une soirée télé ou les lamentations d'une mère divorcée aux prises avec son enfant turbulent. Le caractère réel de Sophie, sa capacité à accorder une importance considérable à des faits anecdotiques pour construire le récit héroïque de son existence, ce pouvoir d'ériger son propre monde, cette force de conviction qui lui autorise le rire et la légèreté alors qu'elle aussi traîne derrière elle les lambeaux d'une histoire pathétique, cela a toujours plu à Mathilde. À chaque pause de la journée, elle aime à s'oublier dans le flot de ce petit feuilleton. Mais pas aujourd'hui. Il faut qu'elle réfléchisse. Il faut qu'elle demeure ici et maintenant, dans l'urgence de l'instant, dans ce monde concret où le sang coule, où les coups pleuvent et sont rendus.

Quand elle revient à son poste, le téléphone sonne. C'est Nadège.

— Mathilde, je vous prierais de venir dans mon bureau, s'il vous plaît.

Nadège a accès aux agendas. Elle sait que pour Mathilde les rendez-vous s'enchaînent toute la matinée presque sans interruption. Qu'y a-t-il de si important pour qu'elle décide de débarquer au milieu de tout ça?

— J'arrive, répond Mathilde.

Elle raccroche, se lève, laisse les mauvais pressentiments se dissiper dans l'ambiance engourdie du matin. Elle traverse le couloir, frappe à la porte du bureau de sa supérieure et entre sans attendre de réponse.

À sa gauche, devant une large fenêtre qui donne sur les champs, le bureau de Nadège, couvert de chemises cartonnées, de feuilles noircies de procédures, de piles de dossiers qui dissimulent presque l'écran d'un ordinateur. Sur le côté droit de la pièce, un autre bureau gris, plus petit, mieux rangé, derrière lequel Sophie est assise. Ailleurs, des armoires métalliques, des feuilles de service punaisées aux murs, la reproduction d'une toile de Miró encadrée et sous verre.

— Je sais que vous n'avez pas beaucoup de temps, s'excuse Nadège. Asseyez-vous.

Mathilde reste debout. Nadège ne s'en formalise pas

et continue. En parlant, elle déplace sa souris et clique frénétiquement sur le bouton, les yeux rivés à l'écran. Elle essaie de consulter un dossier.

— Hier, dit-elle, vous avez donné un avis défavorable à une aide d'urgence. Or, les éléments du dossier de cette personne ne semblent pas s'opposer à notre soutien.

Mathilde cogite. Depuis quand Nadège vérifie son boulot ? Si elle n'a que ça à faire, elle n'a qu'à récupérer une partie des dossiers et les traiter.

— Je vous serais reconnaissante de reprendre votre texte de recommandation avant son passage en commission.

Mathilde jette un regard du côté du bureau de Sophie, qui ne lève pas les yeux, le nez sur son clavier.

— C'est qui, le type ? demande Mathilde.

Évidemment, c'est le beau-frère d'Évelyne. Cet enfoiré est allé se plaindre auprès de sa belle-sœur et elle, arrêt maladie ou pas, ne s'est pas démontée et a appelé Nadège.

La question, c'est comment celle-ci a pu penser qu'un profil pareil méritait une aide et pas un coup de pied au cul ?

— C'est son beau-frère, lâche Mathilde.

— Pardon ? s'étonne Nadège. Le beau-frère de qui ?

— D'Évelyne. C'est bien elle qui vous a demandé de revoir son cas ? Ça fait des années qu'elle lui file des aides d'urgence qu'il va claquer aux jeux.

Nadège reste bouche bée. Sophie aussi. Mathilde est soulagée. Il fallait qu'elle le dise, que ça sorte. Et si Évelyne perd son boulot, si elle se retrouve devant un juge, elle s'en fout, cette garce l'aura bien cherché.

— Vous vous rendez compte de la gravité de cette accusation ? finit par dire Nadège.

Les corbeaux croassent dans le champ.

— Et par ailleurs, ce dossier est tout à fait recevable, quels que soient les liens de parenté entre le demandeur et l'agent qui le reçoit.

— Deux salaires pleins, pas de crédit sur la maison, pas d'enfant à charge, c'est un dossier recevable ? dit Mathilde, froide, écœurée.

— Qu'est-ce que vous racontez, dit Nadège. Cet homme est célibataire et il est magasinier à mi-temps chez Darty.

— J'y crois pas, dit Mathilde en faisant un pas vers le bureau.

Nadège a un réflexe de recul face à cette femme imposante qui se penche sur elle.

— Mathilde, arrête ! chuchote Sophie, comme si elle la connaissait assez pour savoir de quoi elle est vraiment capable.

Mathilde fait pivoter l'écran de l'ordinateur. Comme elle s'en doutait, c'est le dossier de demande du beau-frère qui est affiché. En le parcourant rapidement, elle constate que beaucoup d'informations ne sont pas les mêmes que celles qu'elle a eu à expertiser. Elle réfléchit. Pas longtemps. Tout est clair. Il est possible de modifier les données d'une demande d'aide, mais cela ne peut être réalisé que par l'agent qui suit le dossier ou par la cheffe de service. La procédure est sécurisée, complexe, certainement pas à la portée de Nadège qui a déjà du mal à faire la différence entre Word et Internet Explorer.

Mathilde remet l'écran en place. Elle se retourne vers Sophie :

— Connasse.

Puis elle sort du bureau. Puis elle quitte l'étage. Puis elle sort du bâtiment. Pour toujours.

*

Il n'y a personne dans le bois. Les odeurs d'humus et d'écorce se mêlent dans l'air humide. Des troncs grincent, des brindilles craquent, signes de la présence de petits habitants invisibles.

Mathilde est assise sur une souche à moitié pourrie et couverte de mousse qui lui mouille les fesses. Mais bon, s'il n'y avait que ça.

Elle se calme. Elle essaie d'évacuer la rage et la haine. Elle n'est pas certaine que ce soit une bonne idée. Que restera-t-il alors ? La peur ? Le désespoir ? Elle ne parvient pas à haïr Sophie. Si elle a préféré protéger Évelyne, c'est parce qu'elle a besoin de fric. Une mère célibataire aux abois ne fait pas de sentiment. Ce qui compte, c'est de remplir l'assiette. Quand Évelyne a appelé pour falsifier le dossier, elle a dû hésiter. Pas longtemps. Qui valait-il mieux avoir comme ennemie ? Si elle tenait à sa promotion, le choix était vite vu.

Elle a dû souffrir. Elle a dû pleurer. Peut-être pleure-t-elle encore en ce moment, en silence, derrière son écran, pour ne pas que Nadège le remarque.

Mathilde a pitié de Sophie. Malgré la trahison, elle comprend. Elle sait aussi que c'était la seule issue possible, que cela devait arriver, car on ne peut pas indéfiniment jouer à être quelqu'un d'autre, faire comme si le soleil brillait encore alors qu'on sait pertinemment qu'il est éteint depuis trop longtemps.

Nécessairement, la nuit frappe. La Terre s'éteint. Les cœurs gèlent.

*

Un gamin en scooter tourne autour de la place carrée sur sa roue arrière. Plusieurs habitants sont sortis sur leur balcon pour râler. Émile, encore en caleçon alors qu'il est presque midi, crie des insultes en bambara.

Mathilde traverse la route, laisse l'agitation derrière elle, entre dans le hall de son immeuble. Elle compte dans sa tête, de un à soixante, huit fois.

Depuis cette nuit de 2005, sa vie est un multiple de huit minutes, un instant permanent où tout est joué et où personne ne le sait, ou n'en a conscience.

Elle monte l'escalier sans se presser pour ne pas éveiller la douleur dans sa cuisse. Dans le couloir, elle s'arrête devant la porte de Mohammed et Nadia. Elle pose la main sur le bois, sa paume bien à plat. Elle ferme les yeux, comme si en étant assez concentrée, elle pouvait entendre les conversations de l'intérieur, sentir les émotions qui font trembler les cloisons du foyer.

Elle n'entend rien. Elle ne sent rien. Elle retire sa main, poursuit son chemin jusqu'à chez elle. Elle sort la clé de sa poche.

Sur le carrelage, à l'intérieur, une feuille pliée en deux. Quelqu'un l'aura glissé sous la porte.

Elle s'accroupit avec difficulté. Son adducteur se tend

et diffuse dans son bassin une douleur électrique. Elle ramasse la feuille et se relève en prenant appui sur le mur. Elle boite jusqu'à la chaise de la cuisine, s'assied précautionneusement.

*Soit tu viens, soit je te balance aux flics.*
*Ce soir   minuit   parking du haut.*

Le mot n'est pas signé. Bien que ça n'ait aucune espèce d'importance, Mathilde se demande si c'est Lounès ou Mokhtar qui l'a rédigé.

Il n'y a pas de fautes, l'écriture est assurée. Ce doit être Mokhtar. Lui non plus, elle ne parvient pas à le haïr. Au fond, il n'y a qu'une seule personne qu'elle déteste sincèrement, de tout son cœur. Et il n'y a qu'un seul moyen de se débarrasser de ce sentiment. D'en finir.

C'est décidé. Ce soir, elle retournera chez Jean-Philippe.

2005

DANS le jardin de Pierrot, il y a un robinet extérieur et un tuyau d'arrosage. Mathilde s'en sert pour nettoyer les traces de sang sur la carrosserie. Celui du conducteur, celui de Thibault. Elle utilise les habits de sport, tirés du sac, pour essuyer méthodiquement les poignées de la voiture, la ceinture de sécurité, le tableau de bord, toutes les surfaces planes, en plastique ou en métal, susceptibles de conserver des empreintes. Tout est impeccable, pense-t-elle. Il reste sûrement des traces de son ADN dans l'habitacle, un cheveu, un morceau de peau morte, mais ça ne mènera les enquêteurs nulle part.

Le corps de Pierrot est toujours allongé sur le siège arrière, comme s'il avait dormi pendant tout ce temps, comme s'il allait se réveiller à l'aube et avoir la bonne surprise de découvrir sa voiture propre.

Mathilde referme les portières de l'Audi en se servant d'un t-shirt Décathlon. Elle sort le couteau corse de sa poche, essuie le sang avec le même vêtement, remet le couteau dans sa poche, fourre le t-shirt dans le sac de sport, le prend et sort de la cour.

Elle referme derrière elle le portail en fer forgé.

Elle reste là quelques secondes.

Depuis la route, tout semble normal. La voiture est garée dans la cour de manière à ce que la vitre brisée ne soit pas visible. Pierrot n'a pas de famille, peu d'amis. Son corps sera retrouvé mardi matin, au pire, si quelqu'un s'inquiète du fait que le bar-tabac n'ouvre pas, ce qui n'est même pas certain. Mathilde et Thibault ont au moins soixante heures devant eux. Si seulement il y avait eu plus de fric dans le sac. Ils devront se contenter d'une destination accessible en voiture. La Grèce, la Croatie. De là, ils pourront prendre un avion. Il n'y a que cinq mille euros dans le sac mais c'est déjà ça. Il faudra aller dans un pays où la vie n'est pas chère, où on parle français, pour commencer à travailler rapidement.

Mathilde marche sur le bas-côté d'une départementale déserte, plongée dans l'obscurité. Elle reste sur ses gardes. Si une voiture approche, elle sautera dans le fossé pour ne pas être vue. La campagne dort. Beaucoup de villages, par ici, font des économies en éteignant l'éclairage public à minuit.

La clarté de la lune ne perce pas l'épaisseur nuageuse. Sans repère, Mathilde a l'impression d'avancer sur une route infinie, entre un néant et un autre, comme dans ces rêves où l'on ne peut se fier à rien d'autre qu'à son corps et sa conscience d'être là.

Un embranchement, des panneaux sortent de la nuit et la rassurent. Elle ne s'est pas perdue. Le bois de la Billebaude n'est plus très loin : six cents, huit cents mètres.

Là-bas, la route passe sur un petit pont de pierre qui enjambe un ruisseau. Mathilde pose le sac de sport dans l'herbe, descend sous le pont jusqu'au cours d'eau. Elle fait attention à ne pas déraper sur la roche mouillée. Ses efforts pour ne pas tremper ses chaussures sont vains. L'eau glacée s'infiltre, imprègne le rembourrage en mousse de ses baskets, gorge ses chaussettes. Mouillée pour mouillée, elle prend moins de précautions et patauge sous le pont, jusqu'à avoir de l'eau aux mollets.

Elle s'accroupit, plonge ses mains dans le faible courant. Le fond du ruisseau est couvert de petits cailloux, trop gros toutefois pour appeler ça du sable.

Mathilde sort le couteau corse de sa poche, le plante dans les gravillons. Elle sent qu'elle atteint une couche plus dure en dessous. De la terre. Elle fait des cercles avec le couteau tout en appuyant pour qu'il s'enfonce. De son autre main, elle attrape une pierre et cogne sur le manche comme sur un clou. L'eau ralentit son geste, l'éclabousse, mais elle parvient à enterrer complètement l'arme. Elle laisse la pierre dessus et en ajoute d'autres, qu'elle ramasse autour.

Thibault lui a promis qu'il arrêterait ses conneries après ça. Ce monticule de pierres, noyé dans un ruisseau anonyme, c'est le tombeau de sa vie de délinquant, une sépulture que tout le monde oubliera, le symbole de la fin d'une vie et du début d'une autre.

Mathilde retourne sur la berge. Elle est frigorifiée. Le bas de son jogging est trempé, ses chaussures font un bruit de succion répugnant à chacun de ses pas, ses mains sont engourdies par le froid.

Elle récupère le sac de sport, reprend son chemin sur la route départementale. De là jusqu'au bois de la Billebaude, elle ne croise aucune voiture. Elle entend seulement des bruits furtifs dans les taillis. Renards, blaireaux, lapins, qui sait ?

Elle ne voit pas grand-chose. C'est à l'odeur et aux sons qu'elle comprend que le paysage se referme. Elle laisse derrière elle des champs qui sentent la bouse pour entrer dans la forêt où les troncs d'arbres répercutent subtilement le bruit de ses pas. L'aire de repos n'est plus qu'à deux ou trois cents mètres. Un peu avant, Mathilde quitte à nouveau la route, saute par-dessus le fossé et entre dans le bois.

Après s'être avancée d'une trentaine de mètres en mettant ses avant-bras devant son visage pour ne pas s'écorcher sur une branche au cœur de cette nuit noire, elle s'accroupit, sort le t-shirt souillé du sac de sport et commence à creuser de ses mains nues.

Sous les feuilles mortes, la terre est meuble, humide. Ça lui prend quelques minutes pour obtenir un trou assez profond. Mathilde dépose le t-shirt au fond, en boule. Elle rebouche, tasse la terre en piétinant, replace les feuilles mortes. Difficile de dire si le camouflage est parfait, mais elle n'a pas le temps de fignoler.

Elle sort son téléphone portable, remet la batterie en place, l'allume. Le logo de son opérateur s'affiche. Désormais, ça n'a plus d'importance qu'on puisse prouver qu'elle se trouvait dans cette zone ce soir-là. Si un flic en vient à éplucher ses données téléphoniques, c'est qu'elle sera déjà dans une belle merde. L'écran du téléphone donne l'heure : minuit et demi. Ça fait une heure que Thibault et elle se sont quittés au carrefour. Elle est en retard.

Elle reprend le sac de sport de Pierrot, sort du bois et continue sur la route en pressant l'allure. Ses chaussures font un bruit spongieux sur le goudron. La marche rapide la réchauffe un peu, lui fait oublier qu'elle est mouillée jusqu'aux cuisses.

Tout en marchant, Mathilde appelle Thibault. Elle voudrait le rassurer, lui dire de ne pas paniquer, qu'elle sera là dans quelques minutes, peut-être plus tôt.

Les sonneries s'égrènent. C'est le signe que de son côté, il a aussi remis son téléphone en marche. Sinon, elle serait tombée directement sur la messagerie. Thibault ne répond pas. L'appel est transféré à la boîte vocale impersonnelle.

Mathilde marche un peu plus vite. Peut-être est-il en retard, lui aussi. Ses parents lui ont peut-être fait une scène à cause des taches de sang sur ses habits, ou bien Cathy a-t-elle eu du mal à se réveiller. « Promener une petite fille au milieu de la nuit, non mais, ça va pas, Thibault ! » Mathilde entend sa belle-mère comme si elle était à côté d'elle. Et elle voit le regard de chien battu de Thibault, ce regard qui parvient immédiatement à apitoyer sa mère. Le temps d'aller là-bas, d'habiller la petite, de gérer ses parents, de faire ses adieux sans le dire vraiment, de charger les affaires, de rouler jusqu'ici. Une heure ne suffisait pas. Ils sont en route. Thibault ne doit pas entendre le téléphone. Ou bien a-t-il coupé la sonnerie pour une raison ou une autre.

Mathilde voit une tache plus claire dans le tableau noir devant elle. Ce sont les gravillons blancs de l'aire de repos. Pas de phares, pas de feux arrière, pas de voiture. Thibault et Cathy ne sont pas là.

Elle écarquille les yeux afin de repérer les lieux. Elle trouve ce qu'elle cherche : une masse sombre sur le côté. Une poubelle. Elle s'en approche, ouvre le sac de sport, sort la liasse de billets qu'elle glisse sous son haut de survêtement. Puis elle fourre le sac de sport dans la poubelle. Bien enfoncé, de manière à ce qu'il ne dépasse pas.

Elle observe les alentours. Le noir profond. La nuit rurale.

Non loin de la poubelle, il y a une table de pique-nique, avec ses bancs en bois. Elle s'y assied, sort son téléphone. Minuit quarante-sept. Thibault a presque vingt minutes de retard. Elle rappelle.

Une sonnerie. Deux. Trois. Quatre. La messagerie vocale prend le relais. Tant qu'ils ne savent pas qu'il s'est éteint, le soleil brille pour les inconscients.

Mathilde se lève. Elle a froid et elle tremble. Elle sent l'eau dégouliner sur ses chevilles. Elle sent la transpiration couler dans son dos. Tout est noir. La lueur de l'écran du téléphone est un point infime dans un océan de ténèbres.

Mathilde fait les cent pas. Sa respiration s'accélère. Elle sent et elle entend les battements de son cœur. Elle sait très bien que ça n'a rien à voir avec sa petite marche forcée depuis la maison de Pierrot. Elle a peur, de plus en plus. Thibault vient de tuer un homme. Ils doivent s'enfuir tous les deux, avec leur fille, pour ne pas finir en prison. Dans ces conditions, il est impensable qu'il ne réponde pas au téléphone, ou qu'il ne l'ait pas rappelée immédiatement après, si jamais il avait manqué l'appel.

Mathilde réessaie.

Une sonnerie. Deux. On décroche.

— Thibault ? dit Mathilde d'une voix tremblante.

— Bonsoir, madame, dit une voix féminine.

Le cœur de Mathilde s'arrête. Ce qui était noir devient blanc. Le bois disparaît dans les feux du soleil. Elle perd toute force, se consume, peine à maintenir le téléphone sur son oreille.

— Adjudante Diallo, continue la femme. Gendarmerie nationale.

— Coumba, qu'est-ce que tu fous ? Raccroche ! crie une voix d'homme en arrière-plan, au milieu d'autres bruits, des moteurs, des grincements.

Le seul moyen d'être certain que le soleil n'est pas éteint, c'est de le toucher.

— Madame, quel est votre lien de parenté avec le propriétaire de ce téléphone ?

Mathilde n'est plus capable de réfléchir, sa conscience carbonisée contre les quinze millions de degrés du noyau solaire. Si Thibault a été arrêté par les flics, elle ferait mieux de mentir. Si elle ment, elle ne saura pas où est Cathy.

Ses jambes ne la portent plus. Elle tombe à genoux, éblouie par la fusion de son monde.

— Mon mari, dit-elle. Mon mari.

— Madame, dit la gendarme. Il faut que vous alliez immédiatement à l'hôpital de Tours. Votre mari a eu un accident.

— Mais arrête, merde ! dit la voix d'homme derrière Coumba Diallo. C'est pas le protocole, t'as pas le droit de lui parler !

Mathilde n'est plus rien. Elle n'est plus nulle part. Son amour sert de combustible à un astre qui a cessé de briller.

— Ma fille, balbutie-t-elle.

— C'est grave, madame, dit l'adjudante. Il faut que vous alliez à l'hôpital.

Un sanglot déchire la gorge de Mathilde. Des larmes coulent de ses yeux, roulent sur ses joues et s'évaporent dans la fournaise de l'instant.

— Dites-moi où est ma fille.

— Je ne peux rien vous dire de plus, dit la femme. Vous devez les rejoindre.

Mathilde est un soleil. Mathilde est une réaction thermonucléaire qui brille et qui est éteinte, un corps qui est vivant et qui est mort.

— Je vous en prie, supplie-t-elle, à genoux, autant au téléphone qu'aux dieux du ciel. Je vous en prie. Dites-moi qu'elle est en vie.

— Je n'ai pas le droit de vous en dire plus au téléphone, madame, dit l'adjudante. Je n'ai même pas le droit de vous parler.

Sa voix à elle aussi est brisée.

— C'est grave.

Cinq secondes passent.

— C'est grave, répète-t-elle.

Mathilde laisse tomber son téléphone dans les gravillons. La voix de l'adjudante est un petit grésillement inutile.

— Madame? Où êtes-vous? Êtes-vous à votre domicile? Souhaitez-vous qu'on vous conduise à l'hôpital?

Mathilde pleure et crie dans ses mains écorchées. Le sel de ses larmes ravive ses plaies. Ce n'est rien. La consistance de l'univers est négligeable. Rien n'est rien. Tout est faux.

— Madame ? Madame ? dit la voix dans le téléphone, de plus en plus lointaine, de moins en moins réelle.

Mathilde s'affaisse, terrassée par sa propre gravité, comme un astre qui meurt.

Elle reste là longtemps. Ou peut-être moins. En tout cas jusqu'à ce que les « madame ? » se taisent, que l'adjudante Coumba Diallo obéisse à son collègue, raccroche et laisse une mère seule avec son incertitude, son espoir et sa peine.

Alors Mathilde se redresse. Elle retrouve ses sensations, désagréables, sur sa hanche, sur ses paumes, dans son utérus, là où Cathy a dormi neuf mois.

Mathilde s'assied. Puis elle se met sur ses jambes. Puis elle se met à marcher. Dans une direction, ou peut-être une autre, elle n'en sait rien. Il y aura peut-être une voiture, un scooter, un bus, ou alors elle marchera dans l'obscurité, animée par le petit espoir que l'accident n'ait pas été mortel.

La liasse de billets dans son haut de survêtement lui pèse. Elle la balance dans le fossé, poursuit sa route.

En sortant du bois de la Billebaude, elle voit au loin une lueur. C'est peut-être la ville, là où se trouve l'hôpital. Ou bien c'est une étoile. Une constellation.

C'est là qu'elle va.

Vers les lumières.

Aussi longtemps qu'elles brilleront.

# JEUDI 4 AVRIL 2019

# TROIS HEURES
# DU MATIN

MATHILDE EST ASSISE sur le siège passager de la Peugeot 208. Mokhtar est au volant, moteur éteint, dans une rue du village où vivent Jean-Philippe, Gaëlle et leur petite fille.

Les réverbères diffusent des halos orangés sur les trottoirs et sur la chaussée. L'endroit est trop clair pour qu'un être humain passe inaperçu. Des yeux guettent derrière les rideaux. Des chiens montent la garde dans les jardins. Ce qui paraît mort et désert à trois heures du matin est en réalité un infaillible système de surveillance, plus efficace que n'importe quelle alarme.

Mathilde le sait. Elle s'en fout. Toutes ces années à suivre Thibault dans ses coups minables, ses petits cambriolages, ses entourloupes lui ont appris à évaluer les risques d'une opération. Elle ignore pourquoi mais elle avait un don pour ça. Elle voyait ce que personne ne voyait. Elle décelait les failles des plans. Elle attirait l'attention sur des détails qu'on avait négligés. Elle n'était pas plus maligne qu'un autre. Elle voulait juste le protéger.

Aujourd'hui, elle sait que le plan est foireux, qu'il craque de partout, tout ça pour un gain qui demeure hypothétique. Peu importe. La fin de la route, le cul-de-sac au bout du tunnel, elle les voit depuis longtemps. Depuis douze ans. Elle s'étonne d'être restée debout toutes ces années. Elle s'étonne d'avoir eu la force de changer de vie, de venir s'installer ici, après que son existence a basculé tout entière, sa seule raison de vivre, immobile sur une table en métal de l'hôpital de Tours. Que s'est-il passé ensuite ? Un rêve. Douze ans comme un long cauchemar ininterrompu.

Mokhtar lui répète le déroulé des actions à accomplir, les différentes hypothèses à prendre en compte. Alarme, pas d'alarme, baie vitrée simple ou renforcée...

— Ça va, j'ai compris, le coupe Mathilde.

Et elle sort de la voiture.

— Mais qu'est-ce que tu fais ? Où tu vas ? dit Mokhtar en descendant lui aussi de la voiture. Il faut d'abord que je coupe le courant et le téléphone !

— Alors, magne-toi, dit Mathilde, qui a déjà ouvert le coffre.

À l'intérieur, il y a un sac de sport Adidas, un revolver dont on devine la forme et la couleur noire dans une poche en plastique opaque et un appareil qui ressemble à une pince montée sur une perceuse électrique.

— C'est ça ? demande Mathilde.

— Ouais, dit Mokhtar. Le Sésame. C'est Lounès qui l'appelle comme ça. Un écarteur à vérin hydraulique portable. On se sert de ces machins pour désincarcérer les victimes d'accidents de la route. Et ça ouvre une baie vitrée en cinq secondes.

Mathilde contrôle sa respiration, regarde le ciel. La lune est invisible derrière la pollution lumineuse des lampadaires. Ou alors elle s'est éteinte, parce que le soleil s'est éteint, et que ce monde de merde va crever.

Elle regarde le sac de sport, éclairé par le lumignon du coffre

— Quoi ? dit Mokhtar.

Elle ne répond pas. Elle prend le Sésame et le sac de sport.

— Tu prends pas ça ? dit Mokhtar en montrant le flingue.

Mathilde ne répond pas, tourne les talons et part en direction du pavillon.

— Mais attends ! dit Mokhtar, qui essaie de crier tout en murmurant.

Il renonce, prends une petite boîte à outils dans le coffre, claque le hayon et part en trottinant tant bien que mal de l'autre côté, vers les armoires de maintenance.

*

Le portail de Jean-Philippe est fermé. Dans la cour, un SUV Audi a rejoint la Mini Cooper.

Mathilde passe devant, tête baissée. Elle fait le tour du pâté de maisons, longe la haie de thuyas qui délimite la propriété. De l'autre côté de la rue, il y a trois pavillons éteints depuis lesquels on pourrait la voir. Elle ne s'en soucie pas. Elle ne traîne pas. Elle repère l'endroit de la haie où le feuillage est le moins dense, enjambe le muret en briques et se glisse entre les branches. Elle force, pousse. Une branche se brise. Mathilde perd l'équilibre, s'écroule de l'autre côté, sur le flanc. Son adducteur lui envoie une décharge électrique. Elle se retient de hurler.

Elle a le sac de sport dans une main, le Sésame dans l'autre et elle attend que la douleur passe, allongée dans l'herbe bien tondue.

Au-dessus d'elle, depuis l'ombre du jardin, on voit mieux les étoiles, les plus brillantes, des morceaux de constellations, des personnages mythologiques estropiés par la clarté de la civilisation. Orion manchot, Cassiopée cul-de-jatte, Andromède décapitée.

Mathilde se remet debout. Rien ne bouge. Le pavillon dort d'un profond sommeil. Soudain, le monde s'éteint. Le quartier, du moins. Mokhtar vient de couper le courant.

Aucun son ne provient des autres propriétés, pas même le grognement d'un molosse qui l'aurait entendue chuter sur la pelouse. Elle marche jusqu'à la terrasse en pierres de Comblanchien. La baie vitrée qui donne sur le salon est fermée mais le volet roulant est ouvert. C'est à la fois pratique – le soulever aurait généré du bruit – et inquiétant, car cela signifie que les habitants n'ont pas jugé nécessaire de l'abaisser. Peut-être y a-t-il une alarme finalement.

Mathilde pose le sac, le Sésame. Elle parcourt du faisceau de sa lampe de poche les montants de la baie à la recherche d'un dispositif quelconque. Rien.

Elle éclaire l'intérieur. Elle reconnaît le canapé blanc, à droite, l'escalier qui mène à l'étage, à gauche la porte du bureau. Elle était dans cette pièce il y a une semaine et cela lui paraît mille ans.

Elle range la lampe, ramasse l'écarteur et le positionne sous la poignée de la baie. Elle prend une profonde inspiration. Elle se dit que maintenant, Mokhtar a eu le temps de couper le téléphone. Elle l'espère.

Elle appuie sur le bouton de mise en marche.

Dans la quiétude de cette nuit provinciale, le moteur sonne comme un réacteur de Boeing.

— Soixante décibels, avait dit Mokhtar. Moins fort qu'un aspirateur !

Tu parles. Ce truc fait un boucan infernal. Il faut aller vite. Mathilde appuie sur l'autre bouton ; les pinces s'écartent lentement, pliant le montant de la baie, le PVC craque, le métal en dessous se tord.

Mathilde replie les pinces, pousse l'appareil dans l'interstice ainsi créé et renouvelle l'opération.

Cette fois, la pression ne déforme pas la porte. Elle coulisse doucement, en tirant sur le dispositif de fermeture qui s'arrache en grinçant. Heureusement que les chambres sont à l'étage, se dit Mathilde, priant pour que le sommeil de Jean-Philippe et Gaëlle ne soit pas trop léger.

La porte coulisse encore, grince encore, et dans un dernier craquement, la serrure se désolidarise du mur.

Aussitôt, Mathilde stoppe le moteur du Sésame. Elle le pose au sol et fait quelques pas en arrière pour avoir une vue sur les fenêtres de l'étage, vérifier qu'aucun mouvement n'est audible ou visible. Si quelqu'un descend par l'escalier, elle aura aussi le temps de s'enfuir.

Elle attend. Rien ne se passe. Le souvenir auditif de l'écarteur se dissipe dans ses oreilles. Lui reviennent les infimes chuchotements de la nuit, le pas des hérissons, la lointaine rumeur des quelques voitures qui traversent le village. Elle attend une minute entière. Elle le sait parce qu'elle compte. Depuis qu'elle a quitté Mokhtar, elle compte. Elle égrène les secondes entre un et quatre cent quatre-vingt, redoutant le moment où elle achèvera son décompte. Elle en est déjà à deux cent, deux cent un, deux cent deux.

Elle revient près de la baie vitrée, ramasse le sac de sport, entre dans le salon. C'est calme. Le réfrigérateur ronronne dans la cuisine.

Mathilde fait trois pas sur sa gauche. Elle est face à la porte du bureau. Elle sent le cuir du canapé, la lavande séchée que Gaëlle garde dans de petits pochons suspendus au mur. Elle n'y avait pas prêté attention lors de sa première visite mais à présent, elle reconnaît l'odeur de la maison.

Elle pose sa main sur la poignée de la porte, l'actionne délicatement. C'est le deuxième moment le plus important du plan. Si cette porte est verrouillée, les choses se compliqueront considérablement. Fracturer la serrure ralentira l'opération et ne pourra pas se faire en silence.

La poignée atteint la butée, Mathilde pousse la porte, qui s'ouvre. Deux cent trente-six, deux cent trente-sept, deux cent trente-huit, Mathilde entre dans le bureau en se disant qu'il y a vraiment un problème. Le volet roulant n'était pas baissé, la porte du bureau pas fermée, alors qu'il n'y a aucune alarme et que les propriétaires ont reçu des menaces il y a pile une semaine. Tout ça n'a aucun sens. Soit ce Jean-Philippe est vraiment très con, soit c'est un piège.

Elle renonce à trouver une explication, sort sa lampe de poche et fait le tour du bureau. Elle ouvre le tiroir.

Des chéquiers, des tubes de colle, une agrafeuse, des trombones, des stylos. Pas de clé.

Ça, c'était le moment le plus important du plan. Sans clé, impossible d'ouvrir le coffre. Lounès avait été clair avec Mokhtar :

— Quoi qu'il arrive, vous ramenez le pognon. Si la clé n'est pas là, démerdez-vous, je m'en branle. Même si c'est sale.

Le cœur de Mathilde s'emballe. Elle sait qu'elle n'ira pas réveiller Jean-Philippe, le menacer, lui, sa femme ou sa fille. Elle sait aussi qu'elle est dans une impasse, qu'il faut fuir, ne pas rejoindre Mokhtar, sortir du village, marcher. Mais marcher vers où ? Jusqu'où ?

Elle place la petite lampe torche entre ses dents et fouille le contenu du tiroir avec ses deux mains, par acquit de conscience. Elle déplace les stylos, soulève les chéquiers et là, elle apparaît. La clé. Elle s'était glissée à l'intérieur d'un chéquier dont il ne reste plus que les talons, la première et la dernière feuille.

Deux cent soixante-trois, deux cent soixante-quatre, Mathilde respire.

Elle prend la clé et se retourne vers une armoire-bibliothèque en bois verni. Elle ouvre les portes du haut. Des dossiers suspendus sont accrochés à des rails. Mathilde ouvre les battants du bas et trouve une forme noire et lourde d'une cinquantaine de centimètres de large et de près d'un mètre de haut. Le coffre-fort. Mathilde avait vu juste. D'après la configuration de la pièce, il ne pouvait pas être ailleurs.

Le coffre est équipé d'un écran digital et d'un clavier

numérique. Comme prévu, l'écran est éteint, désactivé du fait de la coupure de courant.

Mathilde scrute la porte en passant le faisceau de sa lampe sur les montants. À mi-hauteur, elle voit le clapet qui dissimule la serrure de déverrouillage. Elle l'ouvre, glisse la clé dans le trou, la tourne.

Un clic. La porte s'ouvre.

Deux cent soixante-quinze, deux cent soixante-seize. À l'intérieur, il y a beaucoup d'argent. Des liasses de cinquante et cent euros. À en juger par leur épaisseur, chaque liasse représente peut-être cinq mille euros, et il y a au moins trente ou quarante liasses dans le coffre. En tout, Mathilde évalue l'ensemble à deux cent cinquante mille euros minimum. Il faut croire que Jean-Philippe n'aime vraiment pas les banques. Sur un compte performant, une belle somme comme ça lui rapporterait de copieux intérêts.

Pas le temps de penser à ça. Mathilde fourre les billets dans le sac de sport. Il y en a tellement qu'elle a peur de ne pas pouvoir tout mettre. Elle les tasse, jusqu'au dernier, appuie fort pour remonter la fermeture éclair. C'est fait. Deux cent quatre-vingt-dix-sept, deux cent quatre-vingt-dix-huit, deux cent quatre-vingt-dix-neuf, elle éteint sa lampe, la remet dans sa poche, prend le sac et sort du bureau.

En passant l'encadrement de la porte, elle sent quelque chose. Ce ne sont ni ses yeux ni ses oreilles qui l'informent. C'est une intuition, un pressentiment, un mouvement d'air, la sensation furtive d'avoir accès aux angles morts de sa perception. Le salon est plongé dans le noir.

La seule source lumineuse est à l'extérieur, un réverbère, ou un très mince croissant de lune, masqué par les nuages.

Mathilde tourne la tête, surprend l'ombre en train de foncer sur elle, a juste le temps de se protéger avec son bras, entend craquer son os. Une douleur la transperce. Deux douleurs. Le fait d'avoir contracté ses muscles pour se défendre a sollicité sa cuisse meurtrie. Elle recule sous la violence du choc, trébuche, tombe sur les fesses, laissant échapper le sac de sport plein de fric. L'ombre fond sur elle. L'ombre possède au moins un bras qu'elle lève en l'air. Au bout du bras, c'est un bâton, ou une barre à mine. C'est un éclair noir sur fond noir. Le bras s'abat. Mathilde ne réfléchit plus. Il faut qu'elle évite ce coup. Le premier était si douloureux. Elle roule sur le côté. La barre de fer résonne sur le carrelage. Gaëlle ne va pas être contente.

— Putain de salope, dit Jean-Philippe en ponctuant son injure d'un coup de pied que Mathilde reçoit dans le ventre.

Elle pousse un cri mais ne flanche pas. Elle rampe vers la sortie, vers le jardin, vers la route, loin d'ici, loin des coups qui lui font si mal. Elle espère qu'elle se dirige dans la bonne direction, que le rectangle légèrement moins sombre qu'elle croit deviner juste là est bien la baie vitrée entrouverte. La douleur perturbe sa vision. La panique aussi.

Elle entend son assaillant faire un pas en avant et s'écroule à plat ventre, terrassée par un coup de barre de fer qui a atteint son omoplate droite. Du liquide coule sur son visage. Ce ne peut pas être du sang. Ce doit être des larmes. Chaque mouvement est une torture et pourtant, elle se redresse sur ses coudes et ses genoux et repart à quatre pattes.

Des bruits de pas résonnent dans l'escalier. La lumière d'une lampe torche zèbre les murs. Gaëlle apparaît au bas des marches, vêtue seulement d'une nuisette. La puissance de la lampe permet à Mathilde de mieux appréhender son environnement. La baie vitrée est tout près, à deux mètres à peine. Jean-Philippe est derrière elle, en caleçon et t-shirt. Puis Mathilde redevient aveugle. Gaëlle a braqué la lampe sur elle.

Un autre coup de barre de fer sous les côtes. Mathilde ne regrette pas d'avoir passé des heures à muscler ses obliques. Elle encaisse en expirant bruyamment.

Le halo de la lampe se déplace dans le salon.

— Éclaire-la, éclaire-la ! crie Jean-Philippe.

Puis un bruit sourd, un juron, le son de la barre qui tombe et roule sur le carrelage. Jean-Philippe vient de trébucher. Il est au sol. C'est sa chance.

Mathilde se remet à genoux, puis sur pieds.

— Jean-Philippe ! crie Gaëlle.

D'après le son de sa voix, elle n'est plus au bas de l'escalier mais du côté de la cuisine. Mathilde s'élance. Une main agrippe sa cheville. Elle perd l'équilibre, retombe.

Mal. Partout. La cuisse, le bras, le torse. À l'intérieur et à l'extérieur.

La main de Jean-Philippe serre plus fort. Il faut qu'elle se dégage. Sortir du piège. Elle donne des coups au hasard de son pied libre. Elle fait mouche. Jean-Philippe grogne. Il se tient le nez. Mathilde est libre.

C'est si difficile de se relever. Et cette lumière qui danse dans le salon. Les bruits ne sont plus très clairs. Mathilde est au bord de tomber dans les pommes. Elle tient bon, se plante sur ses deux pieds. Jean-Philippe geint. Du sang coule de son nez, sur ses mains, sur ses bras tatoués.

À présent, Mathilde avance vers la baie vitrée. Elle n'entend pas Gaëlle qui revient par-derrière. Elle n'avait même pas remarqué qu'elle était revenue de la cuisine. Armée.

La lame du couteau s'enfonce dans son muscle trapèze. Mathilde se tord. Gaëlle laisse échapper le couteau qui tombe par terre en tintant. Le halo de la lampe torche révèle par de fugitives mises en lumière les gouttes et les taches de sang qui maculent le carrelage blanc. Le sang goutte du nez de Jean-Philippe. Le sang coule dans le dos de Mathilde. La vie se répand sur le sol du salon.

Mathilde fait un pas. Un deuxième. Entre les larmes et les paupières tombantes, l'éclat de la douleur qui éblouit, les mouvements de la lampe comme un stroboscope, elle devine un obstacle. Un petit obstacle entre elle et la baie vitrée. Cathy ?

— Alice ! crie Gaëlle en braquant le faisceau sur l'enfant.

La petite prend peur et se met à hurler, un cri strident, plus aigu qu'une alarme. Mathilde avance toujours. Gaëlle crie de plus belle. La petite crie encore plus fort. Un nouveau choc. Un bras s'enroule autour du cou de Mathilde, une masse pèse sur son dos. Elle suffoque, plante ses ongles dans les avant-bras de Jean-Philippe. Elle sent son visage rougir, sa vie s'enfuir par les pores de sa peau.

Elle essaie une prise qu'elle connaît si bien, un *ippon-seoi-nage,* mais ses doigts glissent sur la peau couverte de sang. Ses genoux plient. Ses yeux roulent. L'oxygène manque. De désespoir, avant de disparaître dans le néant, elle frappe. De violents coups de coude. Le halo bouge encore. Elle frappe. L'étreinte se relâche. Elle frappe encore. Elle respire. Jean-Philippe gémit, toujours agrippé.

Le halo de la lampe rétrécit. Une silhouette frôle Mathilde. Gaëlle pose la torche par terre et s'accroupit pour prendre Alice dans ses bras.

— C'est rien, ma chérie. Ça va aller, ma chérie.

Et Mathilde frappe encore. Et Jean-Philippe lâche. Gaëlle monte l'escalier avec la petite dans les bras.

— Appelle pas les flics ! dit Jean-Philippe d'une voix caverneuse. Gaëlle, appelle surtout pas les flics !

Mathilde se retourne, fait face à Jean-Philippe. Elle lui attrape le bras, pivote, glisse sa jambe entre ses jambes, et tire de toutes ses forces en le renversant sur sa hanche.

Jean-Philippe s'élève dans les airs, cul par-dessus tête. Ses pieds percutent le lustre en verre. Des débris coupants tombent comme une pluie délicate et dangereuse. Jean-Philippe passe au-dessus du canapé, atterrit sur le carrelage. Puis un son mat retentit. Sa tête a heurté le sol, ou la table basse.

Soudain, il ne se passe plus rien. Il n'y a plus aucun bruit. Rien d'autre que la respiration saccadée de Mathilde et le martèlement du sang dans ses tempes.

La lampe torche restée au sol éclaire la scène. Jean-Philippe est allongé par terre, plié en deux, sonné. Il y a du sang partout. Sur le carrelage blanc, par grosses gouttes, étalé par la lutte, sur le canapé en cuir blanc, sur les murs.

Et puis il y a le sac de sport. Devant la porte du bureau,

à quelques mètres et au bout de l'univers. Mathilde chancelle. Elle est un monticule de chair meurtrie et d'os brisés. Pourtant elle n'hésite pas, attirée magnétiquement par le fric. Tu vois, Thibault, cette fois, on va y arriver, pense-t-elle.

Elle titube dans les flaques écarlates, les bras légèrement écartés pour garder l'équilibre. Trois pas seulement la séparent du sac. Trois pas comme trois océans. Elle finit par l'atteindre. L'effort animal qu'elle déploie pour se baisser lui arrache une plainte aiguë. Elle saisit l'une des poignées en nylon tressé. Elle soulève le sac. Il est tellement lourd. Comment peut-il être aussi lourd ? Le sac ne vient pas, comme s'il était collé au sol. Qu'est-ce qui bloque ? Une main. Une main pleine de sang agrippée à l'autre poignée.

Pendant qu'elle se traînait, Jean-Philippe a rampé dans la même direction. Il ne la laissera pas partir aussi facilement. Ou peut-être la laissera-t-il partir, mais pas avec le contenu de son coffre.

Il tire. Elle tire. Tous ses muscles blessés se contractent : le biceps probablement claqué, l'adducteur déchiré, les obliques fracassés, le trapèze transpercé. Mais elle tire. Elle ne doit pas abandonner. Pas cette fois. Thibault l'attend. Elle serre le poing, hurle pour canaliser sa force, tire de plus belle.

Un craquement. Mathilde part en arrière. La fermeture éclair du sac a cédé. Les liasses de billets volent dans la pièce, s'éparpillent dans le sang.

Mathilde tombe encore. Elle crie, se redresse, s'assied. Ne pas perdre de temps. Être à l'heure au rendez-vous. De son bras indemne, elle ramasse des liasses, les fourre dans son haut de survêtement. Une masse se jette sur son dos.

— Touche pas à mon fric.

— On en a besoin, pense Mathilde. Il faut qu'on s'en aille. On étouffe. Il n'y a aucun avenir ici. On en a besoin.

Les bras de Jean-Philippe sur ses épaules et sa poitrine contre son dos réveillent un réflexe. C'est un mouvement qu'elle a répété tant de fois qu'elle l'exécute sans même y réfléchir, sans imaginer à quel point la prise pourra lui faire mal. Déjà elle roule, glisse ses bras et ses jambes entre les bras et les jambes de Jean-Philippe, trop sonné pour comprendre ce qui se passe, trop surpris pour réaliser qu'il se bat avec une championne de judo.

Mathilde bloque le bras de son adversaire, passe sa jambe autour de son cou et comprime. C'est sa prise d'immobilisation préférée. Elle a gagné des dizaines de combats comme ça.

— Tu vois, Mamie, pense-t-elle. Rien ne sert à rien.

Seulement, elle souffre. Tout son corps est meurtri tandis qu'elle compresse Jean-Philippe entre ses cuisses. Si elle continue, il va s'évanouir. Peut-être même qu'il mourra. Mais Mathilde ignore si elle aura la force de tenir jusque-là. Elle sent les morceaux de verre du lustre traverser son survêtement et s'enfoncer dans son dos.

— Écoute-moi. Je prends ce que tu dois à Mohammed et je me casse.

Elle halète.

— T'as entendu ? Je prends ce que tu dois, ou alors je te tue.

C'est insupportable. Sa voix tremble.

— Et tu nous fous la paix, sinon je te balance aux flics.

Le bras de Jean-Philippe se ramollit. Il est en train de sombrer dans l'inconscience. Des gargouillis s'échappent de sa gorge. Elle desserre son emprise.

— Dis-le que t'es d'accord. Dis OK.

Elle déplie suffisamment sa jambe pour qu'il ait le loisir de s'exprimer.

— OK, dit-il. OK.

Mathilde le libère. Il se laisse tomber sur le dos, dans les débris du lustre, pousse un cri, roule sur le côté, en position de fœtus. Un bon gros fœtus de militaire en calecif, tatoué et vaincu.

Mathilde se retourne, se met à genoux, ramasse deux autres liasses qui traînent à proximité. Avec celles qu'elle a déjà dans son sweat, il doit y avoir près de trente mille euros.

Elle se remet debout dans une longue lamentation. Des pas dévalent l'escalier. Gaëlle apparaît dans la pénombre.

— Jean-Philippe ? interroge-t-elle, paniquée.

Jean-Philippe lève la main en l'air pour montrer qu'il est vivant.

— Laisse-la partir, dit-il faiblement. Laisse-la.

En silence, Mathilde traverse la pièce jonchée de débris et de billets de banque, barbouillée de sang. La semelle de ses baskets craque sur les éclats de verre, grince sur le carrelage humide, éclairé par la lumière rasante de la torche toujours à terre.

Mathilde passe devant Gaëlle sans la regarder. Elle ouvre grand la porte coulissante pour ne pas avoir à se contorsionner et enjambe le chambranle. L'air frais de la nuit l'informe que son visage est trempé, couvert de sueur, de larmes, de sang ou de tout ça à la fois.

Elle lève les yeux vers le ciel, cherche la lune qu'elle ne voit pas.

Quatre cent soixante-dix-sept, quatre cent soixante-dix-huit, quatre cent soixante-dix-neuf, quatre cent quatre-vingt.

Elle attend un peu. Le monde ne s'est pas éteint. Elle est encore en vie. Pour huit minutes, seize minutes, trente-deux minutes. Pour longtemps.

Elle ne comptera plus jamais.

*

Le quartier est plongé dans le noir. Mathilde n'a pas besoin de se faire plus discrète. Tant mieux. Elle n'a pas la force de longer les murs ni d'esquiver les regards. Elle titube en serrant les dents, vide de pensées, pleine de souffrance.

Au coin de la rue, elle repère la voiture de Mokhtar garée sur le trottoir à une cinquantaine de mètres. Ses feux sont éteints mais c'est bien elle, une ombre bombée, comme un gros chat de métal couché là.

C'est bientôt fini. Plus elle se rapproche et mieux elle distingue une deuxième ombre, plus petite, à côté de la première, un autre gros chat indolent.

Mathilde ne se souvient plus du plan. Est-ce que Mokhtar était censé rétablir le courant après le casse ? Elle n'avait pas prêté attention à cette partie de l'explication. Elle ne s'imaginait pas parvenir aussi loin.

— C'est moi, bredouille-t-elle.

Et le simple fait de parler lui fait mal. Et le son de sa

voix lui fait peur. Et comme Mokhtar ne réagit pas, elle se demande s'il est vraiment là. Fantôme.

Encore trois pas. Elle ne voit pas son visage mais elle est certaine que c'est lui. Une silhouette pareille, au beau milieu de la nuit, dans un village éteint, qui ça pourrait être d'autre ?

— Il est où, le sac ? demande Mokhtar.

Mathilde avance encore de trois pas. Elle se concentre pour distinguer les traits de son complice, pour déterminer dans quel état d'esprit il a posé cette question. C'est inutile. Un reflet métallique. Mokhtar a le revolver en main et la tient en joue.

— Le sac avec le fric.

— Y a pas de sac.

Mathilde s'arrête à deux mètres de lui. Peut-être ne voit-il pas dans quel état elle est mais il aura jugé à sa voix que cela ne s'est pas passé comme prévu.

— Y a pas de fric, finit-elle.

— Putain, jure-t-il en trépignant. Putain, je peux pas rentrer sans le fric. Tu y retournes.

Mathilde ignore l'ordre et se remet à marcher vers la voiture. Elle veut s'asseoir. Elle veut rentrer. Elle veut dormir jusqu'à la mort du soleil.

Mokhtar s'interpose et lui braque le flingue sur le front.

— Tu m'entends, sale pute. Tu retournes là-bas et tu ramènes le fric.

Mathilde baisse la tête. Ce n'est pas pour envoyer un message quelconque. C'est parce qu'elle n'a plus la force de la porter. Elle tombe à genoux. En touchant le sol, elle pousse un cri enfantin. Elle sanglote.

— Putain, répète Mokhtar. T'es morte. On est morts tous les deux.

Il est dépassé par l'événement. Il fait deux pas dans une direction, deux pas dans l'autre, comme s'il cherchait par là un moyen de sortir de ce guêpier.

— Putain, dit-il encore en se prenant la tête dans les mains.

Mathilde chancelle, agitée de soubresauts. Elle ne voit pas que Mokhtar la braque à nouveau. Il hésite.

— C'est à cause de toi, tout ça, dit-il d'une voix brisée par l'angoisse. Tu nous as tués tous les deux.

Il retire son doigt de la détente, empoigne l'arme et frappe Mathilde au visage, à coups de crosse, en plein sur l'arête du nez.

Elle se recroqueville sur le bitume comme un sac de sable, aveugle et bête.

Avant que Mathilde perde connaissance, la phrase de Mokhtar se répercute mille fois sur les parois de son crâne. « Tu nous as tués tous les deux. » Elle croit entendre Thibault. Fantôme.

*

Noir. Mal. Mathilde revient à elle. Elle constate que ses paupières sont lourdes, obstruées. Elle ne comprend pas tout de suite où elle se trouve, ni pourquoi elle souffre autant. Tous les matins, c'est un effort et une torture de quitter l'inconscience. Mathilde se demande pourquoi ça l'est encore plus maintenant.

Pendant douze ans, elle a appris à ne pas réfléchir, à ne pas chercher de raisons pour ouvrir les yeux, sortir du lit et se lever. Chaque matin, elle le fait, c'est tout. C'est pour ça que maintenant, elle ne se pose pas de questions, bien qu'il fasse encore nuit.

Elle prend appui sur ses mains, sent des gravillons se loger entre ses paumes et le goudron, pousse sur ses bras puis retombe sur le sol, trahie par sa blessure.

Très bien. Le bras droit est défectueux. Elle se redresse sur le gauche. Elle est assise. Il y a quelque chose contre son ventre. Elle se souvient des liasses, des billets, de Jean-Philippe, de Mokhtar. Elle sait pourquoi elle est là. Elle sait pourquoi son corps entier lui fait mal, de ces maux qui donnent envie de s'éteindre.

Pourtant, tous les matins, d'autres douleurs l'assaillent et elle se lève quand même. Alors elle se lève. Pour parvenir à se mettre debout, aujourd'hui ou n'importe quel autre jour, il lui faut une quantité de courage ou d'habitude supérieure à la quantité de souffrances qui l'étreignent. Elle est sur ses deux jambes. Elle n'est plus capable de faire l'inventaire de ses blessures. Toutes l'entravent et l'empêchent. Également.

Elle se met en route. Tout est noir. Toutes les directions se valent. Celle-ci ou une autre. Elle pense avoir choisi celle qui la mènera chez elle.

Un pied devant l'autre, dans les ténèbres, en pressant sur son ventre quelques milliers d'euros de son bras valide. Ça va aller. Ça va aller. Allez où, nous verrons bien.

Mathilde respire par la bouche. Son nez est plein de sang coagulé. Son dos aussi, souillé par ce qui coule depuis le coup de couteau de Gaëlle.

Elle traverse le village. De chaque côté de la rue, des pavillons, et à l'intérieur des pavillons, des familles. Des

Jean-Philippe, des Gaëlle, des Alice, qui dorment à poings fermés et n'entendent pas la marche sinistre des fantômes. Si l'un de ces riverains passait son nez entre deux volets, la verrait-il ? Une forme vaporeuse. Un éclat de rien. Un pied devant l'autre. Ainsi de suite. Jusqu'à sortir du village, emprunter cette route qui semble mener vers une nuit moins noire. Un éclairage public. Autre chose. Presser ce qu'elle porte contre son ventre. Elle sait que ça, c'est important, même si elle ne se souvient plus pourquoi.

Le bruit de ses semelles sur le bitume. Le bourdonnement d'une ruche dans sa tête. Elle a froid. Elle le réalise maintenant et réalise aussi que ce n'est pas nouveau. Elle a froid depuis qu'elle a ouvert les yeux. Elle ne s'en souvenait plus. Quand on meurt, est-ce qu'on est mort un certain temps avant de s'en rendre compte ? À quel moment sait-on que c'est vraiment fini ? Quand ceux qui nous ont précédés apparaissent et s'approchent les bras ouverts ? Mathilde redoute et attend cet instant, où Cathy et Thibault sortiront de la campagne enténébrée et s'avanceront à sa rencontre dans le halo d'un lampadaire, souriants, intacts.

Mathilde marche. Le temps se tord. La route semble ne pas avoir de fin, langue grise déroulée entre les champs brûlés par l'herbicide d'avant les semis. Elle est peut-être sur la lune. Ça expliquerait pourquoi elle ne l'a pas vue de la soirée.

Elle tremble. Mais puisqu'elle a la force de marcher, elle marche. Comme tous les jours. Quand les heures s'étirent et que les pendules s'arrêtent. Pendant douze ans, elle n'a eu aucune raison de mettre un pied devant l'autre, de supporter la gifle d'une journée de plus. Pourtant elle l'a fait. Elle a vu passer les heures. Elle a encaissé les coups. Alors elle marche. Comme tous les jours, avec la certitude que c'est nécessaire, bien qu'elle ne sache pas pourquoi. Qui avance sans raison ?

Quand elle a dû avaler presque dix kilomètres à pieds pour rentrer chez elle, après le coup de fil de l'adjudante Diallo, après l'accident de Thibault, il y a douze ans, elle savait pourquoi elle marchait. Il fallait qu'elle les voie, qu'elle en ait le cœur net, brisé, lacéré, mais net. Elle avait longé les murs, elle s'était cachée dans les ombres, ça avait duré des heures, et elle était arrivée à l'appartement, convaincue que la première partie de son cauchemar ne serait pas la plus éprouvante.

Elle avait ôté ses habits souillés en pleurant de douleur. Elle les avait mis dans un sac-poubelle qu'elle jetterait dans un container sur le chemin de l'hôpital. Il était indispensable qu'elle se lave, qu'elle se change, pour n'éveiller aucun soupçon. Elle avait pris une douche froide, par habitude, comme si ça avait une importance. Son père d'abord, ses entraîneurs ensuite, lui avaient toujours dit qu'après un entraînement intense, l'eau chaude faisait perdre aux muscles le bénéfice de l'effort. Après quoi elle avait enfilé des habits propres et elle s'était rendue à l'hôpital pour identifier les corps de Thibault et de Cathy, pour planter dans sa mémoire des images qui n'en sortiraient plus jamais.

Marcher. Tenir. Derrière Mathilde, même si elle ne s'en aperçoit pas, l'aube commence à peindre sur l'horizon un dégradé de gris sombres. Loin devant, en haut d'une colline, elle croit reconnaître les tours de Sainte-Té, auréolées d'une lueur orangée, comme la promesse d'un brasier. Elle va y arriver. Elle le sait. Tout finira bien. Au pied des tours, la place carrée l'attend, telle une grande sœur, qui protège un jour et blesse le lendemain. Quand elle la verra dans cet état, elle la prendra dans ses bras, c'est sûr.

Mathilde ne presse pas l'allure. Elle le voudrait. Elle en est incapable. La marche a réveillé toutes ses blessures. Le sang coule dans son dos. Les hématomes enflés l'électrisent à chaque pas, et là-bas, les Hauts demeurent impassibles. Marcher une éternité ne suffit pas à s'en rapprocher. Alors elle marche une éternité de plus.

Elle ne sait plus où elle est. Elle ne voit aucun de ses repères quotidiens, pas plus que les projecteurs du conseil départemental. Elle pourrait être à deux ou à vingt kilomètres du quartier. Impossible d'en être sûre.

Aucune voiture ne passe sur cette route, ni dans un sens, ni dans l'autre. Mathilde est égarée dans un pli de l'espace-temps, dans une petite bulle d'air et de souffrance, coincée pour toujours dans ce petit enfer, juste pour elle, parce qu'elle l'a mérité, pour que finalement justice soit rendue, et qu'elle paie pour son crime, sa complicité active.

Mathilde ne sait pas comment l'enquête sur la mort de Pierrot s'est déroulée. La presse locale n'en a pas beaucoup parlé, annonçant simplement la mort du buraliste dans ce qui semblait être un car-jacking qui aurait mal tourné. Durant plusieurs semaines, alors qu'elle cherchait déjà un nouveau poste, dans un autre département, Mathilde s'était attendue à voir débarquer la gendarmerie, ou la police, un type chargé de l'enquête qui aurait fait le rapprochement entre le cadavre de Pierrot et celui de Thibault, morts la même nuit à quelques kilomètres de distance. Mais ça ne s'était jamais produit. Jamais on ne l'avait interrogée. Jamais elle n'avait été inquiétée. Puis elle avait déménagé et s'était faite à l'idée que l'affaire avait été classée. Le sang de Pierrot sur Thibault avait été camouflé par le carnage de l'accident. Si on avait analysé l'ADN d'un cheveu ou d'un morceau de peau prélevé dans l'Audi A4, celui-ci n'avait été relié à aucune identité fichée.

De deux choses l'une, avait fini par penser Mathilde, soit les flics de Tours étaient vraiment des benêts, soit l'un d'eux avait tout compris, était remonté jusqu'à Mathilde, mais avait fait le choix de laisser tomber. Pierrot n'avait pas de famille. Aucune veuve éplorée ne venait réclamer justice sous les fenêtres du commissariat. De son côté, Mathilde avait perdu son mari et sa fille en guise de châtiment. Même si la procédure débouchait sur un procès, long et coûteux pour l'administration, même si Mathilde était convaincue de complicité de meurtre, avec un casier vierge et une défense efficace, il était peu probable qu'elle soit incarcérée. Ce flic, pensait-elle, avait fait le choix d'économiser du temps au système judiciaire et de l'argent au contribuable, tout en la punissant pour le reste de ses jours. Le calcul n'était pas idiot, à y réfléchir. En effet, encore aujourd'hui, marchant hébétée si loin, dans le temps et l'espace, de Tours et des cadavres de Thibault, de Cathy et de Pierrot, Mathilde craint de voir surgir un gyrophare, une voiture de police de laquelle l'adjudante Diallo descendrait pour lui passer les menottes. Et si cela ne se produit jamais, cette peur restera vissée en elle jusqu'à la fin, que ce soit cette nuit, ou plus tard si elle y survit.

Et puis, lentement, la luminosité augmente et le paysage se révèle. Ce ne sont que les ombres qui deviennent un peu moins sombres mais déjà l'univers s'élargit et les détails de la route et des champs confirment à Mathilde qu'elle avance vers quelque part.

— On est bientôt arrivés, dit-elle.

Et elle marche, à mesure que le ciel derrière elle passe du gris-noir au gris, puis du gris au bleu-gris. Alors, elle reconnaît, loin sur sa gauche, la forme parallélépipédique du bâtiment du conseil départemental. Elle est à bout de forces. Mais elle est si proche.

— Encore un effort. On va y arriver.

Elle entre dans Sainte-Madeleine endormie. D'autres Jean-Philippe, d'autres Gaëlle, d'autres Alice, et voilà, un siècle plus tard, la côte qui mène au quartier. Mathilde se traîne. Ses pensées se déchirent. Elle est une adolescente qui rentre de soirée à l'aube et aussi une fonctionnaire territoriale qui revient du travail. Elle est une judoka meurtrie par une défaite et une voleuse qui vient de cambrioler un pavillon. Toutes les aurores de sa vie portent chacune de ces couleurs, chacune de ces nuances froides.

La pente n'a jamais été aussi rude. Elle est deux fois, dix fois, mille fois plus longue qu'un autre jour.

Une voiture passe. Son conducteur ne prête pas attention à cette femme courbée qui se traîne dans un survêtement sale. Les taches de sang séché ne sont plus rouges mais brunes. Ce pourrait être de la terre, ou de la merde. Qu'est-ce que ça peut lui faire, à lui ? Il continue. Le bruit du moteur diminue puis disparaît.

Là-haut, c'est le dôme vert du château d'eau. Devant, il fait encore nuit. Derrière, le jour se lève. Mathilde pleurerait presque. Elle se voit ouvrir la porte de chez elle. Elle se voit tituber jusqu'à son lit. Elle se voit tomber dessus. Cette succession de gestes se répète à l'infini, tandis qu'elle dépasse la mosquée. Plus que quelques pas. Toujours trop mais toujours moins, seconde après seconde.

Elle longe le château d'eau. Lui parvient le bruit d'une autre voiture. La voiture ralentit, arrive à sa hauteur. Dans le coin de sa vision, elle reconnaît la BMW de Tonio. Mathilde ne s'arrête pas. Elle refuse que la voiture existe. Elle refuse qu'elle soit là, qu'elle stoppe, que l'une de ses portes s'ouvre.

Mathilde marche, comme si elle pouvait échapper à cette rencontre en avançant assez vite, en faisant semblant de ne pas entendre qu'on l'appelle, en feignant de ne pas reconnaître la voix de Lounès.

La voiture continue son chemin, disparaît. Ne reste que les pas et les injures de Lounès dans son dos. Elle ne les entend pas. Elle ne veut pas les entendre. Et soudain, elle s'écroule.

— Quand je te dis d'arrêter, tu t'arrêtes.

Elle se souvient. L'information remonte. Lounès lui a fait un croche-pied. C'est pour ça qu'elle est tombée. C'est la fin du voyage. Elle sait qu'elle n'aura pas la force de se battre contre lui. Elle n'aura même pas la force de se remettre sur ses jambes.

Elle ferme les yeux, les mains pressées sur son ventre.

— T'as bien foutu la merde, dit Lounès en lui balançant un coup de pied au visage.

Mathilde hurle. Son nez déjà cassé craque. Le sang coule sur sa bouche, dans sa gorge, remplit ses sinus. Lounès pose un genou à terre et lui plaque ses mains gantées de cuir sur la bouche. Son cri s'étouffe. Elle aussi.

— Ta gueule, dit Lounès.

Il retire ses mains. Mathilde prend de grandes goulées d'air.

— J'ai déjà eu le nez pété, dit Lounès. Je sais ce que ça fait. On peut plus respirer que par la bouche.

Mathilde revient peu à peu à la surface de ce monde, quitte le territoire aveuglant de l'asphyxie.

— Si je te ferme la bouche, ce sera fini. Ça fait longtemps que j'aurais dû te fermer ta bouche, sale pute.

Les mains de Lounès s'approchent du visage de Mathilde. Le cuir noir de ses gants éteint l'image du quartier.

— Tes parents, parvient-elle à balbutier.

Lounès interrompt son geste.

— Tes parents. Ça va pas leur plaire. Quand ils vont savoir. Ce que tu as fait.

Elle ferme les yeux. C'était sa dernière carte. Avec l'énergie dont elle disposait, c'était tout ce qu'elle pouvait tenter pour sauver sa vie.

Lounès rigole. Il réajuste ses gants, regarde autour de lui. Il y a peut-être des yeux derrière les fenêtres de la place carrée, mais il sait que ces yeux n'ont pas de langue. Personne ne dira rien.

— Mes parents, dit-il. Et qui c'est qui va leur dire à mes parents ?

Mathilde soulève ses paupières. Elle voit trouble, juste des formes, le corps de Lounès, ses grandes mains noires qui s'approchent, le goudron, des gravillons qui en cet instant prennent une importance disproportionnée, le modeste minaret, les tours de Sainte-Té, tout ça se brouille, fond et se dissout.

Lounès a appuyé ses mains sur la bouche de Mathilde. Elle suffoque, se débat mollement, non parce qu'elle en a envie, mais en un dernier réflexe de survie. Elle qui n'était rien sent désormais qu'elle peut être encore moins que ça. Elle se laisse partir. C'est fini.

C'est alors que loin, très loin, une voix s'élève.

— Moi, je vais leur dire.

C'est une voix ferme, assurée. L'étreinte de Lounès se détend. Mathilde respire à nouveau.

Dans le flou de ce matin torturé, elle le voit.

Idriss se tient debout sur une butte de terre, sa frêle silhouette en contre-jour devant les premiers rayons du soleil qui poignent à l'est. Il est droit et volontaire, comme un petit dieu tombé des cintres, au secours de l'héroïne que rien ne pouvait plus sauver.

Un temps passe, quelques secondes ou plus. Lounès serre les dents, fait une grimace, lutte contre l'envie de traiter son petit neveu comme il traite tous les autres, avec menace et violence. Il y renonce.

Il pointe son doigt vers le gamin. Ça veut dire « tu perds rien pour attendre. » Ça veut dire aussi « tu as gagné pour cette fois. »

Il se relève, met ses mains dans ses poches, se racle la gorge et crache sur Mathilde. Il voudrait ponctuer son geste d'une réplique bien sentie mais rien ne lui vient. Alors il hoche la tête et part en direction de la place carrée.

Mathilde se contorsionne, évalue dans quelle mesure elle peut bouger, les bras, les jambes, la tête. Elle regarde Idriss. Le petit garçon est toujours là, au même endroit. Pendant tout ce temps, il n'a pas bougé, seulement tremblé, comme on tremble quand on déborde de tant de courage.

Mathilde roule sur le dos. C'est une mauvaise idée : le sang dégouline dans sa gorge. Elle tousse.

Elle roule dans l'autre sens, se hisse sur son bras gauche. L'autre reste collé à son ventre. Pourquoi ? se demande-t-elle. Elle se souvient des liasses. C'est ça qu'elle presse si fort. Ce n'est pas son enfant, c'est du fric.

Elle est à quatre pattes sur le trottoir. Du sang coule de sa bouche et de son nez. Elle est une fontaine mal foutue qui éclabousse le bitume. Elle bascule sur ses jambes, pousse un gémissement, se lève et rejoint Idriss sur le monticule de terre, devant le château d'eau.

Elle s'assied. Idriss aussi s'assied. Il est choqué, autant par l'apparence de Mathilde que par la scène qu'il vient de vivre.

Ils restent comme ça, silencieux, côte à côte, pendant quelques secondes, et puis Mathilde sort les liasses de sous son haut de survêtement. Une à une, elle les donne au gamin qui écarquille de grands yeux.

Il fourre les billets dans son sweat à lui.

— Pour ton grand-père.

Sa voix est faible et rauque, elle est à bout de souffle.

La lumière du soleil s'impose de plus en plus. Le quartier s'éveille.

Dans les appartements qui bordent la place carrée,

des habitants sortent de leurs lits, ou prennent déjà leur petit déjeuner.

Mathilde voudrait demander au petit pourquoi il est déjà debout et ce qu'il fabriquait dehors. Elle n'en a pas la force. Elle préfère garder son énergie pour essayer de se lever et, pourquoi pas, rentrer chez elle.

Elle était morte. Et puis elle a été plus que morte. Cette nuit, elle a été moins qu'un fantôme. Depuis douze ans, elle traverse les cercles d'un au-delà monotone. Tout cela, pressent-elle, est en train de changer. Ce sera ici ou ailleurs, mais elle commence à croire qu'elle va vivre.

— Et sinon, tu vas t'occuper de ma maîtresse maintenant ? Celle du vendredi. Tu me dois bien ça.

Mathilde sourit. Ça lui fait mal.

Elle n'a plus la force de parler, alors elle hoche la tête. Ça veut dire « peut-être ». Ça veut dire « on verra ». Ça veut dire « merci ».

REMERCIEMENTS chaleureux à tous ceux et celles qui m'ont aidé à décrire avec le plus de précision possible les personnes et les milieux professionnels rencontrés dans cette histoire. Si des erreurs ou des approximations demeuraient, c'est uniquement parce que je n'aurais pas réussi à retranscrire avec fidélité ce qu'ils et elles ont pris la peine de me rapporter.

Merci à Grégory, ancien officier de police et désormais juge, pour avoir répondu à mes questions sur la police et la justice.

Merci à Basma pour son aide sur la langue arabe.

Merci à Antoine Brea pour sa relecture amicale et ses conseils juridiques.

Merci enfin à Rachel, qui fait le même métier que Mathilde, travailleuse sociale pour un conseil départemental français, et dont le témoignage m'a été d'une aide inestimable.

Ce texte a bénéficié du regard acéré et nécessaire de Marie Saur, de Lucille Ryckebusch, d'Alexie Morin et d'Éric de Larochellière, du Quartanier. Leur travail a rendu meilleurs le roman et son auteur.

Merci à Aurélie d'être bien plus que ma première lectrice.

Ce livre est dédié à Lou-Ann. Elle sait pourquoi.

LE QUARTANIER ÉDITEUR
Collection « Parallèle » – *science-fiction, noir, horreur*

01 Grégoire Courtois, *Les agents*
02 Tristan Saule, *Mathilde ne dit rien*
*(Chroniques de la place carrée – I)*

LE QUARTANIER ÉDITEUR
Collection « Polygraphe »

ARCHIBALD, Samuel, *Arvida*
BAEZ, Isabelle, *Maté*
BERNARD, Christophe, *La bête creuse*
CLERMONT, Stéfanie, *Le jeu de la musique*
COPPENS, Carle, *Baldam l'improbable*
LARUE, Stéphane, *Le plongeur*
LEBLANC, Perrine, *L'homme blanc*
MESSIER, William S., *Le basketball et ses fondamentaux*
PETTERSEN, Geneviève, *La déesse des mouches à feu*
PLAMONDON, Éric, *Taqawan*
ROY, Patrick, *La ballade de Nicolas Jones*
ROY, Patrick, *L'homme qui a vu l'ours*

LE QUARTANIER EN POCHE
Collection « Écho » – *roman & nouvelles*

01 Geneviève Pettersen, *La déesse des mouches à feu*
02 Mathieu Arsenault, *La vie littéraire*
03 Hervé Bouchard, *Mailloux*
04 Patrick Brisebois, *Trépanés*
05 Patrick Brisebois, *Chant pour enfants morts*
06 Patrick Nicol, *La nageuse au milieu du lac*
07 Éric Plamondon, *Hongrie-Hollywood Express*
08 Éric Plamondon, *Mayonnaise*
09 Éric Plamondon, *Pomme S*
10 Alain Farah, *Pourquoi Bologne*
11 Patrick Roy, *L'homme qui a vu l'ours*
12 Daniel Grenier, *L'année la plus longue*
13 Vickie Gendreau, *Drama Queens*
14 David Turgeon, *Les bases secrètes*
15 David Turgeon, *La revanche de l'écrivaine fantôme*
16 David Turgeon, *Le continent de plastique*
17 Anne Élaine Cliche, *Jonas de mémoire*
18 Anne Élaine Cliche, *La pisseuse*
19 William S. Messier, *Le basketball et ses fondamentaux*
20 Éric Plamondon, *Taqawan*
21 Stéphane Larue, *Le plongeur*
22 Hervé Bouchard, *Numéro six*
23 David Turgeon, *Simone au travail*
24 Hervé Bouchard, *Parents et amis sont invités à y assister*
25 Christophe Bernard, *La bête creuse*
26 Stéfanie Clermont, *Le jeu de la musique*
27 Hervé Bouchard, *Le faux pas de l'actrice dans sa traîne*
28 Patrick Roy, *Les singes de Gandhi*
29 Alexie Morin, *Ouvrir son cœur*
30 Simon Leduc, *L'évasion d'Arthur ou La commune d'Hochelaga*

Composé en LL BRADFORD,
un caractère créé par LAURENZ BRUNNER
(LINETO, 2018)

—

Achevé d'imprimer en octobre 2020
dans les ateliers de Normandie Roto Impression S.A.S.
61250 Lonrai (Orne)
Nº d'impression : 2003992
Dépôt légal : novembre 2020

*Imprimé en France*